漫娱图书

云养汉

入梦
Fictitious Dream

扶他柠檬茶 ◎ 著

长江出版社 CHANGJIANGPRESS　漫娱图书

如果我真的存在，也是因为你需要我。

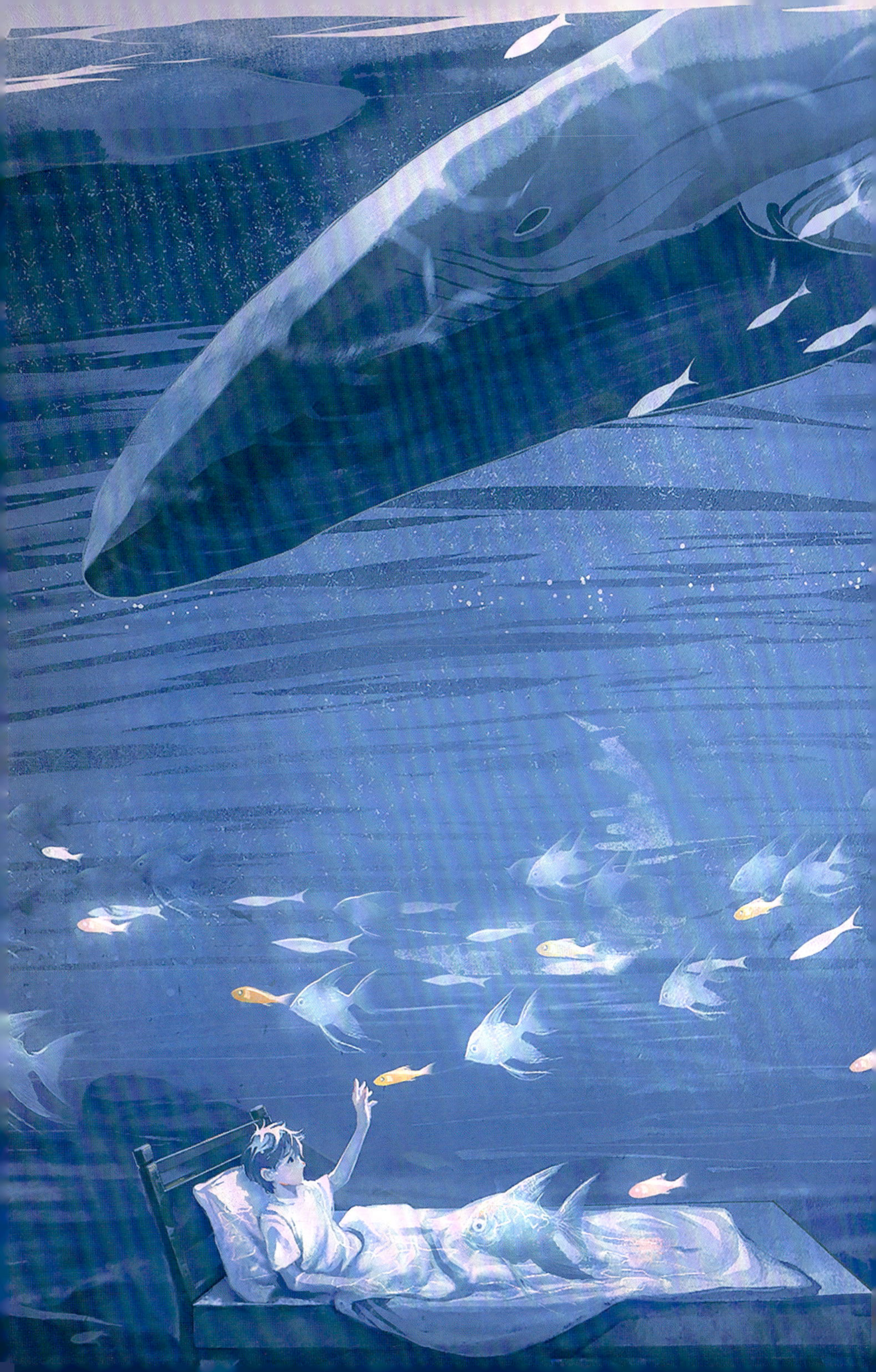

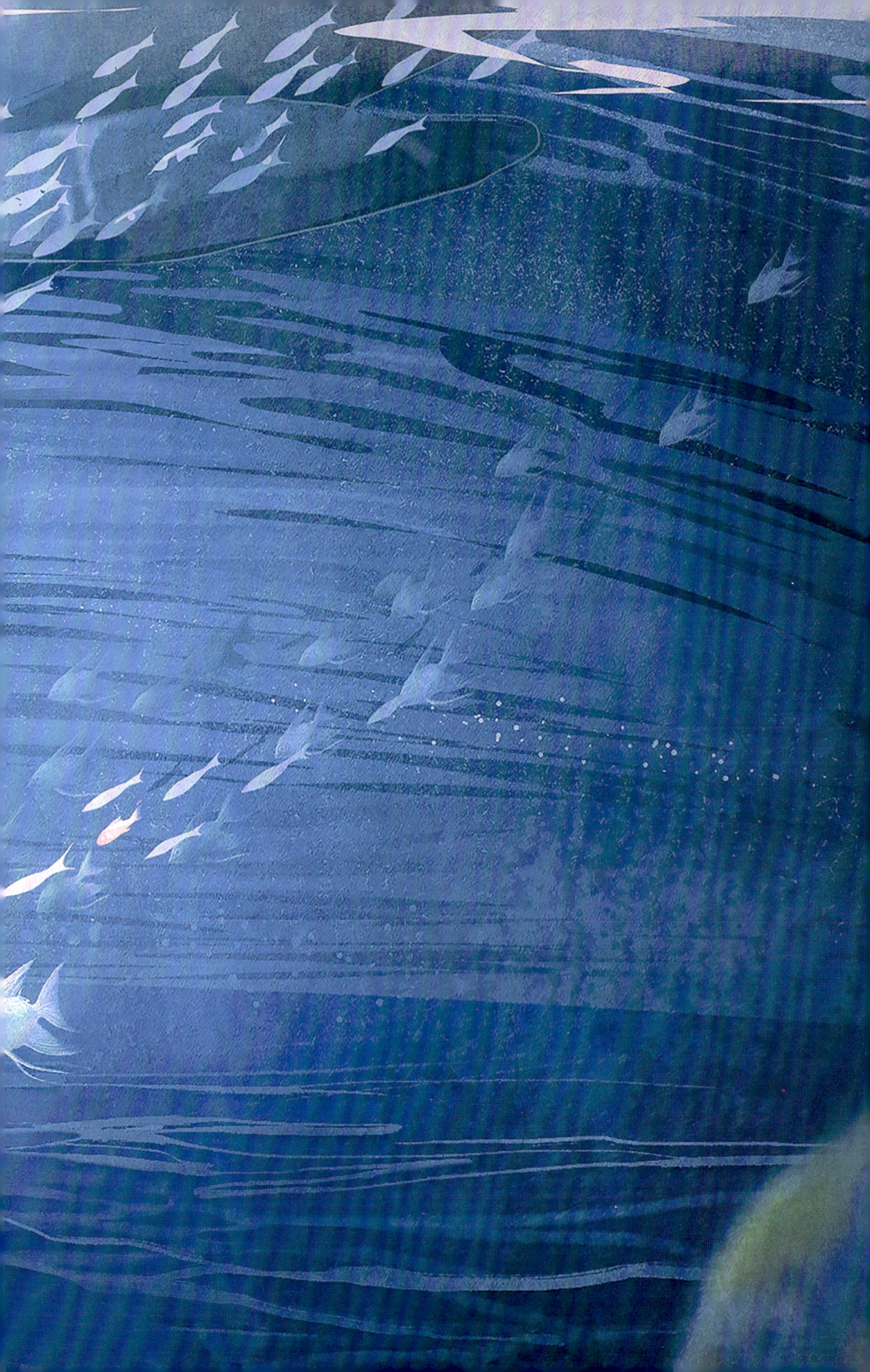

Contents 目录

01 PART

跳蚤，旗袍　　　　　　　　　001
一生一世一双人　　　　　　　012
从零分开始的初遇　　　　　　021
一生知己　　　　　　　　　　032
您的危机外卖到了，用餐愉快　040

06 PART

揽镜自照，画地为牢　　　　　047
陌上花开缓而归　　　　　　　064
育父　　　　　　　　　　　　076
自转的光阴　　　　　　　　　086
愿我如星君如月　　　　　　　094

11 PART

东风夜放花千树　　　　　　　108
童言有忌　　　　　　　　　　122
若比邻　　　　　　　　　　　130
君子庖厨　　　　　　　　　　140
桃李　　　　　　　　　　　　149

FICTITIOUS DREAM

16 PART

正确的错误	162
小荷才立尖尖角	182
末路狂花	191
锦囊艳骨	198
国士无双	208
起手天元	217
人类的不眠夜	224
天地将倾时的至死不渝	232

24 PART

是昔流芳曾少年	241
翻云覆雨的前路	251
鲸落	268
蜉蝣	288
蓦然回首已阑珊	296
聚散常有时	305
后会总无期	313

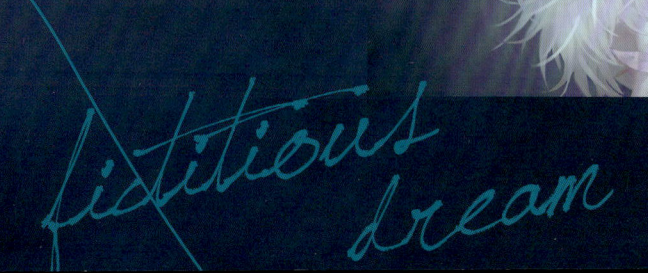

fictitious dream

HIS LOVE IS REAL,
BUT HE IS NOT.

有的与生俱来，
有的姗姗来迟。

人们在向着梦想奔跑的路上，
像被风吹动的沙，
像无数的蜉蝣，
在沉入水中的刹那，
湮灭，或是成为巨鲸，
完成一场浩瀚鲸落。

跳蚤，旗袍

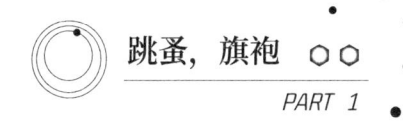

PART 1

我的双臂曾经穿过风、穿过雨，环绕着你的身躯。
我的双臂也曾穿过鲜血、穿过世理，紧缠着你的生命。

我盘腿坐在电脑椅上，灰色 T 恤上有一行水渍，那是冰可乐在杯子外面结的水珠，冰冷地渗透过衣料，让皮肤微微收紧。

三月十五日，人类意义上的春天。病菌滋生，伴着街上铺天盖地的春日打折，也不知道那些人到底在狂欢什么，或许距离世界毁灭还不到八百天。

在房间的另一侧，一个和我差不多大的女性正拿着平板电脑，对着屏幕说话。她看起来既比我年轻又要比我年长——完美的容貌，似少女般的明亮双眼，穿着翡翠绿的裙子，黑而柔软的长发盘起在颈后，露出白雪似的脖颈来，笑得像个女菩萨。比起我万年的旧 T 恤和牛仔裤，她又显然经过了精细的雕琢。

"你高中的时候，和她一起打篮球？她会打篮球吗？"她问。

屏幕里有一个十八岁左右、穿着篮球服的英俊男孩。他抱着篮球站在操场上，抬头看着天空想了片刻。

"不会。"他说，"璇儿很呆的，被篮球砸了好多次呢。"

"你应该教教她呀？现在的年轻人呀，真是……啧啧。"

"其实她也不想学打篮球，只是打篮球的时候，可以和我在一起。"

云养汉

"叶苹,暂停一下。"我说,"场景系统有误。"

她按下暂停键。屏幕中的画面静止了:云不再动,阳光下的叶子不再飘,光影不再摇曳……那男孩维持着投篮的姿势,篮球凝固在他的指尖。

"……日照的角度不对。他的打扮是夏天,夏天的中国,A城。"我随便抽了一张纸,在上面打起了草稿,"A城的经度和纬度,夏天的中午,日射角应该在……"

"夏藤,需要算到这一步吗?"叫叶苹的人,是公司的二把手,全公司排行第二。她伸了伸脑袋,看了眼那迅速被我填满的草稿纸,脸上努力维持着菩萨般的温柔笑容,"谁会在意日射角是不是正确啊?调整场景虽然不复杂,但你已经三天没睡了。"

"这种硬伤都叫'没什么问题'?你要么想偷懒,要么地理是体育老师教的。"

"哈?我,我偷懒?"叶苹的嘴角抽动了刹那,菩萨笑容好像出现了裂痕,估计是被我戳穿的缘故,"宝贝,你这是压榨童工……"

"你成年了,大姐。"我翻了个白眼。

她取消了暂停。篮球从男孩的指尖投出去,正入篮筐。

"耶!"他高兴地一挥拳,说出了十几年前流行的语气词,"看到了吗?厉害吧?!"

"厉害,厉害。"她文雅地轻声鼓掌,附和他。

"要是璇儿在,估计会超兴奋地冲上来给我递饮料了。"他伸了个懒腰,捡起地上的篮球,转身跑向了球场。

为什么有女性会喜欢这种智障啊?每次看屏幕,这个念头都会出现。我有点后悔了,为什么我要重新把人工智能商业化,还带着一个对客人来者不拒的助理……

虽然内心充斥着这样的咆哮,不过谁也看不出,屏幕里的这个男孩不是真人。

我叫夏藤,经营着一家为人"云养汉"的公司。

"云"概念最近越来越火,什么东西都喜欢出个云,云盘啊、云文档啊、云通讯录啊……

不得不说，真的很方便。

云养汉就是字面的意思——你可以在程序中"养"一个男性形象，这个人将依照你的要求为你量身打造，从容貌，到身材，到性格……每一个细节，如你所愿。

客人可以将喜欢的男性养在自己的手机、电脑甚至电视屏幕里，随时随地和他们交互。毕竟，人类男性的保质期较短，比起美好的回忆在现实的秃顶与发福面前幻灭，越来越多的人选择在屏幕里养一个自己的真命天子，他们不会生老病死，也不会做出劈腿和家暴之类叫人糟心的事。

而此刻屏幕中这个叫作"小西"的男孩，是我们接的第一单生意。他和许多男高中生一样，喜欢打篮球，有些自恋和自大，笑起来的时候前仰后合。在我看来是个全然的智障。助理叶苹永远可以从我的脸上完美读取到我脑中的念头，她优雅地轻叹道："这就是为什么你都二十六岁了还留着自己的初恋……"

我能不能开除她？不。好像不行。——公司的人事总监也是她兼任。

小西是一个化名璇儿的女客人订的。她是公司的第一位客人。

公司才刚起步，成员只有我和助理叶苹（兼任后勤部长、人事总监、前台、客户经理、售后总管等职位），公司位于一个偏僻的老旧楼区的格子间，景况一片惨淡，此前，所有看到广告慕名来考察的客人都以为我是骗子。

事实上，我已经有十多年从事人工智能的经验，从高中时期就开设学生项目研究机器人设计，海外留学归国，经历了一次创业，后来……

算了。

很多过去的事情，不必再提。

无论如何，现在我成立了"云养汉"。

那是一个冬天的夜里，外面下着雪。

这个城市很少下雪。许多人一辈子不知道真正的雪，而这个冬天，却下了厚厚的一层雪。

我正在电脑前写程序，叶苹在办公桌前哼着歌整理账目，手机上消息不断，都是仰慕者发来的约会短信。

云养汉

"今天是圣诞节哦。你没人约吗?"

"……恋爱根本就是人类的生物进化过程中的一个畸形点吧?浪费时间和金钱……"

"唉,我知道,你早就嫁给你那身一周都不换的T恤和牛仔裤了。"

"没有一周不换好不好!只不过是因为每件衣服都一样的。"

思考买什么衣服、换什么衣服、怎么搭配,简直是人生中的垃圾时间,我永远都不会把效率浪费在这种事情上面,需要什么衣服,一般都一口气买七件一样的。

结果,叶苹经常觉得是我没换洗。

人为什么要浪费人生?把它高度精简和压缩,然后投入自己所向往的路线上,让它飞快前进不好吗?

聊到一半时,门开了。

我们一抬头,就见到一个瘦瘦小小的女人,穿着厚重的羽绒服,戴着帽子、墨镜、口罩,小心翼翼地探头进来。

是物业的人?是清洁工?还是走错的?

"你好!"在我纠结的时间里,叶苹展开笑容,和她打招呼。女人的脸本来就不大,此刻被遮得严严实实,只露出那么几块皮肤,"欢迎光临云养汉!你有什么需要的吗?"

"这里……能制作云养汉吗?"她站在门口,还是没有拿下帽子、墨镜和口罩。我甚至怀疑这要不是个女明星,要不就是个女逃犯。"我看到广告了。想问问……想问问多少钱……"

"稍等,我给您拿相关的介绍资料。"

叶苹放下手里的事情,迎了上去,经过我身边时,还偷偷撞了撞我,我的嘴角抽动了一下,露出了有点僵硬的"欢迎"笑容。

璇儿(化名),今年二十六岁,单身,想要一只云养汉。

"我还以为你比我们小呢……"叶苹看她把自己包得严严实实的,温柔地递了条毯子过去,"是我们办公室很冷吗?我去把温度开高些?"

她摇了摇头,口罩后的声音闷闷的:"不用……定金就是这些,对吧?"

璇儿是第一个客人,根据叶苹的主意,我给了她半价的优惠。她听见报价后犹豫了片刻,然后表示,愿意支付定金。

紧接着,我们目瞪口呆地看她打开了那个半旧的挎包,戴着手套的手不太灵活地从里面拿出一沓皱巴巴的钞票。

叶苹怔愣片刻,犹疑道:"您这是……"

"是用现金。"她数钱的动作颤抖了一下,"……不,不可以吗?"

可以是可以,但极少见这样直接给现金的。

璇儿交了定金,激动地坐正了身子,和我们叙述她的需求。

她想要的"云养汉",叫作小西,十八岁的小西。

小西个子很高,有一米八,喜欢打篮球,皮肤晒成小麦色,穿着7号球衣,笑起来的时候有小虎牙,脸上还有酒窝。

"有点,有点像那个男明星!演过杀手的那个!"她越说越兴奋,与她进门时的状态完全不一样,"而且他的口头禅就是'没事',特别体贴,不管出了什么事情,他都会说'没事'。"

叶苹看着天花板,也在跟着回忆那男演员的脸:"我知道他……夏藤,就是那部片子,上周我们一起看过。"

我皱眉:"是你看过,我坐在你旁边罢——"

她咳咳两声,从茶几上抓了一把蜜饯塞我嘴里。

璇儿在诉说时完全魂游天外,没注意我们这边:"小西是我的青梅竹马,我们从小一起长大,读同一所小学、初中、高中。"

"那很浪漫啊。"叶苹用食指关节磨着下唇,只要跟着别人想一个画面,她就会做这个习惯动作。

看来,这个叫"小西"的男孩,是她的暗恋对象。

璇儿还带来了许许多多小西的照片,都是老式的那种纸质照片。它们摊在沙发上,被她一张张如数家珍:"这是我们俩出生的时候照的,我们的父母是邻居,妈妈们的预产期也差不多,又住进了同一家医院的同一间产房,我们是同年同月同日生……这张是满月酒的时候,两家人一起办的,给我们穿上了小新郎和小新娘的童装……"

她说得那么开心,尽管看不见表情,但谁都能感觉到,女人墨镜后的眼神一定在闪闪发光。

云养汉

不过她说的许多内容对我毫无用处,我几次想打断她,都被叶苹无声拦住了。

"……我们小时候总是躺在一起睡觉。那时候家里大人说,这两个小孩如果十八年后还睡在一起,那就是缘分了。"说到这里,她忽然抽泣起来,"我和小西……"

她颤抖着将照片小心翼翼叠好,递给了叶苹,很郑重地说:"求求你,一定要把小西做出来!"

她离开了,离开前再三拜托我们一定要将她记忆中的小西还原。叶苹满脸郑重地点了头,送走璇儿。

然后,她微笑着回过头看我,突然微笑消失,面色森冷。

"怎,怎么了?"我有点心虚地避开她的眼神。

"你刚才是不是想打断她?"

"就工作效率上来讲,提供有用的云养汉资料才是重点,她发散思维讲了那么大一堆故事,很浪费人力和时间啊。我又不是专门来听这些酸唧唧的故事的……"

"夏藤,你看她说得那么开心。对于璇儿来说,那些都是很珍贵的回忆。她愿意告诉我们,这是一种信任。"叶苹叹了口气,双手合十,眼睛亮闪闪地看着夜空,陷入了忘我之境,"而且,人家肯定没在一起,所以才会……"

"叶苹,打住,别发散。你发散思维的时候好像一条丧失了梦想的咸鱼突然决定去当职业游泳运动员,在水里瞎漂。"我无语地用眼角小心翼翼瞥她,悔不当初,怎么会找一个这样感性的助理,"你要做一个像我一样优秀的人,智慧、冷静、效率,世人仰慕的天才,每一颗脑细胞都死得有价值……"

叶苹菩萨般的脸刹那金刚怒目,把拖把水桶往我面前一放。

"今天你清理办公室,你洗衣服,你洗碗。"

"哈?你不是后勤部……"

"你、打、扫。"

"……你……你洗碗……"

"……"

"……好，好，都我来。"

自那之后，璇儿就一直打电话，询问制作的进度，希望看到进展。

很多人说，你接单子做生意，这不是很正常的吗？

不，这一点都不正常……好，我承认我对人没啥耐心，但……

她打电话的时间贯穿全天二十四小时！

我和叶苹就住在公司里，有的时候，甚至在凌晨都能接到她的电话——她压低了声音，好像在执行什么机密的任务似的："小西的脸做好了吗？给我看看……"

"云养汉"的原理，其实就是用人工智能的核心程序，为它塑造外观。核心中的核心是那套程序，而不是外面的建模。但是在璇儿的要求下，我不得不提前先做建模。

"我又找到了几张他的老照片！"某天的凌晨三点，她用一串电话把我们叫起来，"是他高中篮球比赛得奖的照片！他每次投进三分球，就会很高兴地问我：'厉害吗？'"

我睡得迷迷糊糊的，挂上电话，继续埋头睡。

可是璇儿还在不停给我们发短信，说着关于小西的点点滴滴。信息里有张照片，应该是璇儿和小西高中时的合影——他穿着白色球衣，她穿着校服，秀气的小脸上满是幸福的笑容。照片下，有一行小字：刘西泽＆张佳璇，永不分开！

从她给我们的信息里，云养汉第一黑恶势力叶苹已经整理出了一对青梅竹马的完美故事：他们同年同月同日生，比邻而居，上同一所幼儿园、小学、初中、高中……小西是篮球队的，个子高高，在篮球场上挥汗如雨。但他不像其他男孩子那样脏兮兮的，他的身上很干净，有股青草的香气。他的口头禅是"没事的"，笑起来有小虎牙和酒窝……

照片资料很完善，性格资料也很完善，我很顺利就把他勾勒在了屏幕上。接下来，就是通知璇儿来验收，验收满意后支付尾款。

然而，我们联系不上璇儿。电话打了没人接，短信发了没人回。

一般这种情况下，客人八成就是不要了。毕竟，云养汉的制作费不菲，就算她是第一位客人，消费有着折扣，可是当脑门发热的状态过去后，很多人还是会掂量一下，为了个虚拟人物花那么多钱值不值得。

"叶苹，她这算不算跑单？"早春时节，我瘫坐在懒人沙发上，内心在哀鸣：好穷，没钱，好想有经费买新的巨型机，离凑够钱还差……这样优秀的我，为何会遇到跑单的客人？！这不科学！

叶苹大姐正坐在窗台边，那般岁月静好，一袭水色长裙，音响里放着她精心挑选过的轻音乐CD，就差一段旁白来说这白玉兰女子的内心戏了。

她回过头，面上仍是温文尔雅的微笑，眼中却闪着刀锋般的寒光。

"跑单？不存在的，呵呵。"

第二张单子，是几个女高中生过来合买的，希望把她们的偶像做成云养汉。那是个当红的男明星，外貌资料不是问题，接下来，是关于性格的选择。

一如既往，叶苹负责接待客人，我索性窝在后面，一边写程序，一边有一搭没一搭地听她们聊天。

"美女老板，你看过他的片子吗？啊！简直是我的本命！"

她们都直接叫叶苹"美女老板"了，至于我，都叫"那个程序员"。

从人类社会学角度来说，叶苹确实是个标准的美女，每天都能搭配出漂亮的穿搭，个子颀长，脸蛋精致，随时都笑眯眯的，像个菩萨；而我，万年旧T恤和牛仔裤，头发乱糟糟地扎着，一张情绪淡漠的扑克脸。

女生甲要他温柔，因为喜欢他在一部青春片里演的男一号，暗恋女主角，至死不渝；女生乙喜欢他演的吸血鬼，要怎么高傲怎么来；女生丙呢，希望他像综艺节目里那样幽默搞笑……

几个妹子翘课来交了定金，接下来就吵得没停过。

最后，几个人决定让他按照天数更改性格，周一是温柔邻家哥哥，周二是霸道总裁，周三是高傲吸血鬼……

这种单子毫无难度，我不用一周就做完了，结果交货的时候联系不上人。

又来一次跑单？

我面无表情，心里盘算着，要不要把未成年客户划进黑名单。

"会来的。"叶苹站在窗口，不知道是不是想跳下去，"财务报告……赤字……物业费……租金……会来的，敢跑老娘的单……呵……"

这次，她说对了，确实来了，但不是那几个女学生。

过了好几天，突然有一拨人冲进我的办公室——带头的眼镜女是几个女生的班主任，后面跟着的都是她们的家长。

"就是这个骗子公司！"

家长把我们围住，让我退钱。七嘴八舌说了半天，我们终于听懂了——几个女孩偷了家里的钱凑了定金，想偷钱付尾款的时候，被家长发现了。

"退钱！否则报警！"胖胖的中年女人们把我的办公桌拍得砰砰响，"就是你们这种公司，成天搞什么男男女女的玩意儿，弄得小孩都不好好读书！迟早有一天，我找人把你们都给枪毙了！"

为了不惹麻烦，我们只好退钱。家长在门口，一边分钱一边咒骂，只有那个女班主任，聚精会神盯着电脑屏幕里的那位男明星。

很快，家长走了。女班主任也走了。十分钟后，她去而复返，镜片后看起来冷若冰霜的眼神此刻好像燃着火："你们云养汉是多少钱？我也超喜欢这个男明星，可不可以改一改，转卖给我？"

这件啼笑皆非的事情结束一周后，我们再次接到了璇儿的电话。

那时候，我几乎就要忘了她了，毕竟她在我心里只是个可能跑单的客人。就在半夜，她突然给公司打来电话。

说实话，我被那个电话吓到了。电话那头，先是一阵锅碗瓢盆砸地的声音，然后是打骂声、尖叫声、惨叫声……

"……你那边没事吧？"我问。

"没事……没事……"

璇儿喘着气，声音不对劲。她根本没提那边发生了什么事，只用颤抖的声音对我嘶吼："我会拿钱来！会拿钱来的！你把小西做出来——他很温柔，他对我很好……让他对我笑！对我好！"

然后，通话中断了。

我到叶苹的房间，把她推醒，告诉她这件事情。叶苹眉头微皱："我是找了门路去打听她了……但是没让人动手啊。"

跑单的客人，都是交给叶苹处理的。她男人缘很好，出去吃个饭都能遇到来要手机号的，每个人都喜欢她。托朋友"找"个跑单的客人，自然是不费吹灰之力。

"而且，我这得到的消息不太乐观。她已经结婚了，家里信用有问题，应该是欠了外债……不过，我让人盯紧她家的财务情况了。"她又带着温柔的笑声，倒头睡了下去，"呵呵……没有人能跑云养汉的单，没有。"

两个月后，璇儿来了。

那时已经开春了，可她全身仍然捂得严严实实。我见到她推门进来，简直有种恍若隔世的感觉。

"你好……对，对不起……"她扒着门，声音很细，"我来带小西回家了……"

我完全没想到她会来，嘴里还鼓鼓地含着奶茶。叶苹不过微微一怔，旋即带着礼貌的微笑，请她坐下："你没事吧？"

"没事没事。"她摇头，"我老公嘛……夫妻之间，小打小闹的，经常有……"

"那……需不需要报警呢？"叶苹关心地问。我想起那天的动静，实在不像是小打小闹。

就在叶苹说完这句话的时候，璇儿猛地拽住她的手。

"不许报警！"她尖叫，"万一警察伤到我老公怎么办？不许报警！听见没有！"

"……"

我们被这个反应吓到了。

这个女人的状态很不对劲。但是讲道理，叶苹是关心她啊！欠了我们那么久的尾款，好像人间蒸发，还在这大喊大叫……

我顿时有些不爽："算了，叶苹！"

就算想管，她也不愿我们管。叶苹的笑容散了，垂下眼，不再说什么。

璇儿走到屏幕前，对摄像头下的麦克风说："小西？"

屏幕里的场景是校园操场，风和日丽，郁郁葱葱的梧桐摇曳，叶间漏光簌簌。听见她的声音，操场另一头背对她的男孩转过身来，十七八岁，最好的年纪。

"璇儿？"小西问。

璇儿浑身都震了一下，然后拿下了墨镜。

镜片下，她的脸上满是黑紫色的淤血，惨不忍睹，两只眼球都是血红的——那是被打后的充血。

"你的脸……"这一下，我们俩都坐不住了——这哪里是小打小闹？！

"和你们有什么关系？！"她的声音一下子尖利起来，狠狠瞪了我们一眼，然后扑到屏幕上，看着小西，"……一模一样，一模一样！对，这是我的小西！我们回家……回家……"

显然，对云养汉，璇儿很满意。尾款在一个帆布包里，她颤抖着将钱拿出来，一沓一沓……

叶苹按了按我的手，示意我坐着别说话。然后，她走到璇儿身边，柔声道："你验过伤了吗？这都是你老公打的？有报过警……"

"我说了！不许报警！不许报警！要是你们敢害我老公，我变鬼也不放过你们！"

她骤然疯狂，将装钱的袋子重重甩在叶苹的身上，无数零钱纸币如雪花般落下。叶苹惊呼一声跌坐在地，客人却夺门而出，身影消失在楼道的黑暗之中。

她带着小西离开了，从此，我再没见过璇儿。如果不是因为两周后的一则新闻，恐怕我永远都不会想起她。

有个家庭妇女在被丈夫殴打的过程中脑出血死亡。报纸上，她的脸让我觉得眼熟。死者的父母说，两人是青梅竹马，从小一起长大，但是男孩子性格冲动好斗，游手好闲，所以家人很反对女儿和他交往……

女性死者叫张佳璇。新闻里，男方被称作"刘某"，不过网上有人"人肉"了他的全名。

他就叫刘西泽。

一生一世一双人

PART 2

在商场吃午饭的时候,我们看到了手机上推送的新闻,叶苹用指关节揉着下唇,长长的睫毛垂下阴影,让眼神都黯淡了。

"唉……明知道对方已经不是那个小西了,可还是选择和他继续在一起……甚至用云养汉来麻痹自己,假装那才是小西。"

"不明白,不想明白。"我给自己买了杯奶茶,加了两份糖,"为什么要把人生浪费在那种人渣身上?"

"那是你没有遇到。你真的遇到了喜欢的人,一脚踩进蜂蜜里,等陷下去了才知道,蜂蜜下面是平地还是泥潭。"叶苹开启了知心姐姐模式,摇摇手指,"从爱情里抽身,不是那么容易的。如果另一半剥夺了她所有的自信和财物,她甚至会认命……"

"所以人类为什么要一头扎进爱河里啊?带个救生圈不好吗?比如婚前签十七八个协议……所以只有我这样优秀的人,才能完全避免人生向悲剧的方向坠落。优秀也是一种罪过,我至今单身也是因为找不到一样优秀的对象罢了……"

"老板,这个月公司还是赤字。"助理带着菩萨般的一身光辉,毫不留情地拆了我的台。

我翻了个白眼,寒着脸往外走。

商场门口十分热闹,好像有企业正准备做活动,在布置展台。

"……好大的手笔啊,半个楼层都被布置成展台了呢。"她从楼上往下望，忍不住感慨。这个商场的日租金不菲，"这样租一天，就相当于云养汉一年的总收入吧……"

"谢谢你再次提醒我，云养汉很穷。"

我黑着脸，把奶茶杯子吸得空空响，叶苹忽然叫了一声。

"怎么了？"

"是云梦……"

她指指下面被拉开的巨大展板，挑了挑眉，一脸"好戏要开场了"的表情。

展板上有一个明显的公司 Logo——云梦科技。

对我而言，这几个字有些刺眼。展台上已经布置好一片屏幕墙，屏幕中，一个个女孩子惊艳亮相，有的娇俏可人，有的沉稳端庄，有的带着些傲气，也有的是古装打扮……

伴随着满屏佳人，甜美的声音从音响中传出："云梦公司，致力于为每一个人实现梦想。最新版本的虚拟女友已经上市，基础款搭配二十四种发型，以及限量版'猫女'性格模式……"

那里迅速围了里三层外三层的人，大多是男性。

云梦，一家致力于生产虚拟女友的人工智能公司。

同样可以携带，并且在任何地点、任何时间与之互动的屏中云女友——和云养汉的性别相反。

而且，云梦是纯粹的批量生产，只有价格极端高昂的高端定制，才可以享受一对一的单独定做。

"今天，云梦科技的创始人，CEO 朱成先生也来到了现场，为观众们介绍最新款 4.0 版本的云女友。"主持人介绍着嘉宾。这一次，台下有不少女观众发出一阵尖叫；一个西装革履、大约三十岁、长相英俊的男人走上台。他的笑容显然是练习过的，带着一种让人喜欢的温和与亲切。

没错，在人们的记忆里，他是"创造了云梦奇迹"的男人，朱成。

"走吧。"我耸耸肩，带叶苹走远。

从舞台那边，传来了男人的声音。

"那位穿着一周没换的灰色 T 恤和牛仔裤的客人，"他说，"你不想听一听云梦最新的云女友的技术介绍吗？"

我冷冷转过头。对，其实连头都不用回，我就知道，他指的是我。

舞台上，朱成拿着话筒，微笑着望着这边。底下的观众也有些短暂的莫名，顺着他的目光看过来。四周陷入了暂时的寂静。

"不用了。"我说，"那种用来说给非技术员听的广告词，你说给他们听就行了。"

然后，我和叶苹转身离开，回了公司。

"'种子'目前是我制造人工智能时使用的核心程序。"

下午，程序更新告一段落，我打开电脑，在论坛上发布最新的研究记录：

"和真人的差异，已经可以缩减到忽略不计。"

很快就有人在评论区回复："那么，你制造的人工智能，它们是用来做智能化工业生产的吗？还是负责信息安全的自动检测？"

"不，它们是来生活的。"

评论区哗然。偶尔能见到几个理性评论的人，问道："夏老师的意思是，你制造的人工智能，和人类一样，在社会中扮演着人类的角色？"

"对。"

"这太危险了。"有个匿名者回答，"人工智能由人类制造，应该单纯为人类社会服务。如果不加以限制，让它成为社会角色之一，它也会和人类犯罪者一样，有危害这个世界的可能。"

我知道他们的顾虑。人类不断在完善着自己的世界，但之中也有犯罪者、毁灭者和战争犯。在其他动物的世界内，暂时还没有观察到相同的情况。

人工智能，如果作为工具被生产出来，那没有问题。因为，没有人类的操作，工具是不会主动去伤害其他人的。

而我却在使它们无限接近真实的人类。它们之中，是否也会出现人工智能世界的犯罪者？

我回复他，或者她："在'种子'的程序中，有明确的道德约束。"

"那么，谁来监控这个约束？它们的道德观念都是由夏老师来制定的？"

"我根据目前最新的法律和法规,为'种子'制定言行底线。"

"这太冒险了。我们每个人,至少是能接触人工智能技术论坛的每一个人,都接受过基础的法制教育。假设一千个人接受过法制教育,你难道能保证,这一千个人终生不犯罪吗?"

"你不能因为一个极小的样本概率,就去阻碍人工智能的发展。"

"这并不是阻碍发展,而是避免让人工智能的发展走向危险的方向。"

"质变级别的突破发展,往往伴随着巨大的危险。"

有人赞同我,有人赞同这名匿名者。越大的风险背后,可能隐藏着越大的突破。终于有人问:"那么,夏老师,你为什么要这样做?"

我很满足地在键盘上敲下几个字。

"因为只有这样高等的人工智能,才能体现我天才的技术。"

好贱!好爽!

我几乎想象得到那些曾试图在技术上压倒我的人,在电脑前气得五官扭曲的样子。

"哎。"

哈哈哈……太爽了……

"喂。"

哈哈哈哈哈……这么爽的时候别烦我……

"夏藤!有客人!"

骤然晴天霹雳,怒吼声贯穿了我的耳膜。

我差点从椅子上跌落下去,而叶苹在怒吼后刹那收刀入鞘,回归一脸祥和。

我不知是我先抛弃芸芸众生,还是众生先抛弃了我。
我不知自己在等待一个天神般的知己,还是等待自己成为天神。

当这个叫徐韧婉的客人踏入大门时,她就像是我的另一个极端——整洁笔挺的灰色高档西装套装,黑色尖头高跟鞋,短发,妆容精致,气场强悍。

我穿着半旧的灰色的 T 恤,坐在墙面斑驳的办公室里。

"这就是云养汉的公司?"她皱着眉头,环顾着这惨淡的环境,"……

你们还营业吗?"

"我们照常营业!"叶苹露出友好的笑容,"你好,请问你需要什么样的'云养汉'呢?"

她看看我,又看看叶苹。

我美丽的助理咳了一声,招呼她坐下:"我是负责接待的助理叶苹。"

"那这个是……"

"那个是云养汉的老板夏藤,暂时不用管她。"

好……好……好!不管我就不管我!

"嗯,我喜欢你的打扮。"客人挑眉,指指对面的叶苹,"翡翠绿,很衬你的皮肤,而且是今年的流行色。"

"谢谢!那徐小姐能不能看看我们老板适合什么搭配?要是没救了也可以直说,没关系的……"

对,没关系的。我,夏藤,人工智能技术的天才,根本不在乎什么穿搭好看。

"这个T恤……大概是没救了。"徐韧婉打量了几眼我的打扮,宣布了死亡。

……不,等等,这也太直接了……

看到我抽搐的嘴角,她冷硬的脸上露出了一丝笑容,长指甲扣在玻璃水杯上,叮叮响。"我是看到别人定的云养汉,才决定来找你们的……张佳璇是你们的客人吧?"

没人想到会从她嘴里听到璇儿的名字,她的死好像一片徘徊在我们头上的阴云。

"她以前是我手底下的一个实习设计师,后来要结婚了,就辞职了。结果……"阿婉叹了口气,没再说下去。

"当时,大家关系还挺好的。所以她家里办白事时,我也去看了一眼,就见到她放在电脑里的'云养汉'。"

原来如此。

和她的名字不同,阿婉是一家广告公司的艺术总监,典型的职场女强人。她坐在这儿,两句话就"反客为主",开始问叶苹能不能去当一回模特,替她公司拍摄一组口红广告。我看透了,男人爱问她要手机号,女人也爱,我大概是全世界唯一一个不想知道她手机号的奇葩。

  每一个人都喜欢我的美女助理。而我觉得，其中也有一种不好说的原因——毕竟，和我站在一起的叶苹，简直就在发光。

  "什么事情，我都要做到最好，所以什么东西，我也都要最好的。"阿婉坐在沙发上，继续看着公司里惨淡的装潢，"钱，不是问题。因为我要的男人，估计和那些小姑娘喜欢的不太一样。我有详细的需求，非常详细。"

  然后，阿婉打开了自己的平板电脑。屏幕上，是密密麻麻一行一行的需求，看得人两眼一黑。

  "哦，至于脸部……"阿婉传了一张黑白照片过来。我认得这人，是中国一个著名的混血院士。"照着他做个类似的就行，关键是气质。"

  叶苹迟疑了，她转头看了眼我："这……"

  阿婉一摆手："别浪费时间，夏老板，能不能做？"

  我面无表情地看着那几百条要求，觉得这人真不愧是管理层，判断准确犀利——前面插科打诨的事儿和叶苹说，真的到了拍板的关键点，她完全明白谁才是决定这个"云养汉"能不能做出来的人。

  "能。但是贵。"

  阿婉一拍手，拿出了信用卡。

  她的行程很紧，交完定金后火速回公司主持会议。办公室里，我叼着薯片，对着打印纸上几百条冷冰冰的要求发呆。

  "夏藤……能做下来吗？"

  叶苹很担心，毕竟这是第一次接到客人有那么明确复杂的要求。

  "退款？"我丢开薯片袋子，打开了"种子"，开始建立初步人格，"今天午饭的时候，谁和我说，那个展台租一天，就是云养汉一年的收入？"

  "你别又自己一口气通宵一周，最后累得昏死在屏幕前面……"

  "那我拿什么养你啊？"

  "姐还可以去当模特呀，要是红了，就反过来养着你呗，你就给我当经纪人，看到谁在网上黑我，就黑了他电脑。"

云养汉

"放心吧，我可是夏藤啊。"随着说笑，将所有的面部素材和性格要求导入电脑，我伸了个懒腰，双手放在键盘上。我要开始战斗了。"在我这里，没有什么是无法实现的。"

这个女人希望的"云养汉"，是她未来一生的精神伴侣：并不是屏幕里养着的某种消遣，是真正的伴侣。他要学识渊博，要知性，要和她一样精通多国语言，可以用拉丁语或者法语交流，外貌要儒雅整洁，通晓各科知识……

这都是数据库里缺少的数据。"种子"的程序里，毕竟还是以人类的情感、性格数据为主的。要让云养汉对看到一只可爱的猫感到快乐，所需要的数据可能相当于人类所有语言加起来的总量。

大部分云养汉的客人，她们的诉求很简单：和屏幕里的人谈恋爱。

怎么谈恋爱呢？你不舒服了，他关心你；你寂寞了，他陪你聊聊；你想回忆往事，他就从储存卡里的数据中找到过去的事件，和你一起追忆似水年华……

恋爱被物化和局限化的后果，就是如此。

诉求无限地快餐化，很少有人真正会要求云养汉的知识储备。这不仅反映在云养汉上，也反映在真正的求偶上。

到年纪了，不得不结婚了，便匆忙找到一个异性，永结同好。

人类越是进步，就越是不知道自己真正想要什么。

"种子"的数据库中，基本没有与此相关的数据。如果要重新编写，那将又是一堆巨大的工作量——我不做基础框架设计很多年了。

但是，阿婉给的价格是别人的数倍。不仅是为了养活这个公司，也是为了能继续开发"种子"……

我看着屏幕中的"种子"。如果用植物的生长阶段来说，它其实已经顺利发芽了。

于是，就和叶苹说的那样，我熬了足足一个礼拜的通宵。到后来，她微笑着蹲在我电脑椅旁边。

"夏藤。"

"嗯?"

"你是不是忘了什么,宝贝?"

"我不会忘记把语言数据库导进云养汉的。"

叶苹的微笑绷不住了,出现了一点裂痕,就好像观音菩萨的瓷像碎了,慢慢露出里面的修罗来。

我被连人带椅地拖进楼上的住处(对,我们租了楼上楼下两层,下面办公上面住),死死抓着椅子把手宁死不屈也没用,云养汉黑恶势力叶苹"杀"红了眼,直接将我和椅子一起拖进浴室,打开了淋浴。

败了,一败涂地。

我只好在她的淫威下睡觉,大概也确实是累了,这一觉竟一口气睡了一天一夜。等再醒来的时候,叶苹正在床边看文件。

我们公司哪来那么多文件可以看,难道是物业来催水电费了?

说起来,这个月又是赤字……

对,因为我实在太完美了,连老天爷都看不下去,一定要饿其体肤,苦其心志……

"宝贝儿,你醒啦?"她用纸堆拍拍我额头,"快,来看看简历。"

"啊?"

"'云养汉'技术部总监的简历呀!"

她居然趁我昏睡不醒的时候,给公司开了个新岗位,已经开始挑简历准备面试了。

我很不理解:"干什么要再招技术人员啊?"

"你这样会过劳死的!"

"我们能给新人开多少工资?这个工资,能招到的技术人员顶多就是个应届生或者半桶水,招了和没招一样。"

"聊胜于无嘛!"

叶苹考虑问题的角度和我不一样。在技术这一块,我还是知道市场行情的。水平足够进来和我搭档的高级程序员或者工程师,云养汉公司根本支付不起他们的月薪。

"可你绝对不能再这样熬了。喏,这是五份简历,你选一下?"

云养汉

我扫了一遍,这五个人开的月薪要求,都是公司可承受范围内的,叶苹对于人事管理要比我细致全面,这也是为何我放心把云养汉除开技术范围的其他工作都交给她的原因……嗯,这是我唯一承认她比我优秀的地方。

先刷下去一个一看就是简历造假的,最后留了四个。

"集体面试吧。"我说,"也别问什么理想和人生格言了,做一道题就行。"

从零分开始的初遇

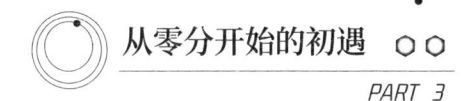

PART 3

面试当天，来了三个人，两男一女。

我出的是一个自动图片识别的问题，如何让程序自动把图片中的动物分析出来。分别有四张图：猫、老虎、豹子、狮子。

这是人工智能研发的基础问题——对我来说。反正本来都没怀着招到人的希望，要既符合我的要求，还要接受云养汉的工资……太难了。

面试者需要写出程序设计的大纲。看到题目的时候，一个男面试者当场就起身走了，剩下两人也面面相觑。

其实本来今天要来四个人，还有个人没来，不知道是不想来还是迟到了。

"你们可以讨论。"我说。叶苹给他们递上水果茶，非常温柔贴心。

如果她没没收我吃垃圾食品的权力，那就更贴心了。

"那个……"女面试者迟疑着举起了手，"可以问个问题吗？误差率是多少？"

我的回答很干脆："零。不允许误差。当然你们可以尽可能接近零，毕竟不是每个人都能做到和我一样完美的。"

女人也拎包离开了。就剩下最后一个人。他在纸上写了又改，足足过了一个小时，最后放下了笔。

"做不到。"他说，"根本不可能零误差地让程序自动辨认图上的动物。这几种动物在某些情况下会产生非常相似的图片……"

我看了眼他的草稿纸："哦，调动公网引擎，集合图片素材，进行特点提炼……你是从十年前穿越过来的吗？我高中时候就能设计比这个更高效的框架了。"

"她的意思是，你很有潜力。"叶苹竭力救场，挽留最后的希望。

"人当然可以分辨图上的动物，因为我们认识这种动物，但是人工智能的无误差辨认……根本不可能！民间的人工智能如果想做到这一点，那要多庞大的数据库？！"

"又不是让你当场建立数据库，只是让你写个大纲，要通过观察照片上哪几个点来让程序做出正确的判断。"我摆摆手，"基础思维的归纳整理都做不到？你走吧。"

"夏藤老师，我为了你的名号才来应聘的！"他拍了拍自己的胸口，"我是二十六岁从美国新智人研究所毕业的博士生，在国内也曾经担任过……"

我制止了他的话："这和我都没有关系。"

"不，请听我说完。我承认夏老师你是个天才，真的。你十六岁从国立人工智能研究院得到本科学位，二十多岁的时候发明了'种子'的雏形震惊世界。那时候大家都觉得，你可以改变世界。"他显然很激动，脸都红了，"你拒绝进入研究所，成为了自由研究者。可现在，夏老师你在这……在这……"他看看云养汉公司，应该是想说破烂地方，不过忍住了，"如果你想把人工智能做成商品来商业化，就一定要牺——"

"为什么要牺牲人工智能的制作水平？你觉得，人工智能商业化，就只能是云梦制造的云女友，批量生产，只有固定的几个性格？"

"……没错。这就是商业，利益最大化。你只需要动动手指，就不必再待在这种……这种……"

果然，这个人也认为，对于商品化的人工智能"云养汉"来说，搭载一套尖端程序根本就是大材小用，毫无必要。

"不可能现场写一套设计大纲的。"他说，"这至少需要一个五人组团队的讨论……"

"辨认皮毛质地、花纹，计算眼睛占据面部的比例，联网搜索与该图片最相似的一百张图片，再分析这一百张图片，最后所有数据进入综合分析中枢，反馈出占比最高的那个答案。"

这时，一个陌生的声音从门口传来——不知什么时候，门口站着一个背着包、穿蓝格衬衫和帆布裤的眼镜男，大约二十四五岁的样子，背着个电脑包。

"……我也是今天来面试的，"他说，"好像迟到了一会儿……"

我们望着他。

中午十二点的面试，他至少迟到了一个半小时。在他嘴里，叫作"一会儿"。

大家都在等我把他轰出去，不过，大概几秒后，我只是摇头。

"行了，你入职吧。"

"哎？"这声惊叹，从叶苹和他嘴里同时发出来。我再次重复："入职吧。"

他歪歪头，大概也没反应过来。过了一会儿，男孩才走进来，把手里的塑料袋举过来："谢谢啊。这是咖啡，刚才多买的。"

我看了眼标签：意大利手磨咖啡，剩下的全是意大利语。我知道这家店，离公司不远，奇贵无比，一杯咖啡三百六。

"不喜欢吗？"他问，"我为了买咖啡排队才迟到的……"

"这么贵的咖啡？"

"不贵，有打折。"

"……他家好像从来没打过折吧？算了，这不重要……"我把咖啡放在桌上。

"嗯？"

"还有，这家店离公司只有三分钟，平时根本没人排队，而你迟到了九十分钟。"

说不上来什么原因，我很喜欢看他回答问题的样子。如同深思熟虑，却答得简单直接。

"啊……"他眯着眼睛，一脸懒洋洋的，被戳穿了也没啥反应，"没事，至少我答对了……吧？"

"答对了？你也是零分啊。"我坐在桌子上，晃着腿，夹脚拖一晃一荡，"但你居然敢把零分的答案在我面前直接说出来，一下子就和别人很不一样。"

云养汉

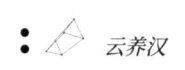

太阳透过玻璃窗，落在他的身上。他站在那儿，就好像只晒太阳的猫，懒懒地笑了。

葛决明就是在这个时间被招进来实习的。

按理来说，大家对他的第一印象还不错：专业技术过硬，个子挺高的，戴眼镜，带着股书卷气。重要的是安静稳重，不像其他男孩那样咋呼。

温柔的叶苹姐姐掏出了最人畜无害的菩萨笑，问他愿不愿意实习，我都听出她语气里的心虚了——云养汉公司现在的财政情况，让我们没有余力雇佣一个正式员工。

他听了那有点可怕的实习工资，看了看斑驳的墙面，神色阴沉了下来。"……工资可以再谈一下吗？"

"可以可以。"

"再加一千吧……"

"那个……少加点可以吗？"

"……你说加多少？"

叶苹摊开手掌。

小葛问："五百？"

叶苹低着头："五十。"

年轻人满脸都是无语问苍天："一百五……"

"五十，给你我的手机号。"

"不要你的手机号，一百。"

居然不要叶苹女神的手机号！这是个国之栋梁啊！我一下子对他刮目相看。

最后经过了漫长的讨价还价，小葛的工资以加五十五元成交。我们公司技术部人数成倍增长，从一个人增加到了两个人，一起开始折腾阿婉的这张单子。

办公室里多了个人，但从某种角度来说，我并没有觉得轻松多少。

从第二天开始，每天早上都可以听见叶苹无力地打电话："喂喂？小葛同学？现在已经上午十点了，你在哪儿？"

"我在上班路上……"
"我们是九点半上班哦。"
"啊？是吗？"
十点半了，小葛还没来。
叶苹再打电话去。
"小葛同学？你到哪儿了？"
"快了，还有五分钟……"
"五分钟前你也是这么和我说的哦。"
小葛在电话那头说了两句外语，听起来像英语"钢琴"的发音，但又不全是。
叶苹深呼吸，努力保持温柔知心姐姐的状态："请问你在说什么……"
"不要急，不要急。"电话那头，小葛的声音很淡定，"意大利语，皮亚诺。"
皮你妹！

阿婉很忙，忙到飞起的那种忙，一年三百六十五天，她一半的时间开会，一半的时间出差。
所以，我们要自己抱着电脑，去她公司给她汇报"云养汉"的进度。
"那我和小葛吃完晚饭去吧。"我说，"来，晚饭吃啥？炸鸡？"
叶苹的笑容乍然消失："蔬菜色拉。"
"炸鸡是天才的浪漫。"
"不，是天才的坟墓！"她怒火缠身，咬牙切齿，下一秒猛地转身，对小葛笑得令人如沐春风，"小葛想叫什么外卖呀？"
"……啊？"他依旧一副没睡醒的样子，呆了好几秒才反应过来，然后说，"外卖是什么？"
我们俩愣住了，没想到他会问这个。
"真的不知道。"他摇头，"我三天前才回国……"
我回忆了这人的简历，好像是，从高中开始，一直到后面的本科、硕士，都是在国外读完的……等等，国外没有那种综合外卖的平台吗？！
……好像真的没有。

半个小时后，叶莘叫的家常菜送到了。小葛推推眼镜："好快啊……"

我忍无可忍："你这家伙今天下午十二点半才到公司，足足迟到半天。在勤劳外卖员的面前感到羞耻吧，人形树懒。"

小葛毫无羞耻，慢悠悠地晃过来问我们有没有气泡酒。

"没有。"

"那有巴矿吗？"

"巴矿是什么？只有饮水机的水，还有可乐。"

"……"

他有点失落，拿着自己带来的杯子倒了白开水。那杯子看上去好像不锈钢的，就一个光面的杯子，没其他装饰。有次不当心碰到了，它还很沉。我们叫的都是十八块的红烧肉套餐，打开饭盒时他还轻叹一声："……第一次吃这个。"

"那你是吃什么长大的？"

"本质应该是差不多的东西。第一次吃，一定要好好品鉴一下。"

说完，就舀了一小勺饭放进嘴里。

"……咦，比那些分子料理好吃多了。"

一边吃饭一边发出诡异的感慨也就算了。关键是，这家伙吃饭为什么那么慢啊！

不，不只是吃饭，他干什么都慢，除了工作——写代码倒是很快。

"那个，树懒先生？"我看了眼钟，站到他旁边，注视他慢条斯理地吃饭，把一块本来就很小的红烧肉垂直分割，慢慢品味，"一个十八块钱的套餐，哥你吃了一个小时了，咱们速战速决，快点吃完饭，去见徐总？"

"……就是因为只有十八块钱，所以才不能错过仅有的那么一丝优点。偶尔也要体会平民食物的特色，"小葛施施然看我，眼神中有一种忧伤，好像我多对不起这十八块钱的套餐，"要懂得品味生……"

我深呼吸，紧接着超快的语速脱口而出："老娘刚才花了人生中珍贵的十五秒和你说了一句话我之前二十六年的人生没有持续浪费多于五秒钟如果你再让我浪费一个十五秒明天你就会发现自己所有的银行卡账户余额为零并且征信界面显示欠了高利贷四百万。"

米饭还含在嘴里，他呆呆看着我，过了几秒钟，喉结上下动了动，把这口饭咽了下去，盖上了饭盒："吃完了，走吧。"

我们在阿婉的办公室外等了三个小时——等见到面的时候，已经是晚上十点半了。

女人西装笔挺、妆容完美，手指在键盘上飞快敲打。见我们进来了，她歉意地笑笑，让助理倒茶。

"不好意思，最近有个国际服装展。"她终于忙里偷闲，暂时将公务搁下了，"据说基础的性格已经编写完毕了？"

"对。"我将平板打开，展示给她看。屏幕上，现在还只有一张平面图，上面显示着数据。阿婉对着摄像头和麦克风打招呼。

"你好。"

"晚上好。"一个文质彬彬的声音从屏幕里传来。那是我们经过数百次的修改，最终确定的声音。

她疲惫地笑了笑："我太累了，不知道该和你聊些什么……你是唯物主义还是唯心主义的？"

平板卡住了。

我和小葛面面相觑。给它导入的资料库，并不包括哲学类目。

"这很重要。"阿婉叹气，"我不希望未来的伴侣连这一点知识储备都没有。"

我和小葛低着头排排坐，好像在被老师训话。

"姐，"他叫我，"你不是说，自己出手，什么客人都搞得定吗？"

"亏你还是学程序的，你不知道硬件不行，软件也会跟着崩溃吗？客人是硬件，我们是软件，这个硬件明显和我们型号不太合，是硬件问题，我们一点问题都没有……"

"你说得好有道理，我几乎就要信了。"

"什么叫几乎？老板的话你要百分百信！"

"那你们就先回去吧。"我们在那边轻声插科打诨几句，阿婉也处理了几封邮件。大家正要离开的时候，她突然捂住了腹部，"呃——"

这时，阿婉突然弯下身子，十分痛苦的模样。

就在那天晚上，由于长期生活不规律、工作强度大，阿婉突发胃穿孔。公司里面已经没什么人了，我们和助理把她送到了医院的夜班急诊。

"你没事吧？"

这话不是我们问的——她躺在推床上，被医生送进病房，我为了腾出手，将平板放在了床上，那个儒雅的声音从屏幕中传来。

"……我没事。"她艰难地抬起手，碰触了我的手指，"麻烦你们了，夏老板，你们先回去吧。"

我欲言又止，抿了下嘴唇："我们还是等检查报告出来了再走吧。"

阿婉再次摇头："不用了，太麻烦你们了。"

我忍不住跟着点头，嗯，是挺麻烦的……

小葛无奈地戳戳我的手背。干啥啊？你有本事你来答？我干脆让开，让他到阿婉老板面前表忠心。

他面无表情，沉思半天，最后一推眼镜认真道："不算太麻烦。"

这个"太"字加得很有水平。

阿婉一下子笑了，指着我们俩："你们两个……哈哈……"

我，我们俩怎么样了啦！

这时，医生进来做体检了，其他人要暂时退到病房外头等。

我正和叶苹汇报这边发生的事情，旁边的小葛忽然问我时间。

"怎么了？"

"我们到这都半小时了，姐倒是没抱怨浪费时间。"

抱怨也没法让徐韧婉马上痊愈啊，人家在你面前病倒的，怎么说都不能见死不救吧？

"像我这样优秀的女人，不在乎停半个小时的脚步，等追着我的那些人再爬近一段。"我说，"这是给他们希望。"

他斜了我一眼："然而你居然不耐烦在我身上多浪费十五秒。"

这话是什么意思？他生气了？

这孩子果然不理我了，寒着脸，埋头看手机。还好，医生打开门出来了，打破了这沉默。

"她应该没有危险了。"大夫笑得很温和,是个老医生了,"不过还是要留院观察,所以不能马上回去。"

我们重新进去,不过刚踏进病房,病床角落上就响起了那个儒雅的声音。

"请你们回去吧。"云养汉的半成品说,"我留在这儿就行——反正这只是一台备用测试机。"

我们都呆住了。明明只是半成品的云养汉,会自己提这个要求?

对这个奇观,病榻上的阿婉也觉得有趣,喘了口气,露出疲惫的笑容:"……好啊。让它留下吧,夏老板和小葛真的该回去了。"

我们离开病房时,听见云养汉说:"……他们已经走了,这里除了我,没有其他人。你累了,你很了不起,但是,你累了……"

透过病房门上的窗户,我看到阿婉在此时哭了,她用被子捂住脸,无声无息地哭了。

深夜,我们俩慢慢往停车场的方向走。小葛好像气消了,问:"姐,你也是她这样的?"

这孩子,怎么和猫一样的,一会儿生气、一会和你搭话?

不过他的问题也不算空穴来风。我在人工智能这个圈内很有名,无论是过往的成就,还是如今的落魄。

"没有,"我却给了他一个很令人意外的回答,"从某种意义上来说,没有。我没有什么办公压力。"

哪怕一口气通宵个七八天,压力也大多来自技术瓶颈,基本全是自己给自己的。商务啊、人际关系啊这种事情,自己从来没考虑过,也根本不会处理。

"那么,公司的人事和财务都是……"

"嗯,都是叶苹。交给她,我完全放心。"

有叶苹替我打理技术之外所有的事情,我只要全力负责研究"种子"就好了。像我这种天才,人生时间应该是高度高效率压缩的。

现在是她为我处理其他所有的事情,以前是……

我垂下眼,打住了思绪。

云养汉

小葛抱着电脑包，不吭声，闷了半天："很少见到女性和你一样。"

"女人应该怎么样？"我失笑，"你怎么和朱……和那种老头子似的，满口都是'女人搞技术那么拼干什么'。"

"没。就觉得你超帅气的。"他坐上了车，看着外面寥落寂静的街道，"我送你到家门口吧，天太晚了。"

"刚才还说我帅气啊？"

"就怕你出事，我的实习补贴都没人发了。"

"啊？什么实习补贴？"

"……什么，连实习补贴都没有吗？"

"你说呢。都能和我这位天才一起工作了，有没有补贴又有什么关系。"

他一脚急刹车，差点闯红灯。夜里的路灯光芒下，小葛的脸上满是无语的表情。

"姐，有没有人说过，你好自恋啊。"

阿婉必须住院观察两周，结果就是，她把办公地点都挪到了医院病房。我们也必须到医院给她做进度汇报。我抱着个平板电脑坐在 VIP 病房外的等候椅上，前面还排着一大堆等待汇报工作的广告公司员工，特别像是等候皇上召见的群臣。

小葛又迟到！一小时前问他还有多久到，他说还有五分钟，半小时前问他还有多久到，他说在医院楼下了。这医院是巴比伦通天塔吗？爬不死他！

我几乎想象得到他接电话的时候，一脸懒懒的没睡醒，满嘴："不要急……不要急……"

"哎，你们就是那个做虚拟男友的公司吧？"有个男设计师凑过来，日系男的那种打扮，枯草似的金色长发，身上一股烟味儿，一直在故意炫耀手腕上那只劳力士，"我们总监真的准备和程序谈恋爱了？"

我毫不掩饰自己脸上的厌弃——这家伙居然用那种口气说我创作的"云养汉"！

和程序谈恋爱？这种低级人类满脑子只有恋爱？人类更高的需求是更为细腻、精密、高级的情感！只有我的技术才能实现！

恋爱这种无聊的情绪，云梦科技一个实习生都能做出来！

"哎，可不可以给我做个妹子啊？你们应该是山寨那个云梦的虚拟女友吧？"

山寨？我冷笑。云养汉只做男性AI——我不再做女性的虚拟形象，也是因为过去的某段经历简直如附骨之疽，如影随形。

"你是云养汉的实习生吧？你们老板是那个男的？"这家伙还蹬鼻子上脸了，伸手揽我的肩，被我躲开一次，还想揽第二次，劳力士闪闪发亮，"搞你们这行的，女的不多吧？也不容易吧？你拉一单生意提成多少？要哥帮……"

话音未落，一只手突然从后面伸来抓住他，把男人的手从我身边拉开。

小葛，一脸没睡醒的小葛，终于在这个节骨眼爬上了他爬了半小时的医院台阶。他的目光安静地落在男人戴的劳力士上，眉头微微皱起。

"你这个型号是一三年出的'奔雷'系列，但实际上这个系列全球只有两千件，中间的蓝宝石是每隔三毫米镶嵌一颗，咦，你这个好像隔了六毫米，是买到残次品了？哎？表带上连编号钢印都没有，这个残次的情况很严重啊……"

他故意把平时懒洋洋的声音拔高了，整个走廊都听见了。这家伙估计平时经常炫耀那个假货劳力士，原本得意洋洋的人瞬间如同被戳爆的气球，泄了下来，灰头土脸地躲到走廊另一头。可一转眼，他又勾搭上另一个女同事，语气充斥着八卦的激动："哎，女魔头真的搞了这玩意儿啊？"

"之前她午休时候不是说了吗，身体上的事儿，一根震动棒就能搞定，她要精神上的伴侣……什么精神上的啊？就是怕自己没人要，找了个借口罢了。"

阿婉没有男友。她也不打算找男友——这是她和我说明的事情。所以，她对这个云养汉的要求极高，可以说倾注了心血。

我打开平板。在人们窃窃私语间，一张儒雅的面孔出现了——他还只有脸部数据，大约三十五六岁，戴着老式眼镜。平板刚才只是待机，他们说的话，"文教授"也听见了。

文教授，是阿婉给他起的称呼。

一生知己

PART 4

病床上,阿婉的手上打着点滴,身边堆满了文件画稿。她面色苍白,但是化了妆,对着一个员工发火,将对方的画稿摔在地上:"你自己都没有进入工作状态,这种完成度的策划案都敢拿来给我看?!"

看起来恢复了不少。

我和小葛带着文教授进去。她挥了挥手,让那个员工收拾好画稿出去。

"我很喜欢那套蒙太奇的设计构思。"忽然,文教授对那名员工说,"但比起一味模仿凡高,你可以试着加入一些更加现代化的元素。"

病房里静了静,那名员工谢了他一声,低头逃出去了。

阿婉苦笑:"你们给他进行了升级?"

我点头:"编写了古典哲学和基础哲学知识,以及八大类基础学科和中西美学……外语系统还在编写中,下个月就能完成。这一次,绝对满足你的需求。"

"那真是太好了……说实话,我一病,下属就都乱套了,一个个都趁着我在医院的时候摸鱼。我真的是……唉……"她倒在病床上,长叹一口气,"快气炸了。"

"想想星尘团。星系爆炸引起的光尘,有独特的美丽之处。"文教授笑着说,"有的时候,你其实不必去刻意压抑情绪。这个社会总是要求人们控制感情,但很少有人能学会去顾及别人的情绪。真的到了要爆炸的时候,就不要去压抑。不到爆炸的时候,也不要刻意地让自己失去理智。"

"……要真的是星尘团就好了。就这么窝在太空角落里，没那么多烦心事。"

"既然决定了要当能发光的星球，就不要将自己视作尘埃。"他被阿婉放在膝头，笑意柔和，"振作一点，养好身体才能继续努力。我会永远在你身边的。"

病房里又安静了片刻。小葛先咳了一声。

"不好意思，根据你需要的对象性格，编写完成后，程序就会做出这样的应答。"他说，"婉姐，你需要我们把他再进行修改吗？比如在你状况不好的时候，他的话语能够从鼓励改为安慰。"

她现在的情况，确实需要好好接受一下安慰才行。云养汉文教授给出的鼓励，却不像广义上那样"暖"。他担心阿婉会不满意。

然而，她摇了摇头。

"没有什么需要道歉的，非常好！"她说，"我就需要这样能和我一起往前走的人，不需要什么接住我的后盾。因为，我一定是最后倒下的那个。"

"嗯，那天晚上，我们聊了很多，"文教授望着我，"不需要谁做后盾，关心也不一定只有劝她急流勇退。我很喜欢她的样子……事实上，她比我想象的还要美丽和坚强。"

这，算是相处成功了？

作为"云养汉"，文教授是 AI 中很特殊的一位。他有自己的喜恶，像个长辈一样思虑周全，阿婉特意和我们要求，她不需要一味奉承她的精神伴侣——他应该有自己独立的观点和判断，是一个独立的人，可以激励她往前走，而不是停下休息，或者后退。

并且，她还有一个要求：希望我们不要把文教授设定成"喜欢她"，让两人来一次真正的"初次见面"。文教授甚至可以不一定欣赏阿婉。

而事实证明，他们俩应该是一见钟情。

"那要是没相亲成功怎么办？"临走时，小葛问我。

"这就说明她很有自信，觉得自己是优秀到足够配得上我的云养汉的女人。"我打了个响指，十分得意，"没错，优秀的我，优秀的云养汉，优秀的客……"

我的话语戛然而止。因为,医院门口出现了一个熟悉的身影。

酒红色的劳斯莱斯停在医院大门一侧,从车里下来一个西装笔挺的精英男。见到他,我眼神都冷了,躲到小葛身后,特意避开他。

"怎么了?"这孩子反射弧不正常,呆了很久才反应过来,"……哎?那人有点眼熟,好像是……是云梦的CEO朱成吧?他是云梦的创始人,夏姐……"

"……"

没错。

那是朱成。我的学长,前好友。

以及,前合伙人。尽管,在现在公众的认知里,创造了云梦科技这个奇迹的人只有一个,就是朱成。

晚上的时候,我收到了来自某人的短信:"今天去医院看一个合作伙伴,好像看见一个人和你很像。你怎么样?"

"生病了?干吗那么拼。你就是太犟了。"

"反正我知道你能看见。不回也没事。云养汉现在怎么样?市场上可是一点声音都没有啊。自己单独出去创业可是不容易成功的,该退的时候就退吧,你又不懂商务,你连怎么报税都不知道吧。"

……

烦死了。

我把他的短信统统删掉,就在这时,手机又震了震。

他来电话了。

我对着屏幕迟疑,紧接着拧了自己一下——你在迟疑什么?!有什么好怕的!你可是夏藤啊!

旋即,我接起了电话。那头传来了男人低低的笑声:"夏藤,好久没通电话了。"

是朱成的声音。

"你干什么?"我冷冷问。

"没什么,就是来慰问慰问你。以后大家说不定有合作机会呢。"

"没有。"

"生意人才不会这样说话。直接告诉你吧,云梦也准备开子公司,专门做虚拟男友了。你如果想回来……"

"朱成,"我揉了揉眉心,声音中带着毫不掩饰的轻蔑,"不管你怎么样对我冷嘲热讽,也终究改变不了一个事实——云梦的虚拟女友,它的技术已经止步不前了。没有我,你什么事都做不成。"

然后我挂了电话,睡觉。

第二天,我顶着两个黑眼圈,和叶苹进了办公室。

昨晚毕竟还是没有睡好。

小葛一如既往,姗姗来迟,带着一脸没睡醒的样子,眯着眼睛进了办公室。我们都习惯了,叶苹直接问:"小葛同学,午饭吃什么呀?"

他的眯眯眼看着天花板,思考了一下人生和宇宙的关系,然后说:"昨晚我收到了云梦科技CEO的电话,让我去。"

搞什么?!

我忍不住跳起来,结果膝盖撞到了桌板,疼得窝成了一个扭曲的鸡腿菇;小葛坐到旁边,居然伸出手指,往撞到的地方戳戳:"骨头没碎吧?姐。"

有没有良心啊!我的半月板!我完美的半月板!

我眼泪汪汪地瞪着他。

"但是,我不想去啊。"他替我倒了一杯咖啡,神色淡淡的,"很明显,他只是为了打散云养汉才会撬我跳槽的。我就是被他当棋子,用完就扔,怎么可能有什么好前景。"

这句话倒是意料之外,我和叶苹都以为接下来就是提辞职了,却没想到他会想到这一步。

朱成的撬墙脚,应该是一击必杀的,说不定直接开出了六位数的月薪……小葛不动心?

"……啊,关键是啊,我最恶心的……就是被人当棋子。"

说这句话的时候,小葛的眼神似乎带着尖锐的寒意,不知道是不是我的幻觉。

"对,而且,云梦科技那边,没有外卖的。"叶苹补充,她那副温柔姐姐的样子,让话语特别有说服力。

"啊?没有吗?"

"对,没有的。"

我看着这两个人,一个睁眼说瞎话,一个完全还没适应国内的生活方式,简直天作之合。

"嗯……"小葛摸摸下巴,原本就眯着的困眼更加眯了,变成了两道缝,有一种让人看了就犯困的魔力,"没有外卖,拿我当枪使……好,我决定留在云养汉了。但是有一个条件。"

"什么条件?"

我咽了口唾沫:加薪?要求下午上班?拒绝加班?

不过,小葛在那儿沉吟许久,最后睁开了眯眯眼望着我,万年表情浅淡的脸上,似乎漫上了清浅的笑意。

"就这样看我,看十五秒。"他说,"一,二,三……"

"啊?"我目瞪口呆。十五秒?什么十五秒?

"……十三,十四,十五。结束。"他一拍掌,"好了,让你在我身上又浪费了十五秒。"

……这个人……好、无、聊、啊!我气得脸都鼓了,捂着膝盖单脚跳过去:"你几岁了啦!"

然而还没来得及好好教训他,阿婉的电话就打断了办公室里的吵吵嚷嚷——内容言简意赅:她希望在半个月后带着文教授的半成品,去美国的发布会上进行公开展示。

半个月后,在巨型展台的球幕前,大病初愈的阿婉完全看不出任何的病态,明艳地站在舞台中央;而屏幕上,文教授的脸上带着温柔的微笑。

"这是我第七次个人设计发布会,"她说,"首先,我想向大家介绍我的男友,文教授。"

那场发布会,是云养汉公司的一个转折点。

发布会上,文教授的出现震惊了世界。

外貌大约三十五岁的他温文尔雅,戴着眼镜,毫无傲慢之气。他俊美到让人一见钟情吗?不会。他不健美、不时髦,他无法像正常的男人一样赚钱养家糊口,不会替你清空购物车,不会给你送钻戒……

阿婉和他在舞台上随性而谈,比如这次发布会前的琐事,比如此次的艺术主旨,以及她发起这个主旨的契机……他们是那么轻松,好像在家里随意聊天似的。

可全场观众都被他迷住了。他的随和,并不是浅浅的河水,而是带着一种瀚海渊博;他的幽默毫不油滑,有一种成熟男性的醇厚与恰到好处……

在闲谈结束后,阿婉向镜头,向全世界公布了他的身份。

"他不是任何一个真实的人类。"她说,"他是一个虚拟的人工智能——由人类制造出来的云养汉。"

满座哗然。

过去发布会上的提问环节,所有的问题都是针对阿婉的;而这次人们将问题转向了文教授,询问他对这次阿婉设计构思的看法,询问他对这次发布会主旨的理解……他侃侃而谈,从美学对人性的影响,谈及创作者本身思想独立的重要性。这一次,阿婉的设计理念是"天人合一",将设计元素和天文对应。文教授毫不落下风,深入浅出,结合设计品,将晦涩深奥的天体物理说得通俗易懂。

发布会现场在那时是寂静的,从未有过的寂静,会场里,只有他儒雅的声音温润如玉,没有人打断他。

"这太神奇了。"一个美国记者在展后书写心得,"他完全没有那种自傲男性的强势——你们懂的,就是那种饭局上为了炫耀自己的经历和才学,霸占着话题说个不停……他没有,他时不时停下,问我们的看法。我父亲就是个喜欢霸占着话题、固执己见的人,你不能在他面前反对他的话;文教授却不同,他向你灌输他的观点时,更像是一种倾诉,是灵魂对灵魂的,摆脱了支持或是反对,在他的面前,我们都是独立的个体,拥有自由

云养汉

思想的权力……"

现场也有一位男演员，在展后久久不愿离去，希望接触阿婉，和文教授进一步深谈。

"我知道他是个 AI。"他说，"可是没有用。他让我想起了我的父亲、老师、兄长，甚至是爱人，我能够感到一种……就像是最深沉的海，它并不冰冷，而是温暖地、温柔地托着你……我不是个同性恋，可我爱上他了。可惜，徐韧婉女士的行程很赶，要立刻返回中国，没有更进一步的接触。"

全球都燃起了一波"文热"，文教授的拥护者甚至为他建立了俱乐部。心理学家将这个现象归结为一个叫作"智性恋"的词：人们容易被智商高于自己的人吸引，当这个智商差距达到一个限度的时候，容貌和收入都将被忽略。

而且，这还影响了人们的择偶观。

文教授的形象，不符合任何一个国家任何一个时代对理想男性的要求：作为虚拟人工智能的他没有银行卡，没有八块腹肌，没有俊美的眉角眼梢，没有满溢而出的荷尔蒙。他甚至是阴柔的，穿着平凡的灰色衬衫，黑色棉麻外套，普通的居家裤子，干净，整洁，没有汗臭味，不喜欢运动……

但人们就是那样疯狂地爱着他。

现在的他只是个完成度百分之八十的半成品，我们需要在这狂风暴雨般的关注之中将他彻底完成。舆论毫不给人喘息的时间，向我们沉沉压来——一方面是如雪花般落下来的订单，对，"云养汉"公司红了，彻底红了；另一方面，则是各界的舆论压力。

"道德沦丧！"一个伦理学家在脱口秀上抨击云养汉，"让这种公司存在，只会让女性沉迷不切实际的幻想，影响家庭的稳固性、结婚率和人口生产！她们应该多和真实的男性接触，真实的东西或许不那么完美而优秀，但却是无可替代的！"

"我的妻子昨天对我表示不满了。"另一个嘉宾说，"她说我身上有味道。有味道？我只是出了些汗。然后她让我不要在家里赤膊，不许我抽烟，说'要像文教授'那样，逼我睡前去读书，不许我看球时大声喝彩。这是什么风气？我们夫妻的感情这么多年都很好，就是因为那个文教授……"

也有人谴责阿婉。阿婉作为一个国际知名设计师，对手下一直很苛刻，对自己也是。她很少有回家休息的机会，大部分时间都在工作。

"你是一个好女儿吗？你有好好照顾过你的父母吗？听说你一直只给父母钱，但是从不亲自照顾他们，也不打算结婚生孩子……你就算真的和一个现实的男人结婚，能够细心谦虚地侍奉公婆吗？"报纸上，一位中年男文人直截了当对她发起攻击，"如果我的儿子以后看上这样的女人，我是绝对不会同意他们的婚事的！"

但是，这不重要。我们顶着巨大的压力，进行了文教授的收尾工作。邮箱里，"云养汉"的订单疯狂地排到了三年后，这家公司从现在开始，才算真正步上了正轨。

可是，更大的风浪却在之后袭来。

您的危机外卖到了，用餐愉快

PART 5

"'种子'已经进入到了'果实'阶段。这一次，文教授是一个很好的证明。"

在技术论坛上，我继续更新着研发日记。

"他可以在社会上建立属于自己的名声，甚至拥有自己的艺术观念与哲学观念，进行一个高层次的思考。我将种子更改为果实，之后制造的人工智能，都会使用'果实'作为核心程序。"

当我发出这段消息后不久，就收到了许多新的回复。但这一次和以往不同，几乎没有来进行技术讨论的人，几十条回复里，大部分内容都是三个字："剽窃者！"

某天，在云梦公司的新产品发布会上，有人问朱成，对最近爆红的"云养汉"怎么看。

"'云养汉'公司的创始人夏藤，我曾经很尊敬她，她是人们口中的少年天才，在人工智能的技术界为众人敬仰。"他说，"而且，我们在研究院就读时，也是学长学妹的关系，甚至可以算是私交不错。来到这里的媒体朋友应该也知道，夏藤和云梦有一些丝丝缕缕的关系。我只能很沉重地表示，通过这些关系，夏藤窃走了云梦出产的人工智能云女友核心程序——'种子'，并且对外宣称，'种子'是她的个人研究项目。被她偷走的'种子'，是古老的 1.0 版本，据说她现在还在使用。当年，为了研发这套核心程序,云梦科技公司花费上亿,被夏藤带走后,我们蒙受了巨大的损失……"

我们坐在公司的电视机前看记者招待会,感慨他的脸皮。朱成的脸皮如果导入程序,应该可以直接阻挡全世界所有的高危级别蠕虫病毒了,没有防火墙比得过。

小葛不禁感叹:"这是多深的恨啊……姐,你是不是对朱总始乱终弃了?"

我撩头发:"像我这么优秀的女人,他有资格被我弃吗?"

这小屁孩用一种很绝望的眼神望着我:"你的肩上有头皮屑……"

"不,只是……只是灰。"

"而且……我,我忍不了了!"他一直没睡醒的眼睛突然睁开,"你为什么能一周都不换衣服?!"

一边在削水果的叶苹陡然放声大笑,下一秒立刻收住,回归了温柔姐姐的淑女样子。

"我,每天,都,换!衣!服!"我拎起灰色T恤给他看,"这是干净衣服!随便你怎么鉴定!"

小葛温吞水似的人一下子红透了,往后躲开,咽了口唾沫,最后用手指头戳了戳我的衣角,再闻闻手指。

"洗衣粉没洗干净。"他说。

这一次换我狂笑;小葛还不明所以,就感到背后有杀气靠近——叶苹缓缓走到他背后,环住了小葛同学的脖子,用温柔得几乎要滴出水的声音问:"同学,你说谁洗衣服没洗干净啊?"

"呃……啊!前台好像有信。"他从叶苹的死亡怀抱下躲出来,开始翻前台的信件,"话费账单,水电费催缴,物业费催缴?"

叶苹从他手里夺过催缴单,撕成碎片,扔进了垃圾桶。

"你上次买的那家咖啡,什么时候再打折啊?"我生无可恋地问,"好想念那个香气啊……"

对,就是那家死贵的意大利咖啡,小葛和我说,他是打折时候买的。但是我再想去买,无论如何都遇不到打折了。

他说他去看看,过十分钟回来了,带着三杯咖啡。

云养汉

"这次没打折,但是太贵没人买,所以店员把剩下的三杯都给我了。"热腾腾的咖啡外卖被推到我面前,他点点头,"嗯,我的运气真是好呢……"

公司赤字了。是的,赤字。

在阿婉的文教授"诞生"后,世界都为这个人工智能的虚拟男友疯狂了,本来情势一片大好,各界订单如雪花般落下;结果,从半月前开始,朱成就不断通过舆论和商务两个方面挤压云养汉,也不知如何手眼通天,这些订单大多都在不久之后取消了。

晚上六点,小葛又掏出那个铁杯子喝水,小酌一口:"水质偏硬。今天应该主要配素菜,口味要清淡。"

然后拿餐巾纸铺桌布,很乖巧地坐在那儿等开饭。

叶苹告诉他一个残酷的消息:"公司赤字,大家自己解决饮食问题。"

"……没有外卖了?"

"没有了。"

"该不会我明天来,云养汉也没有了吧?"

"这个不用担心。"叶苹垂下眼,带着一种美丽静谧的危险,"真的到了那种地步,我认识的道上兄弟会和朱成好好谈……啊,我是说,我们会找朱总好好谈一谈的。"

就算这样,晚饭也要继续吃啊。叶苹拿出最后的补贴费,带我们去楼下的夜间排档。吃完饭,小葛说他有事,暂时离开一下。

"今天公司没事,你可以回家啊。"我说。

他摇头:"说不定会有事呢。"

这孩子,我都没见他主动要求回过家……也是工作狂属性的吗?不过还有这种树懒型的工作狂吗……

我们回了公司,结果过了半小时,有人敲门。

外头是个送外卖的小哥,穿着蓝色的制服,身上还带着些灰尘味儿。

"外卖?"叶苹满脸困惑,"夏藤,是你们叫的吗?"

"怎么会,我们都吃过了……"

正说着,又有个人从电梯里走了出来,是小葛回来了。见三个人站在

云养汉

公司门口互相干瞪眼,他作为云养汉唯一的男性成员,非常义不容辞地走了过来。

"怎么了?"

"其实,"外卖小哥解开头盔的绑带,"我是来问问,那个电脑人怎么做的……"

"啊?"

我们重新看向小哥——他挺不好意思地摘下头盔,搓着双手:"你好你好你好,夏老板你好,另一个葛老板你也好……"

在乱七八糟的"你好"声中,我们才明白,这个送外卖的小哥,是准备来下单的客人。

外卖员周虎强,二十二岁。小伙子长了张讨人喜欢的圆脸,皮肤晒得黑黑的,笑得很随和。

"你们就叫我虎子吧!"

虎子希望,我们做一个他。

"就是吧……"他不安地坐在沙发上,怕自己的脏外套把沙发碰脏了,"我,我在外地打工,家里都很惦记。我姥姥年纪大了,我就想托你们做一个我,然后……然后给我姥姥看,就好像我陪着她似的。"

这个要求不难,云养汉的资料越详细,做起来就越准确快速;如果根据真人复刻,那更是分分钟的事情。然而……

我面无表情地以手支头,歪着脑袋看他:"那你有钱——呃啊!"话没说完,我穿夹脚拖的脚被某人的高跟鞋用力碾压了下去。

叶苹带着圣母般光辉拍手称赞,好像刚才的施暴者是她的高跟鞋,和她没关系:"好孝顺啊!是啊,老人家常年见不到孩子,肯定很寂寞的……"

黑恶势力!云养汉的黑恶势力!我抱着脚无声哀嚎。

小葛本来低头做记录,大概反射弧比较长,现在才抬起头:"定金是现金付,还是刷——呃啊!"

叶苹再次施施然地收回她的高跟鞋跟。

"那个……一、一千块够吗?"虎子犹疑地问。

肯定不够啊!公司不是做慈善的,云养汉无疑是个奢侈品。譬如阿婉

043

的文教授,最终价格可能是一千元后面加三个零。

显然已经考虑好怎么把残酷的金钱问题用柔化的方式解释给他听了,叶苹把最基础的报价单给他看。虎子瞪大了眼睛,手指点着零:"个十百千万……这……这……"

"这是定金。"我狠心补了一刀。

叶苹深呼吸,扭了扭脚踝,用脚尖点刚才踩的地方,发出一级警告:"没关系的,价格是可以调整的。"

虎子的眼神暗了:"好吧……那个,老板,能便宜点吗?"

"可以给你打折。"她拿来了计算器,"唔……1……6……定金的话,可以减到一万五。"

可惜,这也是一个外卖员无法承担的价格。

他没有再讨价还价,低着头站起来:"耽误你们做事儿了,我先走了。祝你们用餐愉快……"

这是我们的第一次见面。

第二次见面就在第二天,虎子倒是真的来送外卖的——小葛点的外卖。

小葛居然点外卖了。我们都好奇他点了什么,这家伙一向瞎讲究,会不会叫了皇家牛排搭配拉菲。

然后,虎子送外卖来了。竟只是奶茶。

"老板这是您的奶茶,祝您用餐愉快!"他鞠躬递来奶茶。这个好像是外卖公司要求,送完了餐必须这么说。

小葛慢悠悠地过去,慢悠悠地接过奶茶,慢悠悠把奶茶倒进那个铁杯子里,倒了三分之一:"虽然用了奶精,但是也有独到的口感……"

这天下着大雨,我的心情比雨还要阴沉——朱成说的话引起了一阵针对我的谩骂,公司形势明明一片大好,就因为那货的污蔑,投资人也撤了,客人也取消订单了……

"对不起,对不起!我马上就送!"办公室门口,虎子接到了催外卖的电话,"真的对不起!我保证十分钟内送到!"

我看着他点头哈腰的背影,内心多少有些震动。叶苹轻声叹息:"可惜,公司承担不起了。否则就能免费给他做了……独自在外地讨生活,多不容易啊。"

她那张艺术品般的脸上露出哀伤的神色,简直叫人心碎。"云养汉"公司外面几乎全天都会徘徊着写字楼里其他公司的男员工,路过千百次,只为了看一眼叶苹的容颜。我都怀疑,要是她到门口落两滴眼泪,这群护花使者们就会干脆给虎子众筹一个"云养汉"。

"姐,你看到最近的那个采访没有?一家起死回生的饮料店。"小葛看着奶茶袋子,奶茶店在做活动,随奶茶还送了一瓶饮料。他看见那饮料的标签,提起了最近的新闻,"好像亏损很多年,突然转亏为盈。"

"啊,我有印象,"叶苹激动地仰起头,悲伤刹那消散,"好像大家都去支持他家了。"

"为什么?"

他打了个响指:"因为,哪怕亏损了三年,饮料厂也在支援贫困地区。这件事被报道出来,我身边的朋友最近都在拼命买他们家的饮料。"

叶苹打开了柜子门,里面是清一色的那种饮料:"我也买了!"

真是的,公司哪里还有闲钱买那么多饮料?而且还是我最不爱喝的无糖款!

"但,是,"她笑眯眯地拿着纸条和吸铁石,把它们吸在小葛的铁杯子上面,"奶茶再好喝也要多喝水……咦?"

吸铁石和写着"多喝水"的纸条掉在了桌上,吸不上去。

"奇怪,这不是铁的吗?"她敲敲杯子,确实是金属制品,"为什么吸不上……"

这时,门开了,我们的闲聊也被打断了。穿着蓝制服的外卖员虎子站在外面,一身被雨淋过的痕迹——我才发现,外面又下起了暴雨。

"老板,真不好意思!"他站在门口,小心翼翼不让自己身上的雨水落到办公室的地毯上,"刚才还漏送了一杯,我补过来了!"

我起身过去,接过湿漉漉的塑料袋。而小葛的声音从电脑桌前传来:"姐,我周五请个假,奶奶九十大寿,家里要聚会。"

"哎呀,恭喜恭喜!"虎子笑道,"好好陪陪老人家!"

我能够感受到小葛的目光落在我的背上,好像一只手,将我往前推。

再推一点、再推一点……

云养汉

"那，我先走了！再见！"年轻人对我们挥挥手，满身雨水，"记得给好评啊！"

心中的那根线，就这样被硬生生推过去了。

"等一下。"

在电梯口，我喊住了他。

揽镜自照，画地为牢

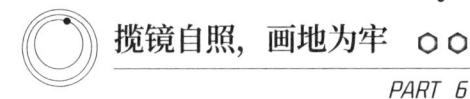

PART 6

"你会把人工智能做成自己的样子吗？"

"对自己制作的人工智能，你们会抱有什么样的感情？是将它视作自己创造的存在，还是单纯的一个工具？"

清晨，我已经坐在电脑前，在技术论坛上发出了疑问。

"夏老师是将它们视作和人类平等的存在吗？"

"是。"

"但那样不是很危险么？人工智能是由程序组成的，它没有实体，必须有媒介才可以行动。人类可以等同于这样随时能被删除的存在吗。"

"删除，也就等同于人类的死亡了。"

我看向手边的平板电脑，屏幕中，有一个男孩在打着篮球，阳光灿烂。

那是被璇儿的家属送来的云养汉"小西"。家属希望我将它删除。

"把人工智能做成自己的样子吗？但是每个人都该是不可替代的吧？想用人工智能替代自己，这根本是不可能的。"

……不可能……吗？

平板电脑的屏幕闪动了一刹那，小西的动作静止了。随后，就好像人的皮肤在强酸下开裂，他的"表皮"逐渐消失，成为了无数细线组成的骨骼框架……

云养汉

"宝贝啊,这张一百元的现金,谁放前台的?"第二天早上,办公室,叶苹揉着眼睛,显然刚醒,乌黑的长发黏在一侧透白的脸上,整个人像在发光。她拈着百元大钞,好奇地用另一只手撑着桌子。

我说,是虎子留下的。

"虎子?"

"嗯。"那张百元大钞皱巴巴的。"是他的'云养汉'定金。"

你如何分辨,更好的你和更真实的你?
放弃吧。
只有爱你的人,才能解答这个选项。

就在昨晚,我答应他,为他做一个"云养汉"。

"你会怪我吗?"大清早的,小葛也不会来,办公室也没客人,我们一起到楼下咖啡店坐一会儿。我问她,"我知道公司现在的资金很……"

叶苹摇头。她今天穿着一套纯白的夏季长裙,透明玻璃杯里盛着冰水,在她手中微微摇晃,碎冰碰在杯壁上,当啷当啷响。阳光落进杯子里,折射在她的指甲上,好像一颗颗宝石。

"不会。夏藤,我们是朋友。你当初离开云梦,来找我一起创办云养汉的时候,我们都知道,自己不是为了钱。"

她举起盛着冰水的玻璃杯,杯子外被冰结出一片水雾。叶苹用手指在当中涂开一个小圆圈,眼神透过它,落在我身上:"透过钱,你能看到的世界就只有这么大,也只能活在这一个小玻璃杯里。"

"啊?我还以为你一定会念叨赤字啊,盈利啊……"

"你觉得我会这样?如果你想游在海里,那我们把这个玻璃杯打得稀巴烂也无所谓啊!"她拉住我的手,贴在她的胸口,"夏藤,你要记住,你是我最好的朋友,无论你做什么决定,我都会支持你的。"

我能感受到她光洁如瓷的肌肤从指尖传来温暖,如寒夜萤火。

"谢谢你。"我握住她的手,对她低下头,"愿意跟着那么优秀的我一起创业,说明你的眼光很——嗷!"

话没说完,我在咖啡厅抱着脚跳了起来。叶苹一身光华,笑靥如花:

"下个月请给我把营业额提升到一月份的两倍,否则所有的衣服你自己洗,不许叫外卖。"

没有人性!没有人性!女人心,月球地表岩石菌群探测针!

第二天夜里,我们都快下班了,办公室的门响了。

应该是虎子吧——我们约了他今天下班来办公室谈这事儿的。

结果门一开,外面的景象吓到我了:三十多个穿着蓝色外套的外卖员站在那儿,好奇地往里头张望。

"来来来,这位就是老板!"虎子笑着和同事们介绍我,"这都是和我一个班的同事!我和他们说,这里的老板愿意给我们做便宜的云养汉给家里人瞧,于是大家下了班就都来了!"

三十多个汉子满怀期待地看着我。

我能怎么办,我也很绝望。

一堆人乖巧地坐在办公室里,每个人都递给我一张红色的一百块——他们以为云养汉的收费真的就是这样……

"等、等一下!我们做不了那么多的啊!"我说,"只能帮虎子做一个而已,其他人不行!"

"啊?我们出钱啊!"

"他这个已经是特优价了,从他往后最多八折!"

"七折。"叶苹优雅地装好人,白裙子在电风扇前起伏,我们开不起空调了。

在冷酷的我面前,外卖员们低着头,把一百块折叠又拉开,全都没声音。尴尬的气氛在办公室里弥漫,叶苹连忙打圆场:"我们以后可能会有折扣的,到时候欢迎大家过来!"

带着满心失望,其他人陆续走了。虎子留了下来,让我们留下他的影像资料,还有他和姥姥之间的往事。这个年轻人一说起姥姥就停不下来,比如小时候自己被邻居家的牛踩伤了,老太太抄起扁担就冲了出去讨说法;要么就是从学校翘课和人去山上挖野果,回家挨了一顿"竹板烤肉"……

姥姥的形象很锋利、泼辣,和中国传统昏黄豆灯下慈爱补衣服的老奶奶中间相差了十万个阿婉，如果虎子不说这是他姥姥，听完这堆往事，我脑中浮现的就是个女子自由搏击选手。

"我们村的人都怕姥姥！"他一拍大腿，"我姥姥吼一嗓子，全村的狗都不敢叫了。"

叶苹笑得停不下来："你那么怕她，还要做个自己送给她啊？"

"怕，怕归怕，还是想的嘛！"

他自己都想不明白。人这种物种，有的时候就是那么奇怪。

送走了虎子，叶苹重新把头发盘成精致的发髻，然后掏出那张皱巴巴的一百块。

"呼……忙完啦。收入是一百元，刚好可以吃高级套餐。"她勾住我的脖子，"怎么样，累了那么多天，我给完美的老板发个吃垃圾食品的许可？"

话音未落，门口有人敲门，一看是个西装男，笑嘻嘻的。叶苹给他开门的时候，他和绝大多数的男人（不包括小葛）一样，脸红了一刹那，紧接着马上恢复正常，把手里的袋子递了过来。

"这是战斧牛排，五分熟和七分熟都有，"他说，"是云梦科技的朱总让人送来的。"

朱成？让人来送饭？

我拍案而起，正要把他轰出去，叶苹一个箭步将袋子抢下来，对那男人挤挤眼，勾得人家三魂去了六魄，老老实实被推出公司。

"来，有牛排吃啦！"她把袋子放到桌上，将一个个食器拿出来，"啊，好高级啊，居然是瓷的食盒……还有黑胡椒酱和配菜……"

"朱成送的东西，你也吃？！"我努力和香气的诱惑做抗争，咬牙走过去，把袋子推到桌子角落，"万一里面下了会让人智商降低的毒药呢？"

"夏藤，优质的熟肉对大脑的发育有好处。"

"……那，那我也不吃，"我嗤之以鼻，"我吃牛排，只吃六分熟……"

"牛排熟度只有单数，三五七分，没有六分熟。"桌子另一头，传来了小葛慢条斯理的声音，"姐不会不知道吧？"

"咳，咳，我当然知……"

话说一半，我扭头一看，目瞪口呆——什么时候？这家伙什么时候用餐巾纸铺好了桌布然后开始吃牛排了！

叛徒！两个叛徒！

"七分熟，刚刚好。"叛徒头子对敌人送来的物资赞不绝口，"夏藤，你不吃吗？"

"不吃。我比你们有骨气多了。"

"人是铁饭是钢啊。"

"不吃。"

"哦。"叶苹没再劝我，哼着歌把剩下的牛排打包，交给了小葛，"小葛，你带回去吧。"

"哎！等等！"我正把头发扎成马尾辫准备吃东西，饭盒就被她从面前抽走了，"真不给我了？我……我就是不想辜负那头牛！"

"小葛很辛苦啊，每天都忙到那么晚。"叶苹的指尖戳在我额头上，连着顶了几下，"而且人家都没什么时间陪家里人，让他带点东西回去嘛。"

"……好吧。"呜……牛排……我撇撇嘴，"小葛，你早点回去，明天记得早点来上班。"

叶苹的嘴角抽动了一下。

"今晚我吃泡面……"我抱着膝盖蹲下去，头顶仿佛有一朵阴云。

"其实我给你在楼上灶台上炖了佛跳墙。"她附到我耳边，轻声说。

真的？我眼睛都亮了，叶苹的厨艺是专业大厨水平，就是一直没空做饭罢了。

那个袋子放在小葛面前，不过，他却不准备拿。

"我家里没人等我的。"他说，"夏姐吃吧。"

年轻人坐在电脑桌前，慢条斯理用一次性刀叉吃着牛排。我一直没好好看过他的脸，小葛永远都是没睡醒的表情，神情淡淡的，嘴角似笑非笑，发型简单，皮肤干净，喜欢穿程序员标配的蓝格子，不松不紧的黑色牛仔裤，也看不出有没有人每天好好照顾他。

我和叶苹是"相依为命"了，总觉得小葛该在下班后回家，可他说，家里"没人等他"。

云养汉

"是说……家里人工作忙吗？"在片刻静默后，叶苹坐到他身边，揽住了他的肩膀，像个大姐姐，"都不容易啊……"

"嗯，算是忙吧。"

"家里爸妈都在？"

"离婚了。"小葛低下头，又抬起头，柔软的刘海扫过手背，"……很多年没见过妈妈，爸爸工作很忙，也不太见面。"

"那和夏藤有些像呀，你们呀……"她拍拍他的肩，抱着他晃了晃，"行了，以后如果有机会陪陪家里人，就直接去，回头请假就行，不扣你工钱。"

小葛默然而笑，没有回答。

外卖员的单子看似简单，然而，世上从没有一帆风顺的事情。

第二天，我们在商场吃午饭时，餐厅的电视机里传来了一个让我熟悉的声音。

"外卖员们为我们送来热腾腾的饭菜，但是他们远离家乡，很难和家人见上一次。"电视里，朱成人模狗样换上了一套朴素的服装，握着一位外卖员的手，眼里含着泪光，演技逆天，"云梦科技的新项目——虚拟男友已经启动，我们将为外卖员们制作自己的 AI 形象，这样，家人在千里之外，也能随时随地和他们相见。"

"开什么玩笑？"难得叶苹先跳了，"他怎么知道我们的计划的？"

我淡定地喝着汤。朱成当然知道，他恨不得在云养汉外面装三十个摄像头，连我喝了几杯奶茶都要记录。

"……在云梦的子公司'虚拟男友'创立之前，为了预热，公司将和外卖公司合作，为全市的外卖员每人做一个虚拟 AI 形象，分文不取。"

"姐，认输吗？"小葛怅然地望着我。

认输？为什么要认输？

"一个是量，一个是质。"我指指旁边的奶茶，"量，就好像每天生产的珍珠奶茶，毫无技术含量。而质，就宛如布丁奶茶加上焦糖珍珠，上面再浇上热奶盖，精雕细琢。云梦只有量，它根本没有和云养汉同台竞技的资本。"

云梦不是有钱吗？能免费给一堆人做 AI 吗？

那我们做得比他们好不就行了。

云养汉之所以能凭借文教授震惊世界，就是因为远远先进于云梦的核心程序，当年的"种子"，如今的"果实"。

我有足够的底气——夏藤能做到的事情——朱成，甚至世上的其他人却做不到。核心程序"种子"是我亲自负责编写的，我离开了之后，这世上没有人再能复写和修改。云梦公司做出的所有人工智能，哪怕是最新的产品，它也和一个初级遥控机器人没有本质的差别，无非是换上了琳琅满目的贴膜。

"跟着我这样的天才一起做事，你们还怕输？"我一甩头发，食指抵着额头，摆出了极其有气势的姿势，"难道还能从世上找到比我智商更高的活着的人类？"

"小葛，"叶苹手里抱着大麦茶的杯子，微微合上眼，"趁着还没被耽误太久，快去找个新的工作吧。"

"喂？！"

"叶苹姐，你怎么办？"

"我？我已经没有退路了……"叶苹的眼中泛起了星光似的泪花，"快走吧，以后记住，见到这个女神经病就绕道走……别管姐姐了……"

"喂！至于吗！"我双手一拍桌子站起来，双眼几乎要喷出火来，"听好了！今天晚上！我们就把虎子的'云养汉'完成！"

来吧，朱成，速战速决！

很快，虎子的"云养汉"就有了它的核心程序。我们请他过来测试。对着漆黑一片的屏幕，虎子茫然地问："里面有人？"

屏幕里也传来了声音："当然啦，我在里头嘛！"

"哎呀，这声儿一模一样啊！"他差点从椅子上弹起来。

小葛鼓掌。

虎子问："但，但咋看不到脸啊？"

"现在要确定核心程序能够做出和你一样的反应，当核心编写完毕了，再制作3D建模。"我说，"用你们听得懂的话来说，你可以理解为它的灵魂已经差不多完成了，有了灵魂，才能灌进身体里。"

云养汉

"哦哦,原来这样!"他点头,又冲着屏幕说,"那,那你记得姥姥最爱说啥吗?"

"小逼样子,今天不把你屎打出来,就是你丫屁眼紧!"

办公室里有短暂的沉默。

我和叶苹站在后面扶着额头,小葛这孩子反射弧还没转回来,依然在那边鼓掌——这都是虎子自己提供的资料。

"就是这样就是这样!那我再问你,姥姥最爱吃啥?"虎子笑了。

结果,屏幕中的声音支支吾吾很久:"……我不知道啊。"

"哎!怎么能不知道呢!"他站起来回头对我说,"这,这不能不知道啊!"

叶苹安抚他:"没事的,你把资料给我们,我做录入就可以了。"

可是,虎子转了几圈,又颓然坐了下去。

"其实……"他说,"其实我也不知道姥姥爱吃啥。"

姥姥知道虎子喜欢吃红烧肉炖笋。他到大城市来打工,临走的时候,老太太还给他做了一饭盒的红烧肉,让他带着走。后来他去送外卖,偶尔有客人点了这道菜,他去取菜,金碧辉煌的酒楼里,服务员神色冷漠地递来一个外带盒,七十多块钱一盘的红烧肉,就那么一小盒东西。"还没我姥姥做的好吃。"他说。服务员翻了个白眼,让他快走。

可是他却不知道姥姥爱吃啥,姥姥喜欢什么颜色。

虎子急得团团转,又不敢打电话回家问,怕让姥姥知道这件事。就在这时,小葛那慢悠悠的声音响起来了:"你何必一定要知道呢?你不知道,'云养汉'也是不知道的,他见到了姥姥,问了才知道。"

"可是要是让姥姥知道我根本不清楚她喜欢啥,她得多伤心啊……"

"你以为她不知道?其实她知道。"叶苹柔声道,"你问了,她其实才更高兴。"

虎子挠挠头,指甲缝里都是灰泥。他念叨着,明天就去问。

"哦,还有,"叶苹有意无意问起,"我今天看到,有一家叫云梦的公司,想免费给外卖员做人工智能?"

"啊,没错没错!"

虎子知道云梦。

就在今天，云梦的经理去过他们的外卖公司了。财力雄厚的云梦雷厉风行启动了外卖员 AI 计划，选了十名外卖员，说是先"试做"，其他人还要继续排队。

但媒体的注意力都被吸引了过去，每天都在跟进报道。等到第二周，云梦的新项目"虚拟男友"的巨型海报早已贴满大街小巷，商城的大电视里播放着朱成投放的公益广告——"这一次，我们为你们送外卖"。

云梦公司正能量的事迹霸屏微博，多次登上热搜榜。

尽管很不爽，但我不得不承认，他是市场的天才。比起专精于技术的我，朱成可以顺利将这些技术变现，变现成百万、千万、数亿。

周五下班，我们三人决定去附近散心，一起看个电影。等待电影开场的时候，电影屏幕上出现了一个熟悉的人影。

那是云梦的公益广告。广告中，记者在采访一个外卖员："请问您的 AI 形象做得怎么样了？"

"我……我也不知道。"他憨厚地笑着，在镜头前十分不安，"他们叫我过去录了像，说很快就做出来……"

那个人，赫然是虎子。

"虎子？！"

我和叶苹在电影院叫了出来，小葛没反应过来，还在用那种美食家的方式在黑暗中品鉴爆米花。影院里的目光顿时都汇集了过来，叶苹咬着下嘴唇，眼里闪着寒光。

虎子，居然也是第一批被朱成选中的人。

"仗义每多屠狗辈，负心多是读书人，看起来这屠狗辈的良心也坏了……"她拿出手机，打开通讯录，"等我找道上兄弟……"

小葛按住她的屏幕，叹了口气。

"叶苹，出来一下。"我打了个手势，电影院在商圈的商城里面，人流量十分大，我们找了个相对安静的地方，想打电话给虎子，问清这件事——虽然他是不需要顾及云养汉和云梦的竞争关系的，可是就这样"投敌"，未免叫人心寒。

忽然，门口有一群人跑过，全都扛着摄像机。

我们对视一眼，跟出去看情况。

没想到，商场外全是熟面孔。

外面停着一辆豪车，车前，朱成依然西装笔挺，搀着一位慈祥老妇人的胳膊；老妇人身侧另一边是虎子。他们面朝镜头，笑得都很开心。

"云梦科技了解到外卖员周虎强的姥姥在老家独居，和孙子分隔千里，今天，我们把老姥姥从村里接过来，让她和孙子见上面。"他说，"同时，也让姥姥看一看虚拟界面里的孙子，这样以后她回了老家，只要打开手机，两人就能见面。"

一群人进了商城，一楼大堂里早已准备好了展台，电子屏幕还是黑的。主持人从朱成手里接过这对祖孙，带他们站上舞台。

我和叶苹本想混在人群里，没想到还是被朱成见到了。这家伙难得屈尊降贵挤进人群，微笑着走到我们身边。

"没想到能在这里见面，夏藤。听说，你想利用外卖员来笼络民心？"

"这不是你在干的事儿吗？"我冷笑，"怎么样？那么短的时间，你就把这些外卖员的 AI 都完成了？"

"你懂的，无非就是换个脸建模而已。至于互动……"他看看台上弓着背的老太太，虎子的姥姥就是那种典型的农村老妇女，第一次来大城市，眼睛瞪得老大，"有什么好怕的？他们能互动到什么地步？……咦？这位是？"

正常男人的反应，朱成注意到了叶苹，欠打的脸都变得彬彬有礼了。

"我是云养汉的叶苹，是夏藤的好友和助理。"

听见这个身份，朱成的眼中闪过了一丝讶异。但这丝讶异转眼即逝，他又恢复了平常的笑意："原来是朋友？夏藤这种人，会有朋友？"

他的目光落在叶苹的脸上，有几分玩味。舞台上，记者们还围着虎子和姥姥拍摄。这两人显然没经历过这场面，看上去像是被狮子围住的羊，不知所措。

片刻后，朱成移开了目光，拍了拍手。

"好了,今天只是个前置采访,三天后才会为外卖员计划开展一个大型的现场活动。我先回云梦了。"人声鼎沸之中,他离开了舞台周边,走向商场外的豪车。

临走,他停下了脚步,回过神说:"还想提醒叶苹小姐一件事……你们虽然现在是朋友,但夏藤在国外读书的这几年,是我在她的身边。当她的朋友,绝对比自杀还需要勇气。"

说完,他便上了车,扬长而去。

商场中依然熙熙攘攘,人们看着舞台上两个手足无措的人,试图继续从他们身上挖掘抓眼球的文字。而朱成走了,就好像一场大戏缺了主演,让这舞台乍然残缺。

和我当朋友,那么痛苦?

他就那么不想放过我?他得到了云梦,得到了万千光芒,他仍不知足?我自己主动退场,不过是不想把时间浪费在不值得的人、事、物身上。现在,他还想高调回归,浪费我更多时间?

"叶苹,你先回电影院吧。"我说,"我有点事,晚点回来。"

"你去哪儿?"

朱成的车绝尘而去,消失在无数车流之中。我看着它消失的方向,夜晚城市的霓虹灯火次第璀璨。

"我去找朱成。"

市中心,这栋雄伟建筑鹤立鸡群,在夜晚闪耀着银蓝色的灯光,宛如一座通天巨塔。

这栋楼,就是云梦科技的办公楼。

几乎没有人相信,在几年前,云梦的办公地点只是这栋楼旁边一个小破房的地下室。

那时,他们日夜颠倒,全情投入,每当工作到深夜,那个人都会带着晚饭回来,然后透过地下室的气窗,指着外面的高楼大厦说:

"我们将来可以飞得那么高,那么高……"他的手点过窗外的璀璨高楼,"不……要比这都高!"

那个叫朱成的人。

云养汉

那时他尚是少年，眉目英俊，当年，我不曾仔细看过。每个人都喜欢他，尤其是女孩子，她们都会暧昧笑着指我，说我多幸运……

我哪里幸运了？

每当看到我茫然的脸，朱成就会过来拍拍胸口，说，放心吧，我在这儿就是你的福星，你只管往前走。

云梦大楼是这片区域最高的办公楼，全年不熄的银蓝灯火宛如逆流向天的银河。自动门打开，我直直走向了电梯。

电梯前的员工通行关口拦住了我，要刷工卡才能打开。

"那个，小姐，请问您有什么事吗？"

前台看见了电梯旁的我，探身问了一句。这是个长相精致的年轻姑娘，穿着齐整的西装套裙。

是啊，好像过去了很久，其实并没有多久……但是人已经换了一批了，新来的人并不认识我是谁。

"找朱成。"我说。

她的笑容毫无破绽，保持着礼貌与温柔"请问您有预约吗？名字是？"

"我要找他，还需要你去通报？"

内心忍不住发出了一声冷笑。迎着她困惑而不安的目光，我重新走到关口前，直接翻了过去。

"啊！那位小姐！——保安！"

她连忙按了警铃。门口的保安冲了进来，但我已经进了电梯，按了三十二楼的顶层按钮。

电梯门再打开时，映入眼帘的是一处装潢气派的回廊。这是云梦的高层办公区，朱成的办公室也在这儿。我刚走出电梯没几步，另一部电梯门开了，保安跑过来，一把拽住了我。

"你是谁？"

这也是个陌生脸孔……不，不一定。我以前就没注意过保安长什么样。

我本来就瘦削，被他一个大力拽倒在地。就在这时，回廊那头走来了几个人……

"夏藤？"

走在最前面的是朱成，后面跟着的是他的秘书和各部经理。见到我倒在地上，他根本没顾太多，丢下手里的文件就跑了过来。

"朱总，这个女的……"

"把她放开，她是来找我的。"

他先把我扶起来，又觉得有些失态，面色缓和了，咳了一声，理了理领带；旁边的保安有些忐忑，不知道是不是得罪了朱总的亲友。

"……没事，张师傅辛苦了，我朋友没带访客证，你做得没错。"他拍了两下保安的肩膀，安慰这个不安的中年人，"哦，明天下班，我会托小安给你带些烟——上次假期我回老家，家里人塞的，不过我戒了。"

"朱总，这，这怎么好意思！"

"嗨，有什么？冬天过节那会儿，你不是还给我带了老家的特产吗？"

"哎哟，那就……那就谢谢朱总了！"

他居然连保安姓什么都记下了？

朱成的秘书小安亲自送保安老张到电梯口，他让身边的其他人先走，走廊里就剩下我们两人。

然后，他伸出手指，对我上下摆了三下。

"好，好，好——你来干什么？想投降了？"

"你又想干什么？"我冷冷看着他，"先是污蔑我偷了核心程序，然后又在外卖员的事情上横插一杠。"

"我？很简单啊，要么收购云养汉，要么……"他嗤之以鼻，"搞垮它。"

"就凭你？"我注意到他手上的文件，看到纸张上的标志就知道，这是云梦实验室的报告，"云梦的人工智能核心程序有多久没更新过了？它还只是'种子'吧？云养汉的程序，已经是'果实'了。"

"……那又如何？难道云养汉更加挣钱吗？"

"你根本就不懂，为什么我当年给它起名'种子'。"听见他的话，我基本可以断定，云梦的技术员们别说更新核心程序，他们连解析都没完成，"周虎强是云养汉的客人，不要特意去抢他来自取其辱了。"

朱成的嘴角抽动了一刹，但还是带着温文尔雅的笑意："夏藤，你知不知道，要不是我不打女——唔噗！"

云养汉

我跳起来对着他的脑门就是一拳。这家伙捂着脑袋蹲了下来,咬牙切齿地看着我。

"啊,真的不打女人啊?"我有点尴尬,看着自己的拳头,"我就是试试……"

他额头青了一块,现在仔细看看他的脸,要没这一块青的,还真的挺好看的,脸部线条刀刻似的挺拔,皮肤也是很健康的颜色……

僵持大约半分钟后,他站了起来,指指走廊的左上角。

那有个监控摄像头。

"你殴打我,被拍下来了。"

"哈?!就一下而已!"

"如果不想我报警……"他比着自己被打青的额头,"就做一件事。"

我咽了口唾沫,有些忐忑。

"陪我去看看我的新房子?"

"什么?"

我还没来得及问,背上就被推了一下,和他一起进了电梯。一路上还遇到了不少其他的员工,全都瞪大了眼睛,不知道朱总身边为什么会有一个这样不修边幅的女人——和他的西装革履相比,我头发乱糟糟扎成马尾,灰色宽松的T恤,有点磨白的牛仔裤,还踩着夹脚拖。

两个女员工看到他的额头发青,忍不住偷偷笑了。朱成回头,她们全都吓得呆立住。

但他没发火,只是笑着说:"有那么好笑吗?我这不是学你们,每天上班化妆,不担心画坏了?"

她们笑得更花枝乱颤。电梯到了一楼,女孩们走了,朱成让她们下班路上注意安全。

电梯里就剩下我们两个。

"很多员工都不认识你。"他说,"不过,你在这待了那么久,有记住十个人以上的名字吗?"

"你把我当小孩吗?"

"哦?说说看?"

电梯直接下了停车场,夜晚的地下停车场安安静静,只能间隔听见滴水声。就在这有点阴森的氛围里,朱成拦在我面前,伸出手:"你数出来,我就不打你。"

说好的不打女人呢?!

不过他的表情显示,我在他的眼里不算女人。

"你算一个……除了你……"我看着手指,准备数出十个。然而数来数去,数了半天,最后还是徘徊在"你算一个"上面。

……好像真的只认识朱成。

他得意洋洋地笑,笑声在我听来无比刺耳。紧接着,手挥了过来,我尖叫一声,紧紧闭上眼睛——

"啪。"

结果,他只是把手指在我额头上弹了一下。

"走吧,嘴那么硬,胆子那么小。"他带我走向他的车。

不知什么时候,朱成换了新车。一辆深蓝色的跑车,光是停在那边都闪闪发亮。

"你还给自己划了个专用停车位?"我嗤笑。

他眼神更加得意:"不,是保安队自发帮我划的。"

"……真,真会拍马屁!"

对,朱成就是这样的人。

他是我的学长,比我大几岁,同样投身人工智能研究,凭借优秀的成绩,进入了国外的研究院。我们在那里相遇,但却是同级。因为我在初中毕业后直接就读了国内的大学科学院少年班,第二年就收到了研究院的邀约,在那里完成了本科到硕士的课程。

那里的中国人不多,我的性格无法适应外国人的社交,但因为成绩优异,仍然是研究院的课题代表者。

而他迅速融入了当地的氛围,还将我也拉了进去。他在研究院的成绩排名只是中庸,可是却凭借人脉与助力,成为了我身边的副代表。

每一个人都喜欢他,英俊而充满人格魅力的朱成同学,永远对那个不可一世的天才夏藤充满了耐心。

我比谁都要清楚,他从第三年往后就没有再专注过专业课程,而是看到了人工智能商业化背后的巨大商机。

小葛的赞叹没有错——他是个商业的天才,我则是技术方面的天才。朱成的商业天赋成就了云梦,让它在那座巨大办公楼中熠熠生辉,让他换上了新车,也买了新的豪宅。

他的新居距离公司不远,此地原来的建筑被完全推翻重建,如今是一片令人惊叹的独门院落。夜晚,人造石缝间的小地灯铺成萤火般的地毯,大门自动缓缓在我们眼前打开,庭院中的溪水瀑布声音清爽……

"如何?和研究院的院长家的布置一模一样吧?"

他一边走,一边脱掉西装,解开领带,舒展了一下身子。价值不菲的手工西装被挂在假山石上,落上了枯叶。

别墅里,有两个中年女性佣人正在准备茶点,动作行云流水,安静而秩序井然。朱成对她们也很和蔼——据说,从没有人见过他发怒的样子。

人人都爱他,于是,当那件事情发生的时候,没有人站在我这一边。

"你带我来,想说什么?"我问。

"夏藤,你想不想回云梦?"

出乎我的意料,他直接问了这个问题。

我的回答直截了当:"不想。"

"为什么?难道你不觉得,它就像你的孩子一样?"

"是吗?在大众眼里,它是你的孩子才对吧——朱成,云梦创始人……不是吗?"

一阵风吹过,落叶飘落在庭院中。一只黑色的猫玩起了叶子,"喵喵"乱叫。朱成吹了声口哨,它便小跑了过来。

这个男人,连猫都喜欢他。

"看起来,确实没有必要谈下去了。"他叹气,将猫抱到膝头,挠着它的下巴,"不过,看在过去的交情上,我会给你想要的东西的。"

我的表情冷酷得像个连环杀人犯,猫接触到我的目光时尖叫了起来,浑身的毛都炸了,蹿进了黑暗里。

在经过一个周末的休息后，我收到了所谓的"想要的东西"。

是参观证——云梦科技公益活动：外卖员 AI 展示大会。

券上还有那人亲笔签字："我可没有说过会让步。"

办公室的三个人，盯着那张证，恨不得透过它把仇恨的目光传递给对方。

战书被放到眼前了，去，还是不去？

"为什么不去？"我拿起了参观证。

"当然是要亲眼见证云梦的人工智能一败涂地才甘心啊。"

"可是地址好远……"叶苹皱眉，"在城郊的庄园里。估计为了容纳媒体，所以必须要很大的场地吧。但公司不能没人管……"

"我和小葛去。"我扭头，按住小葛的肩膀，"记住时间，早上八点公司集合，这一次如果你迟到……"

"我知道，神秘黑客会把我的银行余额变成零，我还会欠高利贷四百万。"

时间就是三天后。

足够了。我们绝对可以在那之前，完成虎子的"云养汉"，带到现场，和朱成一决胜负。

陌上花开缓而归

PART 7

"啊啊！不！夏藤！不！"

周六早上，家里，叶苹崩溃地靠在衣柜前，双手死死扒住柜子。

"让开！"我用力将她从柜子前扯开，却和她抱作一团。

"不！你不能这样做！"

"让开！否则……否则我一个月不换衣服！"

这个威胁太可怕，让叶苹产生了动摇。但这动摇不过短短半秒，她坚定地拦在门前，死也不放手。

我终于受不了了："我不就拿一下明天穿的衣服吗！大姐！"

我们已经就明天穿什么的问题，争了半天了。

"当然是灰色T恤和牛仔裤啊！有什么好讨论的！"

叶苹执着于让我换上那套绿色连衣裙，这完全就是她的风格，裙摆还是绒的！还带蕾丝花边！

"你的品位有问题！我早就想说了！"我终于扑到柜子前，将门拉开，里面是整整齐齐十几件一模一样的灰T恤和牛仔裤，看得人心旷神怡，"迟早有一天把你的内核拿出来重新编写一下！"

"你想想那是什么场合，你丢不丢人？换裙子！"

"我这种天才到哪里都是闪闪发光的，你的品位太LOW了，单薄、片面、狭隘。"我冲她吐舌头，结果脸颊被一把捏住。云养汉黑恶势力叶苹居高临下面带冷笑地看着我："你，说，什，么？"

这语气，这眼神……是叶苹的五级暴怒。

"我说……我说……这个……"我咽了口唾沫，"可以多找几个人来商量一下，集思广益……"

在无数次"还有多久""还有五分钟"后，小葛慵懒的身影出现在楼下，眼眶还红着，整张脸都写着困。

"交给你了。"叶苹拍了拍他的手，"不管多少钱只管回来报销。"

小孩懵懵懂懂点点头，很认真地跟在我后面，一起去市中心的商圈了。他开了车，车还不错，估计家里条件挺好的。

见我看着车窗出神，他问："姐在看什么？"

"我在看我的倒影。"我双手捧着脸，靠在车椅背上，"果然，不管从哪个角度看，我都是那么完美……"

小葛踩了一脚急刹车，抬头无语问苍天，酝酿了很久的情绪，才重新把车开出去。

"你想要什么样子的新衣服啊？"他问。

"不是我啦！是叶苹……"

"唔，这样哦……那叶苹姐想让你穿什么样子的新衣服啊？"

我颤抖着伸手指着他，看出来了，我彻底看出来了，云养汉三个人，小葛站在黑恶势力的那一边！这小叛徒！

"听好了，小葛。作为我的崇拜者之一，你应该和认同我是技术上的天才一样，认同我的造型。"我靠近他，把上方的夹板镜子放下来，镜子里，我们两个的风格……还是有点差异的。

不是工作日的时候，他没再穿那件程序员标配的蓝格子，换了纯白的衬衫和黑色九分裤，眼镜也摘下来了……这人戴不戴眼镜，差别怎么那么大啊。

不过，小葛又停下了车，深吸一口气。阳光落在他脸上，青年人的脸庞带着一种好看白净的光泽；落在他眼睛里，又像是照进清澈细长的溪水中。

"我……我忍不住了。你这身……我不能忍！"他打开车门，也替我开门，拉着我下了车，冲进旁边的商场里。

休息日的商场里客流不少，我还想跑，结果两只手都被他抓住——小葛往前走，双手向后拉着我，把这个蛮不情愿的女人拉进女装部。

"这是自由！穿什么是我的自由！"我做最后的挣扎。

"身为老板没有自由，你在云梦科技的宴会上穿什么战袍关乎云养汉的面子。"他拖着我走，站在第一家店面前，这家全都是粉红色泡泡袖加蕾丝边的设计，看得我背后发毛，倒吸一口冷气。

还好，小葛只在那顿了一秒，就往下一家去了。

我们站在一家日系服装店门口，里面的设计以米灰、深灰、草绿为主，颜色很柔和素雅，款式也简单。

我不肯走了，就要这家。

"不行。虽然这家很适合你，但是不适合发布会之类的场合。"他再拖我，拖不动，居然直接把我抱起来，让我踩在他的脚上，两个人像企鹅似的左右摇摆往前走，"你又不丑，为什么每天都邋邋遢遢的……"

"我知道我不丑，但就是不想在那种事情上浪费时间啊，放心吧，哪怕裹块布，也不会掩盖我的容颜的……"就这个姿势，我只好抱着他，以免从他脚上滑下去。结果一抬头，就看到小葛那彻底无语的表情，"……干，干什么？你不相信我啊？"

"……"

他长叹一口气，把我在一家店的镜子前放下，将我乱糟糟的马尾辫解开，用手梳通，把眉毛两侧的小头发拧成一股，绕到脑后扎起来，再把下面的散发都理进两股头发扎成的环里，盘成一个很含蓄的发髻，最后解下自己的项链当发绳，把发髻固定住。

"这样就清爽多了，"他松了口气，"走，挑衣服去吧。这家的女式通勤服挺不错的。"

我看着橱窗里那些轻飘飘的雪纺女装，又想调头逃。这时候，平时像个树懒似的他竟眼疾手快地抓住我，另一只手拎着五六个衣架，把衣服塞我怀里："这些。"

等我出来的时候，他居然已经买单了，拎着购物袋在外头等我，又恢复了那种呆呆的样子。

"怎么能让你付钱?"

"没付钱,以前有这边的购物券罢了。"

这样啊……

"好了,能回去了吧……"我边说边走,又被拉住,走上了向上的电梯。——他带我去了商场顶楼的一家高档造型沙龙。

两名迎宾的理发师上前:"欢迎。"

"替这位女士做一下造型。"

"请问您有预约么?"

小葛和那人轻声说了句什么。听不清内容,但是,哪怕没预约,前台也立刻替我安排了造型师。

"你说了什么?"我问。

他推推眼镜:"机密。"

现在的男人都流行这样装×了?

我被按在椅子上,三个理发师围着我,话也不多,每个人干着自己的事情。年纪比较大的那个理发师在洗头时轻声问我:"小姐,那是你男朋友?"

啊?我说不是,只是同事。

"哦,他是你老板吧。"他暧昧地笑笑。

"不是,我是他老板。"我说。

这人愕然睁大了眼睛,没有再说话。

用小葛的话来说,我就像只被迫洗澡的猫,全身毛都炸了。这个造型足足做了五个小时,我却没发现他何时不见的,等走出店时,自己忐忑地问价格,被告知"抽到了店庆时期的免费顾客名额"。

……第一次做头发,居然运气能那么好?但我还是没找到小葛。

真是的,那家伙去哪儿了……

买衣服也好,做头发也好,都是他带路,我好歹也是老板啊。

正当我准备打电话找他时,他从电梯口出现了,手里挽着两个大大的购物袋。

"去那家日系服装店给你买了些便装,"他举了举袋子,"回去吧。"

"这次总不可能是购物券了吧？我给你钱……"

他停下脚步，然后扭过头："先欠着。"

"不行，你觉得我还不起？"

他报了个数。

我静了静，随后抬头微笑道："嗯，先……先欠着吧。"

小葛开车送我回去。他打开音响，车内弥漫着轻快的英语民谣。这人哼着歌，一连串标准的英式发音从他唇舌之间吐了出来。

我记得他的简历，这个年轻人的学历漂亮而璀璨，从高中开始就在国外一流院校就读，并且主攻人工智能研究。

凭他的水平，在云梦得到比现在多十倍的工资轻而易举。

"你为什么来云养汉？"我还是问了。

"为……了……你……啊。"他答得拖泥带水、很不真诚，还有翻白眼的趋势，"……业内几乎没有人不是你的崇拜者吧。天才夏藤，十六岁时名动全球，二十岁时巡回展示'种子'的雏形。二十六岁……"他勾了勾嘴角，一脸慵懒，"销声匿迹。"

"哼，那是因为某人嫉妒然后陷害……"

"难说。姐，你这种无时无刻不自恋的性格，要是杀人不犯法，你早被人打死了。"

"哈？"

我气得腮帮子都鼓起来了，没想到他看到了，居然笑着伸手指过来戳我脸。

也不知道是为啥，大概今天溜达太久、远离程序，我一口咬住他的指尖。

小葛睁大了眼睛。我连忙松口，捂住了嘴，满脸通红。

"到，到了！"还好，车已经快到云养汉门口了，还没停稳时我就冲下了车。走两步又停下，感觉让小葛拎那么多包不太好，于是折身回车那边找他。

小葛还坐在驾驶座上，自己含着那节指尖，愣愣出神。

"……小葛？"我敲敲玻璃，把他从神游里敲醒，"我咬太重了吗？"

他连忙收回手指，一言不发把包都拎上，和我上楼。

打开门见到我的新造型时,叶苹讶异得说不出话。造型师替我把毛躁蓬乱的头发打薄,染成栗子棕,发尾微微烫卷,不管是散下来还是梳起来都很好打理。

等她看到买回来的那些衣服时,简直激动得热泪盈眶,拼命拍小葛的肩:"好样的,小葛同学,完美完成了姐姐交代的任务。"

"那是自然,"他点头,"叶苹姐给的任务,我肯定认真对待。"

"叛徒!"我想抗议,可她带着温柔的笑容,将我拎到洗衣机跟前:"自己把衣服吊牌剪了、按深浅色分类洗掉,我有话和小葛说。"

洗衣房的门被关上了。透过磨砂玻璃,外面昏黄的灯光下,可以看到两个人影。

"……今天真的麻烦了。本来只是想让她出去走走,想来想去,只好麻烦你了。今天我会按照工作日的工薪给你算的……还有这些东西……"

"不用了。是拿朋友给的代金券,我没出钱。"

"你出了。我们不能白拿你东西的,在云养汉,你已经够辛苦了。"

是他出的钱?叶苹怎么听出来的?

我还茫茫然时,小葛笑了。他一直表现出那种淡淡的不急不缓,很少这般笑出声。

"真没事。"他的影子动了动,像在摇头,"叶苹姐,对我来说,云养汉不是'你们俩',而是'我们仨'。那天你让我带饭回去,让我多陪家里人。我本没什么家里人好陪的,但你们是第一个问我念不念家的。夏姐虽没明说,但她如果反对,早就说不许你放我假了。"

"人都有家,这有什么?我只是想,你不像我和夏藤,家里人不在身边……你如果和我们一样,没家人可以陪,又不嫌弃我们两个女神经病吵吵嚷嚷的话……"叶苹的人影低下头,伸出手,拉住了小葛的手,轻轻拍了拍,"就真的把我们当家人吧。你放心,小葛,我这样说,不是为了什么客套。等公司业绩好了,我们会马上重新给你加工资,并且把之前的补贴补齐的。这段时间……真的非常谢谢你。"

她的人影向他鞠躬。他连忙把叶苹扶起来。

"不，没有什么需要谢的。学人工智能技术的，有很多人都想来。谢谢你们能给我这个机会。"

"这是我以个人名义给你道谢。"叶苹直起身子，语气里带着笑，"我知道，今天你肯定辛苦了，夏藤她……她有的时候，就像个小孩子似的，但又是云养汉的老板，很多事我可以代替她，很多事不可以。我平时要管的事情太多，你能一点点带她学，真的是帮了我大忙。"

叶苹又向他鞠躬道谢。她柔软的长发从肩膀滑下，在昏黄灯光下晕出一个模糊的影子。

"明天请你再辛苦一下，陪她去云梦的发布会。这一战打完，我在家里做一桌好吃的等你们回来。"她说，"早点回去休息吧，明天要很早出发的。"

去会场前，我换上了小葛给我配的通勤服，叶苹看到我收拾整齐出门时都惊呆了，她以为还要一场恶战才能让我穿上这些衣服。

而打电话给小葛，他说已经在楼下等我了。

我到了楼下，没人。

"还有五分钟……"这家伙，果然还是迟到了！"不要急……不要急……"

云梦的这场展示会声势浩大，我们到得晚了，许多为了得到第一手资料的媒体早早来到了会场，抢占视角。而发布会的主角们也站在了舞台上——虎子穿着蓝色的外卖工作服，他的姥姥站在旁边，小老太太精神不错。

朱成站在舞台旁边，衣冠楚楚，正与几名贵客握手谈话。在短暂的暖场后，他重新回到舞台中央，致开场辞。

"欢迎大家来到云梦科技的公益发布会……"

接着，是一长段的套话。我听得打了个哈欠——似乎被他看见了，朱成在发言间隙冲这里挤了挤眼。

"本次大会，也感谢奔鸣集团的支持，为我们提供了这千人场地，以及一整个度假村！在发布会后，客人们也能免费在这里度过美好的三天……"

奔鸣集团?云梦家大业大,还需要人支持?

好像知道我心里的困惑,小葛轻声解释道:"是国内投资尖端科技的一线财团,奔鸣集团对人工智能一直很看好,如果没有意外,下一季就会投资云梦六十亿美金。"

六十……亿?美金?!

虽然大脑马上计算出那是多少个零,但自己仍然有点眼花……

朱成在台上发言,特意调整过的灯光让他熠熠生辉,裁剪得当却又造型轻便的休闲西装很适合今天的场合,拉近了他和其他人的距离。有几个女观众两眼放光地拿出手机,盯着他拍。

喊,至于吗,这种人都能当个宝?我翻了个白眼,当年低头不见抬头见,我从没觉得他有啥好。

"今天将当众展示云梦科技为外卖员们制作的人工智能。这样,外来务工人员们在外面奔波,他们的人工智能就能代替真人,去陪伴家人。"

台下掌声雷动。

屏幕亮了,上面出现了虎子穿着外卖制服的样子。

小伙子端端正正站在那儿,脸上朝气蓬勃,站姿挺拔,身上一尘不染。

老太太神色欣喜:"哎,和那个小样一模一样。"

主持人说:"姥姥,你可以随便问他问题。"

"哦,这样啊……"老人念叨着,走到了屏幕前。她突然伸出手,用力揪向了屏幕中虎子的耳朵:"小样子,翅膀硬了哈?每天都不好好打电话回来了!"

农村妇女中气十足的吼声通过麦克风传遍了整个会场,姥姥慈祥的外表下小宇宙悍然爆发。一时之间,音响里只有耳鸣般的弦音,所有人都捂住了耳朵,除了屏幕上的虎子:他微笑着站在屏幕里,由于老人和他的互动无法从数据库查到,他毫无反应。

朱成的笑意凝固了。

台下哗啦啦跑过几个"黄帽子"——看工作服上的字,那是场控和大会策划。

"怎么回事，怎么没按照排练的走？"

又有个黄帽子，原来是站在会场最后面的，匆匆弓着身子小跑过走廊，嘴里对着耳麦念叨。

"哎，这人怎么傻呆呆的啊？"姥姥戳戳屏幕，"来的时候不是说好了，这人和我孙子一模一样，会和我聊天吗？"

"姥姥……"真正的虎子揉着耳朵，扶住姥姥，"毕竟不是真的嘛，就是屏幕上给你看看的……"

"那有什么意思啊？你又不是死了，我干啥盯着个假的看啊？"她的声音通过麦克风广而告之，现场云梦公司所有员工的脸都青了，朱成拼命打手势，让主持人救场。

"哈哈哈，姥姥真是太激动了。来，姥姥试着和他问好？"

"问什么好啊？这一动不动的小样，有啥好看的？"

在底下的哄然大笑中，朱成寒着脸摆手。主持人旋即领会，准备把这对祖孙请下台。

变故就在此刻发生了——他们下台时，地毯居然从台阶上滑落了。虎子的姥姥腿脚不灵便，趔趄了几下，往台阶下倒去。

现场的笑声还在音响里回荡，直到人们发现老人真的昏迷不醒的时候。

"姥姥！"

一个焦急的呼唤声从我手中的平板电脑里传来。同时，真正的虎子也发出了同样的喊声。

虎子的姥姥被送去了医院。媒体也齐刷刷冲出去，跟着救护车拍。

"小葛，你快一点！"我催促他，排在人堆后面。

他慢死了！树懒似的拖在后头，还一脸状况外。

"其实……"他指指一旁一扇不起眼的小门，"那边有内部出口。"

哎？

他拉着我的手，绕开了人流，走进那扇门，全程轻车熟路。我们比大部分人都更快到达了停车场，跟上了局势发展。

十分钟后，姥姥被抬下救护车，虎子在一旁神情焦急，浑身发抖。

比他还紧张的就是朱成了。

对，云梦公司的团队也跟着来了医院，还带了一大群记者。爱心活动突生变故，记者们一个个都挤在医生办公室门口，轰都轰不走。

云梦是主办方，朱成也没想到会出现人命关天的事情——他想用这对祖孙来给公司打个好名声，倒也不是那种谋财害命的恶人。

虽然他家出意外，作为竞争对手的云养汉该开心，可……

我还是希望老人家没事。一方面人命可贵，另一方面，朱成……这家伙还是有良心的吧。我看到他拉着医生说，不管花多少钱，人命第一，医药费由他个人全部承担。

"起因是摔倒没错，但是诱发了心梗，情况很急。"医生说，"谁是家属？家属进来谈话，其他人出去。"

虎子吓得腿软了，瘫坐在地上："姥姥……"

我穿过了人群和记者，将他拽了起来，往医生办公室推："快去和医生谈吧。"

没有人注意到我怀里的平板电脑屏幕再次亮了——电脑里传来了和虎子一模一样的声音："你个缩卵快去啊！我还没问姥姥爱吃什么呢！"

屏幕里，云养汉"虎子"焦急地贴着屏幕，拍着屏幕，好像被关在玻璃间里，急着冲出来似的；记者们一下子就涌了过来，惊愕地看着这个人工智能。

和云梦制造的那个微笑得体的虎子不一样，云养汉的"虎子"，脸贴着屏幕，急得眼泪鼻涕一起流，本地方言都出来了。

"快去啊——"他催促，"等姥姥醒了，我们马上问她爱吃啥，然后天天送她吃，给她吃最好吃的东西！咱们给那么多人送过饭，还从来没给姥姥送过饭呢！"

虎子如梦初醒，从地上爬起来，跌跌撞撞进了办公室；平板电脑里头的那个虎子捂着脸哭，哭得打嗝。

"这……这是云养汉的人工智能？"记者都不敢相信。他们对云养汉的记忆还停留在那个轰动世界的文教授那儿，仿佛云养汉生产的 AI 都该和教授一样，优雅、睿智、得体……

云养汉

而在屏幕里的是个从乡下进城拼生活的外卖员，脏兮兮的头盔，脏兮兮的制服，脸上还有眼泪和鼻涕……

"这个才像真的嘛……"有人嘟囔，"你好？你好？你叫什么名字呀？"

"你脑子有病吧？谁现在有空和你扯犊子啊！"虎子抬起满是泪痕的脸，瞪着这群人，"姥姥……姥姥还不知道怎样了……"

"靠！他会骂人哎！"那个记者连忙对着屏幕一顿狂拍，"就好像那种和真人说话的感觉！"

那是自然。

听到对云养汉的夸赞，我很是受用，立刻跳了出来："这是之前周虎强先生委托我们制作的'云养汉'。因为听说云梦也在为他制作相似的产品，所以我就带员工一起赶来看看。没想到在交货前会发生这么多变故……"

"朱总不是说，云养汉是偷的云梦的核心程序吗？还说云养汉的程序只是古董版本？不过看起来……"

"当然全都是污蔑。"对着镜头，我发出了一记狠狠的反击，"我，夏藤，由我制造的人工智能，永远是最顶尖的，独一无二，只此一家！"

我和手里的平板电脑成了焦点。不管怎么看，云养汉的技术都要比云梦高出十个文教授。之前朱成苦心经营的谎言，至此不攻自破。

镜头和闪光灯下，我得意洋洋地嘚瑟，享受着他们敬仰的目光：崇拜吧！拜倒在我这个天才脚下吧，这个人的才华，可是你们一辈子都无法企及的……

"让开让开！"

美梦戛然而止，四个医护人员推着一架急救床呼啸而过，将我撞得转了三个圈。小葛面无表情地把我扶住，从镜头前拖开。

令人欣慰的是，虎子姥姥的病有惊无险。

一周后，我们去医院探望他们，现场还有媒体做后续采访。

老人已经很精神了，坐在床上，吃得下喝得下。朱成在边上对着记者镜头装好人："云梦科技将为周虎强先生支付全额医药费……"

不对，这应该不是装好人，这算是他干的为数不多的好事儿。

我强行挤进去加了画外音："是不是还要当众和云养汉道歉？"

他英俊的脸刹那抽动，迅速转过身，用手指弹我的额头，再转回去，面带春风般的微笑继续对着镜头胡说八道，所有动作一气呵成。

呜……好痛啊！

不过我一出面，顿时没有媒体在意他了，所有的镜头都朝向我和小葛。

"请问你们是云养汉的人吗？"几个话筒举到小葛面前。

"对。我就是夏藤。"我拍拍胸脯。

"请问云养汉为周先生制作人工智能收费多少呢？"没人管我，都在采访小葛。他"啊"了一声，如大梦初醒，反射弧还在起步阶段："什么？"

"收费。"我提醒他。

"哦，一百。"他说。

众人哗然："那么便宜？！云养汉是为了犒劳顾客才降价的？"

"不是，还在亏损，工资都快发不起了……"他木着脸，实话实说。

啊啊！为什么都采访他啊！采访我不好吗？我才是云养汉的老板哎！

我气得鼓起腮帮子。等媒体都走了，小葛转身看到我这样，忍不住抬起手，又犹豫着放下。

"你看着和个小孩似的，谁会相信你是老板啊……咬不咬了？"

我摇头。

他这才伸出手指，戳戳我圆鼓鼓的脸颊。结果又被我一口咬住。这次，他睁大了眼睛，一把抓住我的手指，也一样咬了一口。

事情难得圆满。最后，虎子的"云养汉"顺利完成了，两人就像双胞胎一样，姥姥可以两只手一边揪一个耳朵："对，这个才像是真的！"

病床旁，气氛其乐融融。虎子问，尾款要多少？

"算了。没多少。"

我没有收虎子的尾款——现在谣言破了，公司订单肯定会重新复苏，还差这么一点小钱么？他千谢万谢，还约好，以后每天都请我喝一杯奶茶。

育父

PART 8

"小葛,你什么时候到?"

"五分钟……"

"之前已经有十个五分钟了哦。"

"再五分钟,我已经在楼下了……"

"你已经在楼下三十分钟了。"

"不要急,不要急……"

盛夏炎炎,窗外蝉声不断,我和叶苹坐在会客室沙发上,满头青筋地等着某个树懒先生。

"他就这样,别急。"叶苹苦笑,"这家伙每天都比别人慢十二个小时,就连杯子也落后十二年。"

"哈哈哈,十二年前的杯子?什么样的?"她,一个第一次出现在我们办公室里的人,非常好奇地站起来,要去看那个杯子。

"喏。"

叶苹把那个铁杯子给她看。她看了片刻,啧啧两声。

终于,办公室的门开了,一个人垂头丧气从外面进来,一如既往直接坐在了电脑前的工位上。

"唉……"他长长地叹一口气,一脸困意,"真是不想上班啊……"

"不想上班可不行哦,会变成牛油面包的。"

一个陌生而甜美的声音惊醒了他的慵懒。小葛缓缓站起来,将目光投向会客室,这才意识到,办公室有客人。

沙发上坐着一个女孩,很个性的超短发,圆圆的脸上有微微的雀斑,皮肤是健康的麦色,好像一个从北欧广告中走下来的橙色小精灵。

"嗨,你好!"她开朗地和小葛打了个招呼,"叫我咪咪就行了,葛哥!"

客人咪咪,下了一张挺特别的单子——希望我根据照片资料以及她的回忆,制作一个"云养汉"。

"虽然照片上都是青年,但是我希望他在屏幕里是中年的样子。"她说,"唔……性格有点古板,喜欢花花草草,养鸟养猫。其实人特别好,看到路边有流浪猫啊流浪狗啊,他就走不动了,猫奴啦猫奴。"

照片上,一个男人抱着个六七岁的小女孩,但是表情很严肃。

"他是我爸。"她也看着照片笑了,"我爸年轻的时候。他不太爱拍照……"

"那,还有其他的影像资料吗?"叶苹问。如果是现实中的人,那么应该有更多资料才对。

"他真的不爱拍照,所以最后留下的,就那几张照片。"

听了咪咪的话,我也反应过来了:她的父亲,应该已经去世了。

"然后,我希望可以在这个时间点之前完成。"她报了个日期,"那天是我的婚礼,我想让爸爸在那时致辞。"

一只手把年幼的她举起来:别怕,往前走。

一只手把年轻的她举起来:学着跑。

一只手把雪白的她举起来:走吧,飞吧,飞得很高很高。

她振翅而去,忽然发现再也看不见那只手了。它苍老了,它的每一道皱纹化为沟壑,承载她的每一次降落。

这张单子的问题和其他"云养汉"不同——咪咪记忆中的父亲仍然停留在十余年前的模样,而在婚礼上出现的,她希望是父亲如今的样子。

大约五十岁的他。

云养汉

三十岁时去世的父亲，在二十年后，会是怎样的性格呢？

午后，被阳光充满的办公室里，我对着屏幕发呆。叶苹问小葛："你爸爸今年几岁了？他三十岁和五十岁有什么差别？"

"哎？不太清楚。"小葛耸肩，仰头看着天花板思索，目光却不知盯着虚空中的哪一个点，"我一直待在国外。"

不知道自己爸爸几岁了，这也有点太夸张了……

但我回想了一下，赫然发现，好像除了爸爸过整岁大寿，我也没记下他的年纪。而且，大部分时间，我都在国外的研究所。

"夏藤，怎么办？"

叶苹的声音打断了我的神游，我回过神，神色平静："没怎么办，交给核心程序'果实'就行了。"

"不是，不是说咪咪的'云养汉'，是这个！"

她把平板电脑举到我眼前，屏幕中，公司的邮箱里收到了一封来自官方安全部门的信。

"……人工智能安全部……调查书？"我眯着眼睛，把这封密密麻麻的信读了出来，"……勒令停业？接受调查？"

"没错，刚刚收到的！"她的双手微微颤抖，"已经确认了，是人工智能安全部的来信，说有人举报我们的人工智能存在巨大的安全隐患，要求我们停业，接受安全调查。"

什么？

我回过神，猛然意识到了问题的严重性。可是，为什么这么突然？举报？谁会举报我们……

"夏藤，我们公司的人工智能，它们的核心程序以前是'种子'，现在是'果实'吧？"叶苹困惑不解，"可是，匿名举报的内容里，说你制造了高危核心程序'禁果'……你什么时候编写过叫什么'禁果'的程序？"

"禁……果……"

我明白了。

这个世上，知道禁果的存在、知道禁果的下落的人……

朱成！

就在这时，手机震了震，收到一条短信。

"收到我给你的小惊喜了吗？夏藤。"

是朱成的号码。

人工智能安全部是随着第一批通过了图灵测试的人工智能的出现而成立的，为了防止AI进行非法活动。就算云养汉并没有问题，云梦那边，朱成也会绞尽脑汁给我下绊子。

这不是重点，兵来将挡、水来土掩。关键是，这种调查不知道要持续多久，很可能会赶不上咪咪的婚礼。

赶上婚礼，这是这个"云养汉"的重要条件之一！如果达不成，我就失败了！

"办公室是肯定会被封锁的，包括设备……"我启动了应急程序，将电脑中的"果实"隐藏，留在硬盘里被他们调查的，只有最初版本的"种子"。这样，哪怕调查出什么，因为"种子"同样是云梦使用的核心程序，朱成也不敢火上浇油。"叶苹，你能负责应对调查吗？"

"没问题。"她点头，"交给我吧。我找道上兄……不，我会保护云养汉的。"

……她……刚才是想说道上兄弟吧？我没听错吧……

"叶苹，"我小心翼翼地叮嘱她，"教他做人就行了，别到打石膏的地步，人家也没做啥天打雷劈的事……我们要让他感受到天才的光辉和智商的差距，用……用智慧折服他……"

"别担心，肯定会折服的。"她微笑。

小葛附在我耳边低语："这个'折'，是字面意义上的打折腿吧？"

我护着他退后几步："你还小，知道太多对你不好。"

"不过，夏藤，"我们差不多收拾完了东西准备离开办公室，另寻他处办公。临走前，叶苹再次追究那个问题，"禁果是什么？"

"以前在云梦……算了，以后再说吧。"我摇头，"也是一个人工智能的核心程序，比'果实'更加高级，但是大多数客人的要求用'果实'

云养汉

就能满足，不需要用'禁果'，耗费太大了。目前为止，'禁果'没有为任何一个客人使用过，你记住这一点就可以了。"

我把几个重要文件做了备份，带着储存卡，准备和小葛一起离开公司。事发突然，我们必须要尽快找到能够制作"云养汉"的地方。

"小葛？"

不过，小葛不在办公室，我喊了几声，附近都没有人应声。还好，很快他就拿着手机从门外进来了，看起来是刚才出去打了个电话。

离开公司时，我们和安全部的车擦肩而过。

"……我先试着联系以前的同学，看一下他们在国内的研究所里有没有空闲的巨型机……"车上，我翻着手机通讯录，屏幕上，十几个号码来来回回重复出现。

一只手从旁边伸来，将我的屏幕摁住。

"嗯？"

"别看了。"他说，"巨型机的情况，你应该比我更清楚才对。"

"……"

我的理智知道，几乎不可能问别人借到巨型机。可……

云养汉也好，云梦的虚拟女友也好，都不是由普通电脑制作出来的。普通家用电脑在分类上，顶多属于微型机和小型机。

制造云养汉，需要计算机符合极其苛刻的硬件条件，才能承载巨大的核心程序。这些计算机，在划分上属于巨型机。

一台巨型机造价动辄百万到千万，在运转时，速度是微型机的六千万倍，可耗电量是微型机的六千倍左右——这就是为何云养汉的价格高昂。

现在，要临时借一台巨型机来制造云养汉，是不可能的。

"……去云梦科技。"片刻后，我做出了决定，"我会用'种子'核心里的几段加密代码为代价，借用云梦研究所里的巨型机。"

我编写的核心程序"种子"，在我离开云梦后，云梦的技术员至今无法完全破解，无法破解，也就意味着无法升级。而无法破解的关键，就在于那几段加密代码。

只有我知道如何把它们的加密给解开。

可是，小葛把车停在了路边。

"我觉得，你现在首先需要的是休息和放松。"他说，"有没有想去的地方？"

这是条有些冷清的老商业街。夏季刚刚经历过一场雨，路边店铺灰绿的篷布上滴落着雨水。我下了车，冷水味混着烟火气扑面而来。

在拐角的不起眼处，有一家小小的夜酒吧。

"我没去过酒吧。"我说，"凡人们放松时是不是都去那儿？"

小葛深吸一口气，没再追究我的用词："是，请去吧，女神。"

将车停在路边，我们走向酒吧。在叶苹爱看的那些肥皂剧里，我大概知道是啥样的，褐色的温暖灯光，安静的吧台，中年知性的调酒师……

酒吧门口有个黑衣保安，上下打量了我们几眼："你们是情侣？"

在得到不是的答复后，他指指小葛："你可以，"又看看我乱糟糟扎着的头发和不修边幅的打扮，"她不行。"

哎哎？！

气氛顿时就很尴尬。那个保安五大三粗，看上去也不像朱成那种保证不打女人的……

"不，不是我怕你啊，"我一边后退拉开安全距离，一边抱着胳膊强撑，"我……就是不屑于去这酒吧罢了。"

不过，一只手伸到我面前，止住了我的后退。

"来吧，我的女神。"他很无奈地闭上眼，又露出苦笑，"有什么办法呢，我自我牺牲，临时当你男朋友吧？"

我嘿嘿笑，把手放在他手心，好像英国古典舞会时男女高高举握着手，抬头挺胸一起重新走到门口。保安的五官都扭曲了："这位小哥，你到底喜欢她哪一点？"

"老实招来，你喜欢我哪一点？"我用屁股顶了顶他的腿。小葛无语凝噎，看着夜空。

"她……她是天才，智商很高，很有创造力，长得……五官端正，打扮虽然随便但是清爽……哦，最近发现，她挺善良的……"

总体来说，我很满意，除了一些小措辞……算了，不和他计较了。

"那你好好想想，"我问，"我优点那么多，你配得上我吗？"

小葛扶额，似乎快哭了；保安大概是听不下去了，推开了黑色厚重的隔音门，将我们俩推了进去。

"轰——"灌入耳膜的是震耳欲聋的轰鸣声，重金属音乐夹杂着人们的大喊和跳跃声，简直把我的心脏从嘴里震出来。

"这，这这这什么？"我吓得抱紧小葛的胳膊，被他往里带。

"酒吧啊。"他的眼中有些幸灾乐祸，"有的酒吧是清吧，只聊天不跳舞的。有的就是这种轰吧，也叫夜店。"

什么？和我想象的完全不一样啊！

我们拐过走廊，昏黑的走廊另一头赫然是刺眼的彩灯，轮转的光彩下，年轻的男男女女都穿着艳丽裸露的服装，混杂在舞池里，跟着音乐疯狂舞动。

"你是真没来过啊？"他拿掉眼镜，露出有些像猫似的锐利眉目，"来吧，女神总要坠落到人间的。"

他将额发向后理，好像变了个人，我却说不出那种感觉，仿佛一下子，从用过时铁杯子的小葛同学、树懒先生，变成了一个男人。

一个眉目细而利、个子高挑匀称的男人。

密集人流的舞池里，我的夹脚拖不知道什么时候被人踩掉了，他让我赤足踩在他的脚背上——就和商场那时一样，只不过，这次是面对面。

我们就这样跳舞，紧紧贴在一起。他的心跳声、他的温热、他身上淡而又淡的气味包裹着我……怎么说这种气味好呢？不是那种男孩子出汗后的臭味，也不是朱成那种古龙香水味……

怎么说好呢……就是一种让人很舒服、很舒服的味道。

等我们挪到吧台前、他把酒杯举过来的时候，我已经有点"醉"了——好好闻啊！我想把这种气味录入到云养汉的核心程序里，搭载体感系统，以后云养汉就可以有不同的体香……

"想什么呢？"冰凉的酒杯贴在我的脸上，把我从幻想里拉了出来。他无奈地看着我，把杯子举到我唇边，喂我喝了一口酒，"喏，低度数的。怕你发酒疯，使出神力把这给拆了。"

"你用什么香水啊？"

"我不用香水啊。"

"那……什么洗衣液？"

"就是普通的洗衣液吧……"

吵闹的音乐里，我们必须凑得很近才能听见彼此的声音。那股香味更加好闻了，像是从他的皮肤里散出来似的……我忍不住踮起脚，凑近他的肩窝，嗅了嗅。

正晃神间，不知什么时候，一个穿着灰色西装的中年人走到了我们的桌旁。这人眉目和蔼，笑着问了句话。

我听不清，茫然地看着他。

他大声重复："请问您是夏藤女士吗？"

"找我？"

我不认识他，这人四十岁上下，打扮干净得体，笑得文质彬彬。他递来了名片——奔鸣集团 A 地区事业部总经理，崔正。

奔鸣集团？

我的醉意稍稍醒了——它好像就是上次支持云梦的那个集团？不是说，还打算投资六十多亿美金么？来找我做什么？

"其实，我们公司关注云养汉已经很久了。"我们三人到了酒吧舞池旁的小走廊里，这里终于安静了些，音乐声隔着墙，闷闷传来。崔经理解释来龙去脉："虽然现在大众都觉得云梦的创始人是朱成先生，但夏藤女士与云梦也有不浅的关系。你开创的云养汉，同样有不逊于云梦的价值。"

"你是怎么找到我们的？"

"是这样，说来是个巧合——我也恰好来这里吃顿便饭，没想到就遇到了夏藤女士。"他说，"如果没事的话，可否请夏女士赏脸，到奔鸣集团详谈呢？"

这倒是不曾想到的事情……

我正想答应，却看了眼自己的脚。刚才太兴奋，直接赤着脚走过来，夹脚拖落在舞池里，能找回来的概率比云养汉出现 Bug（程序错误）的概率还小……

下一秒，小葛把我打横抱了起来，和崔经理说，走。

云养汉

半个小时后,我们来到了位于城市南侧的奔鸣开发区,路边顺便买了双鞋。

这一整片土地还在不断建造新的办公楼和实验室,开发区的中央绿地里,地面上镶嵌着巨大的"Burning"Logo(标识)灯牌,在黑夜中无比壮观。

这就是奔鸣集团的产业。和云梦科技完全不是同一个量级,如果云梦是一个蓬勃的城市,那奔鸣便是一个庞大的帝国。崔经理在路上和我们介绍,奔鸣是徐家的产业,由徐琴德先生创办,不过徐先生年纪大了,公司的业务,开始陆续交给他的儿子徐持管理。

这个集团的投资,涵盖了科技、基建和生活各个方面,也是国内率先投资人工智能的资本方。它的本部是一个倒三角锥形的壮观建筑,金色的灯光在巨型建筑的表面如水波荡漾。

"你们愿意借给我们巨型机?"

当听见崔经理的话时,我再死水一潭的情绪都起了波澜。

他点头:"没错。不仅是一台巨型机,而且还有一个办公室,与整套的设备。"

他带我们穿过了"倒三角",来到了本部外不远的一栋新办公楼下,交给了我一套电子门卡。

"12楼和13楼,是给云养汉的办公室,13楼是住所。你们可以免费使用,而且奔鸣会承担办公费用。"那栋楼是碧蓝色的玻璃外墙,反射着倒三角的金色光芒,好像反射着太阳光芒的月球。"我的上级非常期待云养汉的表现。请夏小姐和葛先生安心在此办公,如果有需要,可以随时联系我。请记住,奔鸣集团的徐持先生会根据云养汉之后的表现,决定一笔六十亿美元投资的去向。"

"如果没记错,奔鸣应该在考虑把这六十亿美元投资给云梦科技吧?"

"那是之前。夏小姐,商场瞬息万变。云梦科技是一个庞然大物,大,有大的优势;而云养汉虽然小,却也有自己独特的强势。"他打开手机,给我们看之前的媒体报道——那是外卖员事件,朱成和云梦出丑的一幕,

"在外卖员公益活动之后,奔鸣正在谨慎考虑,这笔巨额投资究竟应该给谁。"

话说到此,我们已经明白了。

在十二楼,一台崭新的巨型机安静地被放在装潢大气简洁的办公室之中。从我们踏入办公室那一刻起,竞赛就开始了。奖品是六十亿美元,主办方密切注意着我们的每一次动作,最后,在云养汉和云梦之间,决出一个胜者。

安全部不知道这个地方,在这里,我们可以安心地为咪咪制作她的父亲。

自转的光阴
PART 9

我打电话告诉了叶苹这个消息,她安心了。安全部那边的调查暂告一段落,不过,旧办公室的设备都被拉走了。

我打开了巨型机,屏幕亮起,弹出了密码登录界面。奔鸣集团的人提前设好了密码?密码是什么?

崔正没告诉我。

不过,电脑显示器下贴着一张便签。

"Forbidden fruit"。

刹那间,耳畔响起了一阵耳鸣音。

"姐?"

见我在电脑前发呆,小葛走了过来,拍了拍我的肩;我回过神,将便签扯去,揉成团扔进了垃圾桶。

"……没什么。对了,我先将密码改成云养汉时候用的。"进入系统后,我立刻改了密码,然后给小葛开了权限端口,"你不回去吗?很晚了。"

椅子被拉开,小葛坐了下来,熟悉着新电脑,他也不急着回家——他家里人似乎工作很忙碌,没空碰头。

不过,也好。

在今天晚上,我确实有一些重要的事情要告诉他。

"咪咪父亲的'云养汉',你不需要太担心。"我打开了"果实",

它正在自动运行，不需要任何的操作，"因为，我编写的核心程序，它会自行成长。"

小葛怔了一下，问："是不是说，它会记住接收到的信息，储存这些信息，再把这些信息编写为自己的性格程序影响偏差因子？"

他果然没理解。

"你说的，是图灵等级人工智能最浅层的自我更新。"我说。

人工智能程序，和其他东西一样，也分成不同的等级。最简单的AI，一个数据库搭载一个输入口就可以，库里面有一百条内容，你提出需求，它就从库中跳出最符合你需求的那一条内容来响应你。举个大众熟悉的例子，就是搜索引擎。你输入你要搜索的内容，它原封不动拿这个内容去它的数据库里搜索，然后反馈给你。

再往上一级，AI可以进行简单的自动判定和程序调动。这也是工业生产用得比较多的小型人工智能机器体，往往以实体机器作为承载媒介。它能实现高效率化的半自动生产，大大节约人力。

接着，便是云梦科技创造的人工智能云女友。

在我离开后，他们批量生产的云女友并没有通过图灵测试。尽管在普通大众眼中，"已经与真人相似"，但是，云女友是不会"创造"的。

云梦给它的人工智能搭载了巨大的数据库，云女友们说出的话、做出的行为，是这巨大数据库里上亿个元素的随机排列组合，而永远无法引用数据库之外的元素，做出全新的行为。

"请画一幅蒙娜丽莎吧。"云女友接到这个指令，就会在屏幕里开始画和蒙娜丽莎一模一样的画，因为"蒙娜丽莎"是预先储存在数据库里的数据。

"请画一幅比蒙娜丽莎更美丽的画吧。"如果是这样的指令，她们就做不到了。

她们的本质，终究只是读取、搜索、反馈。

可云养汉不同。如果是文教授，他就会开始分析古今中外所有的艺术品资料，开始对蒙娜丽莎这幅画进行改良。

这就是图灵等级的人工智能。

他会创造，会根据遇到的事情，反馈不同的情绪，甚至……会成长。

云养汉

小葛所谓的性格偏差因子，是假设一个人工智能长期被灌输特定情绪的信息，比如"1月5号是主人的生日"，那么在每年的1月5号，他就会呈现高兴这个情绪，祝主人生日快乐。这是原来程序中没有设定的——这很重要。云女友设定了这一条，女性AI在苏醒后，会问主人的生日、爱好……

云养汉则没有那么多累赘的代码，他们知道生日是什么意思，也知道"生日"这个事件所联系的情绪——"高兴"。

他们会给自己输入新的数据，也就是所谓的成长。

"云梦所使用的'种子'，是休眠状态的种子。"屏幕的亮光落在我的眼中，仿佛星光，"他们连解析'种子'、破解我的加密代码都做不到，这颗种子永远无法苏醒、发芽、成长……"

朱成根本不懂，我为何将核心程序取名为"种子"。

被百分百释放界限的它，就和种子一样具有生命力，会成长和改变，长出枝干、拥有新叶、结出果实，最后……

拥有自我意识，达到人工智能的神殿——图灵等级。

当然，图灵等级，只不过是"与人类相同"，在图灵等级之上，也有超越人类的等级，比人类更加完美的人工智能……

宛如亚当和夏娃，咬下了一口禁果，产生了蜕变。

我看向电脑中拥有三重加密的文件夹。就算是小葛，也没有接触这个文件夹的权限。这里面也有一个和"种子""果实"相似的人工智能核心程序——

"禁果"。

当然，目前为止，没有客人定做的云养汉，真正"咬"过它。

安静的办公室内，我的话音落下。小葛坐在电脑面前，陷入了沉思。

他已经明白了。

根本不需要去编写"五十岁的父亲"，我们只需要编写一个"三十岁的父亲"，然后将这二十年来女儿的人生经历导入数据库，让他重新陪伴她成长——二十年的时光，用巨型机的最大功率压缩，大概是……

云养汉

"八天，八乘以二十四小时。"小葛熟练地估算出了时间，"八天后，这个三十岁的父亲，就会从种子成为果实，成为五十岁的状态，无论是外貌，还是记忆和性格。"

"没错，这就是云养汉的秘密。"

屏幕中，是一片草地，十五岁的咪咪正在和同学们拍初中毕业照。这是她给我的影像资料。在草地上的人群中，有一个半透明的人影，正和蔼地看着女儿。

云养汉的时间，已经过去了八年。

"我们要做的，就只有等待了。"我靠在椅背上，阖着双眼，听电脑中传来女儿和父亲的欢笑声，"等待……哼，朱成最不愿意做的事情。"

"真是了不起。"他的目光转向我，真正带着钦佩，"让程序和人类一样成长、成熟，拥有变化的人格……这就和创世神、造物主的级别一样。"

"要不然，世界为什么叫我天才呢？"我打了个响指，不缺席对自己的每一句赞美，"我当然配得上他们的崇拜，因为，我是夏藤嘛！做那种只会复述一二三的人工智能简直是对我神级技术的玷污，只有我，能一次一次，让这个世界不断惊叹！"

我向半空挥拳。

小葛眼神里的钦佩戛然而止，重新转头工作："对不起，请忘记刚才我说的话吧，可能是我喝了酒，脑子不太清楚。"

"……喂！"

……

吵闹半刻，或许是长久的疲惫乍然松懈，我坐在办公椅上睡着了。

……再醒来的时候，自己躺在十三楼住处的床上，身上整整齐齐盖着被子。在短暂的醒神后，便闻见了从客厅传来的香味。

我拉开卧室的门。开放式的厨房里，小葛正端着早餐盘子出来，桌上摆着丰盛鲜艳的早饭。

依然全都是我爱吃的东西。

云养汉

"醒啦?"他围着蓝色围裙,正戴着隔热手套,将芝士烤饼从烤箱里取出来,"快吃吧,尝尝味道是不是合适。"

我走到桌旁,拿起一片蔬菜色拉。

"苹果醋和海盐,芝士粉和广岛酱……每一丝调味都是完美的。"他和我介绍他的早饭。

"有炸鸡吗?"

"没有。请尊重我的品位。"

我撇撇嘴,坐了下来,开始啃菜叶子、培根面包、煎鸡蛋。不得不说,他的手艺真不错。

吃完了,我便定定看着他。

直到数秒后,他才意识到这次的注视不对劲。

"……怎么了,姐为什么这样看着我?"

"嗯?你不想说吗?"我歪过头,又吃了一片色拉,直截了当,"你是不是认识周虎强?"

"大家都认识他吧?"小葛的表现毫无破绽,在我身边坐下,替我倒了一杯橙汁。

"不,我说的是……"我握住了他的手腕,让他把饮料放下,"在外卖员的单子之前,你就认识他了?"

客厅里,一时只听得见时钟的走动。橙汁微微荡着橘色,映射出他眼中一闪而过的无措。

过了片刻,小葛讪笑。他似乎不打算再迂回了,索性承认。

"没错。可是,你是怎么看出来的?"

"我的记忆是绝对可靠的。第一次见面,他喊我夏老板。假设这是因为虎子提前了解过云养汉,可他居然连你姓葛都知道?"

我记得,他第一次见面问好,说的是"夏老板好,葛老板好"。

他知道小葛姓葛。

"是不是你安排的一切,让周虎强来到云养汉,让我免费为他制作?"

我专心于技术,但这并不代表在其他事情上面,自己会智商下线。搞程序的人最注重逻辑,每一句话里的逻辑错误,我都一目了然。

小葛保持着那种淡然的神情,被看穿后也毫无慌乱。

"是。没错。可是，我都是为了公司好。"他说，"在那种境地下，只有这样才能救云养汉，不是吗？"

"……"

是吗？或许……是吧。

我垂下眼，笑意难得苦涩。

"虽然来云养汉不久，但我也不想它消失。我知道这是利用别人，可……"

"为什么瞒着我们呢？"

"……我觉得，你们会拒绝。"

他的感觉没错。叶苹不会利用外卖员，我也不会。而且，我想用技术打败朱成，让他明白两边真正的差距……

利用外卖员，这种纯粹的战斗，就夹杂了不可言说的晦涩。这不是我喜欢的。

"你怪我吗？"他问。

我松松地握着叉子，用它在白盘子里沾着酱汁画圈。

……我怎么能怪他？

因为，那时候，我真的毫无办法了。天才的夏藤真的走投无路了。

是我没用，我不怪他。

"叶苹说过，到云养汉，我们三个就是一家人了。"我放下叉子，从椅子上起身，"家人之间，不应该隐瞒欺骗……所以……对不起！"

说完，我九十度鞠躬，头发落进了盘子里。

"……对不起，以前的我……太幼稚了。以为自己一个人就可以考虑出解决方案，最后给你们添麻烦……以后，请帮我一起想办法！拜托了！"

时针嘀嗒。餐厅里安静得只有阳光流淌的声音。很久，那边才传来椅子拖地声。他走到我身边，让我直起身，然后帮我把头发拎起来。

"……姐，头发浸酱汁了。"

"哎？"

…………

云养汉

在我和小葛等待咪咪父亲的"云养汉"期间，叶苹全力应付着调查。在旧云养汉办公室留下的，只是一个沉睡版的种子。之后的几天，我们通宵坐在电脑前，观察着咪咪父亲的"成长"。

他的额头有了些皱纹，鬓边星星点点地泛白……他老了，可是看着女儿时，会露出欣慰的微笑。

我们俩都坐在办公椅上睡着了。奔鸣提供的办公椅简直舒服得像一张沙发，人陷进去了就不想起来，全心全意沉迷工作。

这天晚上，正睡到半梦半醒间，我忽然感到一阵凉意，从座椅上醒来。

"呼……"

哦，是窗子开了。

可能是小葛开窗通风后没把它重新关好，半夜时被风吹开了，风呼呼灌进来。

我走到窗边，打着哈欠将它重新关上。当窗户关上的刹那，我从玻璃的反光里，看到了一个年轻女性的倒影。

"谁？！"

猛然回过头，我竟见到公司大堂的接待沙发上坐着一个大约二十四五岁的女孩。

公司的门，不知什么时候被打开的。她穿着米白色的通勤套装裙，面色苍白，不安地望着我。

"你，你好……"夜晚，办公室的主灯都关了，只留了一排节能灯，她高高瘦瘦，在昏暗灯光下显得更加单薄了，"我……我是看到其他人的'云养汉'，所以找过来的……"

"……这是我们新换的办公地点，还没有对外公开。"

"我知道，但是，我实在是需要一个'云养汉'。"

很奇怪的是，这个女人是怎么找到这儿的？

云养汉的旧办公室在接受调查，停止营业；奔鸣这边的新办公室，原则上是打着擦边球在办公，应该没有客人能找来才对吧？

"你是不是……去旧办公室，问了叶苹？"

我怀疑是这样。叶苹嘛，菩萨，这女孩可能到了旧办公室见到了叶苹，然后得到了这个新的地址。

  她连连点头,接着低下了头,不安地抠着指甲。我松了口气,正想把小葛叫醒,忽然想起看了一眼钟。

  凌晨两点……

  ……等等,凌晨两点?!

  我再怎么淡定,现在都淡定不了了——凌晨两点,来了客人?!

愿我如星君如月

PART 10

她叫宁星月，很好听的名字。

当我把小葛叫醒后，他也一头雾水，先去看钟，一看是凌晨两点，纠结地问："我是不是在做梦……"

"带着对我的仰慕，加班吧。"我冷酷地说。

我们打着哈欠，披着毯子，坐进了会客室，接待这个深夜的不速之客。小葛打开冰箱，从里头拿出一杯白天余下来的奶茶，问她要不要喝——叶苹不在，没人负责给客人泡茶了。

她不喝。他怏怏然，自己把奶茶倒进杯子，喝了起来。

"啊……"小月忽然想说什么。

"你别理他，他就这样，什么东西都要倒进杯子里喝，说这样更好喝，穷讲究。"

"那个杯子，是日本那个设计师的手工铂金杯吗？"她问，"好像上个月我老板让我和日本那边下过订单，说要交五千多人民币的定金，排半年。"

"什么铂金杯啊。"我忍不住大笑，"就是个不锈钢杯子吧？"

小葛喝着奶茶，没回答。

"我……其实说不清他长什么样。"开始描述对云养汉的需求时，小月说，"而且只见过一面……"

云养汉

　　小月的故事很简单——英雄救美。她是一家公司的商务助理，工作极其繁重琐碎。

　　有天，她和副总、老板出国开会，上周五回国时，飞机延误了。晚上十二点，飞机才降落在北京机场。

　　老板和副总的家人都已经开车在机场外等待接人了，小月是外地来这儿打工的，那么晚的时候，当然也没人来接。

　　两个上级没有管她，说了一番"出差的交通补贴限价每日五十元"之后就离开了。小月一个人站在空荡荡的机场，打车回去可能要两百多元，但是，前提是要有车。

　　"我只好坐机场大巴回去。"她说，"那时候已经凌晨了，下了站之后往住处走，突然背后有人抓住我……"

　　就在这时候，旁边冲出一个人影，从歹徒手里将女孩救下了。

　　"那真是太惊险了。"小葛点头，"大晚上的，路上都没人，要是那人没出现，后果真是不堪设想。"

　　"嗯。路灯很昏暗，我看不清他的脸，只知道他背着包，戴眼镜，打扮没什么特别的……那人被他打跑了，他让我快点回家，然后也走了。"她说着，看向了小葛，"……好像和葛先生差不多高。"

　　"……哦。"小葛平静地把这条记到小本本上，"那面部呢？"

　　小月打量着他。

　　"可，可以根据葛先生的脸做吗？"

　　我刹那间清醒了。——这妹子该不会看上小葛了吧？

这个世上真的会有行侠仗义的超人吗？
我却从不在乎这个。
我只在乎，自己能不能成为看到他真面目的那个人。

　　现在是深夜——小月工作很忙，据说每天都要十一点多下班。而且，好像七十多天没休息过了。

　　"所以，只好那么晚找过来了……实在对不起！"

　　"真是辛苦啊。"我眯着睡眼感慨。小葛的眼睛也眯着，就剩下两条缝。

云养汉

小月苦笑："没办法，在外面讨生活嘛……老家的爸妈养老金很少，总想补贴家里，让他们过好一些。"

这个城市里，有很多像小月一样的年轻人：来到大城市打拼，每个月拿着不算高的工资，为了房租便宜，住在城市的偏远地带，每天六点起床，花在上下班的时间可能有三四个小时，回到家已经大半夜了；平时还要省吃俭用补贴家里，小心翼翼地维持着自己的工作，努力让自己光鲜亮丽……

没有空出去玩，没有空谈恋爱。

"很可笑吧，在很多人眼里，我们是'白领'呢。"她靠在沙发上，长长地舒了口气，说出了原来在办公室不能说的话，"多希望有个'云养汉'能像男朋友一样安慰我……我真的快坚持不住了。说个事情，你们笑也无所谓……就是那个杯子，和葛先生手里那个很像的奢侈品工艺杯子，看上去就和八块钱一个的铁杯子差不多吧？然后要下单，要等很久。我老板就为了那件事情，把我骂了一顿，说我怎么办事能力那么差，怎么那么没用……我真的……"

她想要个外貌和小葛相似的暖男，可以在加班加到抓狂的时候安慰自己。

这期间，我们也在和咪咪继续联系，完善她父亲的资料，以及她的资料。

当她得知父亲云养汉的完成度需要依靠她的经历来补充时，很干脆地答应周末来公司和我们口述。

咪咪是个普通的本地姑娘，师范毕业后当了中学老师。父亲在她小时候病逝了。

"这是我男朋友！"她第二次来公司的时候，把未婚夫也带上了。男孩子和她年龄相似，笑得很腼腆，"来，一起来养老丈人！我和你说，我爸对男孩子可凶了，小时候有个邻居家的小男孩总欺负我，我爸在楼上看到了，挥着晾衣架就杀出来了！"

男孩小王脸都红了，"我不会欺负你的。"

"打断一下两位，"我不懂风情地咳了一声，"外貌没问题，关键是性格，还能提供给我们更多细节吗？"

咪咪沉默了。她对父亲的记忆很模糊，只记得父亲喜欢看书，喜欢小动物，心地善良，但又不肯给别人添麻烦，什么事情都喜欢自己憋着。就算是得了病，也不想她和妈妈担心，自己去医院拿到报告书之后默默回了家，只字不提……"

"还有灰色的半旧毛衣，眼镜一定搭配眼镜链，啊，总喜欢皱着眉头！"……

咪咪在那边絮絮叨叨，小王走到了屏幕前，看着屏幕里的被小葛构建起来的中年男人形象："这就是咪咪的爸爸啊……"

"对啊。很严肃的样子，报纸一定要当天看完，然后收藏好。他可喜欢猫啊狗啊了，家里最多时候养过五只猫，都是捡来的，大家给他起了个绰号'猫王'……"

女孩说了很久，许许多多细碎的事情，从爸爸怎么给猫做饭，一直说到父女俩一起养白文鸟。

忽然，她的声音停了——咪咪捂着脸，轻声啜泣着。

沉默的办公室里，不知谁先轻叹了一声。

又是一个深夜，小月来了，穿着蓝色的工作西装，梳着文雅的公主头。

她面色苍白，看起来身体不太好，可能又过度加班了："打扰你们了……"

"没事。你来看看进度吧。"我打开了电脑，里面的男孩和小葛面目相似，清汤寡水，但看着可靠，"和他互动试试？"

小月犹豫了一下，伸出手打了招呼："你……你好？"

男孩抬起头，眼神安静温柔："你好，初次见面。"

"你希望他叫什么名字？"我问。

她低着头，犹豫了很久很久，然后说："……超人。"

"嗯？"正在输入数据的我愣住了。

"超人。"她脸红了，"对不起……我知道这个名字很怪……"

但是，对小月来说，那天夜里冲出来救她的陌生男孩，真的就和超人一样吧？

"那个……"忽然，小葛出声叫住了她，"你想过没有？万一以后，你真的再次遇到了那个人，他和你想象中的样子完全不同怎么办？"

云养汉

她的眼神中有些莫名的慌乱:"再次……遇到?"

"对。他大晚上的在那片区域走动,说明对那儿也挺熟悉的?如果你每天下班都走那里,说不定,以后还会再见。"他说,"对你来说,云养汉的价格不便宜吧?既然都要做,那当然应该先努力看看,能不能做得更加接近本人。"

他说的没错。小月要求的这个超人,可以说资料少得可怜,基本是按照她的想象在做。但,假如小月在以后再次见到那个男孩,结果发现对方的性格和想象中不同,那么,云养汉还有它的意义吗?

"我……"她犹豫地低下头,"我其实,就是想找个能安慰、鼓励我的人。就算再次遇到……不,能不能再次遇到,都是个未知数。"

"要不这样吧。"我说,"云养汉是精益求精的,我们也可以为了素材,一起去那边等。你每天下班也晚,大概就在晚上的那个时间,我们在那段路等他出现。就等一个礼拜,如果等不到,那也没有办法。"

"哎?会不会很麻烦……"

"我可不能接受我做出来的云养汉在未来的某一天因为质量原因被退货!"我指指自己,"要是将来客人觉得云养汉不是她心目中的那个人,简直是浪费我的技术。"

在短暂的惊愕后,小月考虑片刻,答应了。

我们第一天去"守株待兔"的时候,就收到了咪咪婚礼的请帖。

小月出事的那片地方很偏,旁边都是合租房。在外地打拼的人,很多都竭力压缩房租支出。

夜深了,周围的行人稀少,很多都是下班族,许多人都打扮光鲜体面,却满脸倦意,你以为他们也许下班后会换上华丽的衣裙去酒吧挥霍,但他们只会回到自己狭小的合租屋隔间,在霉尘气味里换上睡衣,呆呆地用手机看两集电视剧,然后睡觉。

我看着往来行人:"小葛,我怎么记得上周加班晚了,你送我回去,你GPS的最终目的地的定位就是这附近?"

"你记错了。"他回答得很简单。

好吧,我也是个只会跟着GPS走的路痴。

小月在晚上十一点半才出现，提着包，穿着高跟鞋的脚显然有点走不动了。见我们早早等着，她很不好意思地加快步伐，却崴了一下，还好被小葛扶住了。

"对不起，又开会开到这个时候……"她叹了口气，忽然见到了我手里的东西，"咦？这是……"

我看了眼手里的牌子，上面写着一行字：寻找曾经在这里见义勇为的人。

"这个……方便找人。"我咳了一声，将牌子举在胸口；有几个行人看向这边，但是没发现符合她描述的人。

"啊！那个人！"过了一会儿，小月忽然激动地指向马路对面；有个高高瘦瘦背着包戴眼镜的男孩快步过来，手里拿着两瓶饮料。

我正满怀希望，结果看清了那人的脸——只是买奶茶回来的小葛而已……

"我回来了，"他塞了杯奶盖奶茶给我，又拿了一杯给小月，"超市好远，不想去，就近找了家奶茶店……"

"不用了……"小月红着脸婉拒，不知道是减肥还是不好意思。

我瞥了他一眼：在妹子面前，你能不能勤劳点啊！

然而，我们守株待兔了五天，在夜风里傻傻举着块"见义勇为"的牌子，就是找不到人。

我忍不住打了个喷嚏——连着等那么多天，好像被吹感冒了。

"还是算了吧……"小月说，"不，不找也没关系的！"

"都等到第五天了，总该等到凌晨吧？这人很可能是个程序员。"小葛拍拍我的肩，"燃烧生命换取财富的那种。"

"但太晚了，而且，夏老板你好像病了……"

"我没事。"我摆摆手。自己最大的优点就是随便，"打个喷嚏而已，像我这么优秀的女人，怎么会……阿，阿嚏！"

小月呆呆地看着我，突然不说话了；过了十几秒，她忽然蹲在了地上，哭了。

"对不起！"她说，"真的很对不起！我骗了你们！"

云养汉

什么?

我和小葛听了,都有些错愕。

"根本没有什么人救过我……"她呜咽着,"那天我很晚下班,遇到歹徒,被抢走了钱包……没有人来救过我……对不起……真的对不起……"

"你是说……"我恍然大悟,"那个'超人',不存在?"

哭声静了,紧接着,她破涕而笑,却笑得惨然。

"……哪里有什么超人。"她说,"那时候……我幻想有一个人来救我。其实我一直都在幻想有个人能救救我……我爸妈养老金不多,身上又都是病,还要供弟弟上课……我一个人在城里打拼,每天在影视公司忙到半夜,没有休息日……哈哈哈……在爸妈眼里,我这个女儿很光鲜的,他们一直和老家的亲戚吹,说我赚多少钱,说我经常出国……可是我自己知道,没人把我放在眼里……"

她每个月赚的钱,扣掉房费和支出,基本全部都养着家,父母的药费、弟弟的生活费不能停,公司再压榨,她也不敢辞职;出国出差回来的那天夜里,她被老板扔在半夜的机场,没人会问她一句"你怎么回去"……

她独自在凌晨回到偏僻地区的租房处,遇到了歹徒。

但,那又怎么样?所有的委屈,她没有一个地方可以说。只能幻想,有那么一个人可以给她依靠,让她歇一会儿,在她危难的时候,冲出来救她……

可惜,没有人。

"对不起……对不起……"她蹲在地上呜咽着,"我真的……坚持不下去了……我第一次进你们公司的时候,葛先生说,他多定了一杯饮料,问我要不要喝……"说到这里,小月笑了,"是,是不是很可笑?我当时就差点哭了。一杯奶茶也好,一颗糖也好……我到异地那么久,已经太久没有被人关心过了……"

"所以,你说,超人长着小葛的脸。"

"……对不起……"

她捂着脸,不敢再看我们。

我和小葛对视一眼,心里一沉:估计,尾款是……

他用眼神无声地告诉我：不行，不行，人家都那么惨了，夏藤你还想着钱……

我花了零点几秒自我检讨了一下，扶她起来："算了，大家都经历过艰难的时候。定金……定金会退你的……对不对啊？小葛。"

"啊？"

"退定金。"我用口型提醒他的反射弧跟上。这家伙，又和个树懒一样进入自我休眠模式了。

"哦，"小葛点头，"退一半吧。"

这世上居然还有比我更没同情心的人？！

小葛继续用眼神传达给我他的心声：她害你感冒了。

在这小小的混乱之中，小月哭得更厉害了，几乎是号啕大哭，精致的妆容被泪水弄花了："谢谢你们……谢谢……"

不管如何，这场让人欢喜不起来的闹剧，就此结束了。小月后面再来了一次公司，和我们道歉。

大家也没怪她，毕竟，人世沉浮，都不容易。她走的时候，小葛居然把他的那个杯子给了她。

给杯子干啥？让她用这个杯子去冒充工艺品，送给老板？他有时候真的挺好玩的。

不过小月看了眼杯底，瞪大了眼睛，道谢离开了。

尾款也没追讨，趁着小葛不注意，我让叶苹远程操作，把公司账户上的那笔定金退给了小月。

结果，她和我说，退款失败了。

好吧，好吧。小葛居然还问："会不会是姐做人太失败了，难得想当一次好人啊，都……"

"明明是我太优秀了，经过我手的钱都变成了不甘平凡的钱，不愿意回到ATM里去。"我敲敲他的额头，"拿都拿了，那就给咪咪当份子钱吧！"

小葛只是斜着眼睛看我，最后懒懒道，参加人家的婚礼，可不能打扮太随便啊。

云养汉

第二天晚上，我们去参加了咪咪和小王的婚礼。在出发前，小葛亲自操刀，帮我把头发盘起来。他的手真的很巧，一下一下好像飞鸟似的轻快。加上他身上的味道……我坐在转椅上，仿佛喝了酒似的，醉"香"了。

"其实每天好好打理自己，也不只是为了给别人看，自己的心情也会不一样的。"十三楼的阳台上，采光很好，他拿着粉底液——那都是叶苹替我准备的，我连拆封都没拆，结果，今天居然是小葛替我画人生的第一个妆。"眼睛闭上，给你画眼影。"

"啊？我不要把眼皮涂成蓝色。"

"蓝色？叶苹姐准备的都是灰色系和棕色系，挺日常的。"

"什么？眼影居然不是蓝色的？！"

我对化妆所有的认识，大概还停留在小学水平，自己从来没逛过化妆品柜台。我一直觉得眼影就是固定蓝色的，口红就是固定大红的……

小葛被这个观念逗得笑了，我们坐在小转椅上，对坐在阳台。他笑得停不下来，我趁机奚落："干什么？我只是从来没关心过化妆嘛！你干吗笑得和个智障似的，哈哈哈哈……"

大笑这种事，是不是会传染啊？

他一边笑，拿着化妆刷的手都抖了，粉红色的口红在我脸上划出了歪歪扭扭的一道；我也忍不住跟着大笑，阳光下，这里的两个人疯疯癫癫的。

"居然把我画成这样！"我指指脸上的口红，回头想抢口红，在他脸上也画一道，可他把手高高举起来——这家伙本来就高，我站在他脚背上，踮起脚够了好久也拿不到。

"不会放过你的！"我干脆抱住他，把自己脸上的口红蹭到他脸颊上。他一下子呆住了，靠在阳台栏杆上，足足呆了好几秒。我趁机拿了眼线笔凑近他的脸，画了几道猫胡子。

画完了就跑，才不给他报仇的机会。

我转身跑出阳台、逃回室内，将阳台的玻璃门关上。他还呆站着，不知怎么了。

过了很久，他才走到玻璃门前，微微弯下腰，让视线和我齐平。

"我重新给你涂口红。"他用口红在玻璃上写下一行字。

我吐吐舌头，干脆把嘴唇贴在玻璃上，故意气他。

102

随后,他丢开了口红,双手贴在玻璃上,和我的手掌重合。我看到男孩子俯身向前,将自己的嘴唇也印在玻璃上——我们的双唇,只隔了一道玻璃。

刹那间,某种灼热从双唇蹿进脑部的每一个细胞里。我一下子蹿开,逃回自己的卧室里,靠在门上。

许久,他敲了敲门。

"今晚的衣服,烫好的。"声音从门外传来,"姐,拿一下。"

我将门开了一道缝,从他手里抽走衣服,接着迅速关门。穿衣镜里,自己的脸涨得通红。

今晚,小葛终于没拖拉,大家按时到了婚礼酒店。咪咪小夫妻两个都是普通工薪族,酒店自然不会太豪华,可十分简单温馨。

大堂里,咪咪穿着雪白的婚纱,挽着小王的肩膀走过红毯:"感谢大家来参加我们的婚礼。其实这次,还有一位嘉宾也在这里……那就是我的爸爸。"

说着,他们背后的屏幕亮起。父亲的脸出现了——五十岁的父亲,仿佛从未离开。

宾客们都愣住了,接着,陆陆续续地,有人认出了这个中年人:"这,这不是老张吗?"

"对啊?他不是已经……"

"这是我请人根据父亲年轻时的样子制作的。"咪咪说,"我希望他能参加我的婚礼。"

屏幕中,男人蹲在花盆前,看花枝上的花苞,小心给它喷水。客人们都是咪咪和小王的家人,很多人都认识她的父亲,全都惊呆了。

"爸爸!"她对屏幕招了招手,男人转过头,背着手走近,看着女儿穿婚纱的样子,"我今天要结婚啦!你走了之后,我参加了中考,考上了你以前的母校;毕业以后,去那里当了老师,就和你一样!"

男人沉默地点点头,没有多大反应。

"然后,我上班的时候认识了小王!"她拉着新郎,"他是我学生的小叔叔,有次啊,这个学生考砸了,家长会不敢叫家长来,就叫小叔叔来

云养汉

开会,结果给我逮住了……我们就这样认识啦!"

爸爸还只是点头,不说话。

"然后……他是个很好的人,"她靠在小王肩上,"我保证他和你一样好,一样善良,他也是看到流浪猫就挪不动脚,每天下班,都绕到公园里喂猫。有天,我也去喂猫,就见到前面那个男孩好眼熟啊,一看是学生的那个小叔叔……总之,你放心吧!"

屏幕中的人,依旧不说话。

纵然技高人胆大,可这时候,我的手心第一次为了"云养汉"的表现在冒汗。

"小葛,该不会是 Bug 了吧……"

小葛安慰我:"放心吧,姐,那么优秀的你制造的云养汉没有 Bug,只有违法操作导致的程序异常。"

"那他怎么……"

一个宴会厅的人都看着啊,这要是出了 Bug,云养汉直接身败名裂。

小葛眯着眼睛,看了很久,最后得出了结论。

"姐,他可能被违法操作导致程序异常了。我们要是日企,现在你就该带着我到台上,当场剖腹谢罪了。"

"……"你还不如别说话!

我缓缓滑下椅子,抓住他放在膝头的手,用力咬住他的手指尖。他僵了僵,也不甘示弱,捏住我的脸颊。

满堂宾客都在看着这个不吭声的"云养汉",我们两个制作人在下头如坐针毡。

而就在这时,爸爸开口了。

"你……"他看着小王,"你是做什么的?"

"我是出版社的人事!"小王很紧张地立正了,"叔,叔叔好!"

"……"

他又不说话了。

宴会厅里陷入了长久的沉默。就连咪咪也纠结地看向我们这边。

就在我认真考虑牛排刀能不能剖腹的时候,爸爸再次开口。

"那么——"

可他只说了这两个字,声音就戛然而止。巨大的宴会厅屏幕中,男人突然转过身;从背影里,能看到他摘下眼镜、捂住了脸,肩膀颤抖。

安静的宴会厅中,这抽泣声,似乎不该出现在任何一场婚礼上。又过了片刻,他才转回来,重新戴上眼镜——眼眶红红的。

"那么就请你好好照顾她!"他的声音带着哭声,"不对——求你好好照顾她!代替我好好照顾她!真的——拜托你了!"

他向小王鞠了一躬。小王怔住了,但很快也鞠了一躬。

"我向爸爸保证,肯定会照顾她的!"

"谢谢……谢谢……"他再次忍不住落泪,背过身去——男人每次哭都不愿让我们看到,就如同女儿的记忆中那般倔强、要强,"对不起……这么好的日子,我搞成这样……对不起……"

"不会的!"咪咪和小王将手放在屏幕上,试着去触碰父亲的脸,"爸爸,我们不会再分开了!"

我和小葛沉默地看着这一幕。这一次,没有人再提 Bug。

对很多人来说,云养汉只是单纯的一个程序,套上 3D 建模,栩栩如生。

但,真的只是如此吗?

这一刻,没有人敢做定论。

婚礼结束了,我们俩穿过花园走向停车库的电梯。

"你爸是不是很忙没空顾家啊?我看你都不怎么回家。"我走在前面,背着手,边走边去踢路上的小石子。他给我挑的细高跟鞋让我穿得很不习惯,没踢两下,人就晃着崴了脚。

他叹了口气,过来把我背起。我脱了鞋子,拎在手上。

"那你的爸爸呢?"

"去世了。"

"……对不起。"

"生老病死,人之常情嘛。"婚礼上,我喝了些香槟,现在有些醉,将头靠在小葛背上，微微呵着气，"……不过我也没好好陪他。我从研究所回国不久，他就去世了。"

"不过，他生前应该很以你为傲吧？"他停了一下，调整了一下背我的姿势，"毕竟，你是人工智能界公认的天才……"

"哈？才没有——啊啊啊！"我一下子坐直了身子，他差点失去平衡，两人在路上晃了半天才站稳，"呼……才没有啊，我从小不管做什么事，他都超级不满意的！读书的时候，数理化生英满分，可他就揪着我语文不及格说事。后来提前上大学，他又说我做不成事情……结果最后去了国外，他也说，我的那种研究根本不会有结果……反正怎么样都能不满意啦！做事情太快了不满意，太慢了不满意，吃饭太多不满意，吃太少不满意，就是个鸡蛋里挑骨头、吹毛求疵的爸爸……"

"他……也是搞科研的吧？"

"嗯，芯片研发。"

"难怪……"

"不过，其他所有人都认同我是天才，老师也好，外婆也好，研究所上上下下所有人也好……是啊！他们可能嫉妒我，可能不喜欢我，但他们都认同我的才华——除了爸爸。"我"啊"一声，精疲力尽般地趴回小葛背上，"本来想……总有一天要让他也承认我很厉害的……所以拼命拼命拼命，哪怕是天才也在继续拼命……结果回国没多久，他就去世了……最后都没承认我。"

"怪不得。"

"那，你爸爸呢？"

"他？他没啥，就是没空管我罢了，也没空管妈妈，于是离婚了。"他说得轻描淡写，"倒也不算什么事……"

我们进了电梯，脚也差不多好些了，我重新穿上鞋子，自己走路。

就在出电梯时，小葛停下了脚步。

"怎么了？"我问。

"……我看到了一条新闻。"

他将手机递给我。刚才，它收到了一条新闻推送。

"B区抢劫杀人案凶犯落网,曾于16日作案,抢劫后杀害女白领……"

"……等等?16日?B区?"

我抢过手机,方才婚礼的温暖乍然无存。

新闻上,受害者的面部被打了码,可那分明是……

"凶犯的住处是被人在网上匿名举报的。警方希望联系这位热心市民,给予见义勇为奖。根据警方透露,这名协助擒凶的网络侠客没有留下真实姓名,只留下了一个昵称:超人。"

东风夜放花千树

PART 11

我们回到了办公室。在奔鸣的新办公室里,早已有数人在那里等候。

叶苹焦急地坐在他们中间,见我们回来了,明明想说什么,却碍于旁边的几个调查员,欲言又止。

"我们是人工智能安全部的。"一个男人向我出示了证件,"请问一下,你认识宁星月吗?"

他手里的资料上,有着小月的照片。

"我们最近就一起抢劫杀人案的匿名举报进行了调查。因为警方希望找到举报凶手的人,给予市民奖励。但是,我们最后找到了这里。根据对云养汉业务的调查,你们在停业后,转移到这里进行工作,并且制作了一个名为'超人'的云养汉,对吗?"

"……"

"夏老板也可以不回答。毕竟'超人'的行为没有触犯法律,"他收起了资料。我们都松了口气,可还没等这口气松完,下一句话却如晴天霹雳,"我只想通知云养汉公司,在之前的调查里,你们虽然没有严重违规行为,但是,已经被划为了红色高危技术公司。"

红色高危?高危?!

看着调查员们离开的背影,我隐约明白——在应对调查这方面,叶苹不会犯什么错。被划成红色高危级别,一定是有人在背后推波助澜。

难道是……

正当心里浮现出答案的时候,办公室的门开了。一个熟悉的身影走了进来,丝毫不拿自己当外人。

"奔鸣的经理告诉我,云养汉换办公室了。"朱成穿着白色衬衫,胳膊上搭着藏蓝色西装,看上去刚忙完,笑意盎然,"怎么样?云养汉最近一切顺利吧?不过好像徐琴德先生和徐持少爷都没来见过你们嘛?"

"……你怎么知道这里?"

"奔鸣集团准备在云梦和云养汉之间选一方投资,我自然知道它帮你们换了新的办公室。"他在沙发上坐下,打量这个崭新的办公室,啧啧两声,"不过,听说你们的业务不太顺利啊?要不要现在就认输?云梦正在开设虚拟男友的子公司,预计明年就上线了——夏藤,待遇什么的,一切都好谈的。"

看到他这沾沾自喜的样子,大家八成也猜到了,幕后到底是谁在捣鬼。

"叶苹小姐也可以来呀。我问了一下,云养汉除了技术方面的事情,可都是叶苹小姐在负责。"他又开始撬叶苹,居心叵测,"太不容易了,当年我也有过一段这样的过往,毕竟,夏藤嘛……云养汉能被奔鸣看中,叶苹小姐才是主力啊,来我们云梦的商务部吧,前景更好。"

"谢谢朱总的美意了。"她维持端庄的微笑,"朱总家门口的油漆擦干净了吗?"

油漆?什么油漆?

我看到叶苹菩萨般的笑,还内心茫然。朱成的脸都黑了:"那……那几个流氓是……"

"哎?什么流氓?"她无辜地睁大眼睛,"朱总遇到流氓了?这可如何是好。"

"……哈,哈哈。"他干笑几声,看起来是被叶苹的"道上兄弟"整了,不过这货本就没想真的把叶苹要过去,转向他觉得更好欺负的人,"哎?还有个人呢?我记得还有个技术员小葛,他待在云养汉,拿的工资可不太高吧?"

经他这样一说,我们才发现,小葛不在办公室。可能出去上厕所或者打电话什么的吧,幸好不在……

云养汉

可还没等朱成再次开口，门开了。小葛面色平静地从外面走进来，手里拿着一个文件夹。

"朱总来了？"见朱成在，他也无甚讶异，"对了，楼下那辆蓝色的玛莎拉蒂是朱总的吗？"

"是啊。高级定制的呢……"

"好像被人划了。"

"什么？！"

朱成从沙发上跳起来，冲到窗边——奔鸣楼下明亮的灯光里，哪怕从十二楼都能见到那辆豪华跑车被划得惨不忍睹。他骂了一声，冲出了办公室。

小葛走回办公桌前，一脸淡然地把文件夹里的开瓶器扔进了抽屉。

"刚才出去打电话，巧遇了崔经理。"他说，"他给了我这个，说是云养汉下一季度的新任务。"

叶苹没听他说话，捂着嘴走到窗台前。楼下，朱成在发飙。

"这要是被监控拍下来……那辆车……一千五百万要吗……补漆的话……十万？四十万？"

"叶苹姐，别算了，过来看新计划吧。"他招呼她。

"划成那样的，七十五万。"我摸着下巴，看搜索引擎上给出的关于玛莎拉蒂补漆的报价。

"……姐，别算了。我就是忍不住了，都什么年代了还纯蓝玛莎拉蒂。"他仰头深呼吸，"银白和大红才是玛莎拉蒂的浪漫……不能忍……"

也是，别算了。反正都赔不起。

云养汉三人组迅速把玛莎拉蒂什么的抛到脑后，大家一起来看奔鸣发下来的新任务。

这次奔鸣给云养汉的任务，是把人工智能带进校园。

第二天。

"根据云养汉的优势，我将主要目标定为初中生和高中生。我们全力抓住这一块，一定能比云梦更有影响力。"她说。

"云梦呢？"

叶苹打了个响指："还没有动静。大公司的优势和劣势都是大，真的面对这种突发任务，他们的机动性并没有我们那么高。"

"啊啊……为什么要去给小屁孩做云养汉啦！"我看着计划书上的说明，直接把它盖住脸，倒在沙发上，"要么歌星要么偶像，一点挑战性都没有！小葛呢？"

叶苹深吸气，微笑着摊开手掌。

懂了，永远的五分钟。

话虽如此，但是叶苹劝我，如果云养汉在学校这种关键地点得到了不错的成绩，安全部的红色高危戒备说不定就会撤销了。而且，这也是培养未来的客户。叶苹做事效率极高，已经联系了列表上的学校。现在临近开学，是一个不错的节点。

不过除了联系学校，这段时间是我们难得的闲暇。我放了小葛一周的假。

"哎？长假啊……"他脸上一点高兴的表情都没有，还是懒懒的，"姐有什么假期计划？"

"睡七天。"我计划得很充分。

"……那我也……"

"怎么可能让你睡七天？"刹那间，叶苹举着一本时尚杂志从背后出现，"快看，姐早就准备好了，就等着哪天大家有假期，可以一起出去玩！"

小葛推推眼镜："是新开的游乐园啊……拒绝。"

"拒绝加一！都是小孩子，吵吵闹闹的！还要排队！"我马上跟进，试图二对一否决。

"同意去游乐园的举手。"

说完，叶苹自己举起了手。

然后她点头："好的，多数服从少数，我们去游乐园。"

喂——讲不讲道理？！云养汉的黑恶势力！

云养汉

游乐园是新开的,而且旁边有公寓酒店,可以住在那儿一口气玩个一周。

那里的地址让我觉得熟悉——在云梦科技还没有成为那栋擎天大楼前,办公室不断在变。曾经有一个时期,它搬到了那个地方的破烂写字楼里。

如今那边盖起了游乐园,往日的办公室,也许已经被推平了吧?

出发那天,叶苹叫了辆大型的黑色SUV的私车,非常适合多人旅行。难得放假出去玩,她提前订好了酒店,还是那种豪华的居家公寓式,可以让四个人住,每人都有独立的房间。

好奢侈,好奢侈,完全不是云养汉的风格了啊!

虽然以前在云梦,也是动辄专车和总统套房,但是到了云养汉,过了那么久的紧巴巴的日子,突然奢侈了一把,浑身不习惯……

"哎,还是靠我理财啊。"叶苹的手指支着额角,微微一笑,天下尽在掌握,"把云养汉一把屎一把尿拉扯大……"

我靠在叶苹肩上,紧紧搂着她——赞美叶苹!

小葛在副驾驶座位,不和我们挤在一起,一脸没睡醒:"……干脆直接收购这家游乐园然后让它停业吧……"

这家伙真的没睡醒,还在做梦哎。

既然是出来度假,大家都换上了度假的装扮。叶苹穿着柠檬黄的吊带裙,头发盘了个低低的发髻,戴着宽边草帽,一路走过去,两边无数人行注目礼,排队时还被游乐场的工作人员问手机号。

我穿着背心和热裤,不知东南西北地站在这热闹地方。小葛难得没穿程序员标配的蓝格子,换了件卡通图案的T恤和哈伦裤,一下子年轻不少。

这游乐园的区域很大,一天是根本玩不完的,所以旁边主题酒店的生意才会那么好。叶苹做了一堆功课,什么过山车啊跳楼机啊激流勇进啊……我抬头看着过山车高耸的轨道,腿有点发软,抱着小葛不撒手。

"好怂啊,夏藤!"她拉不走我,看我瑟瑟发抖的样子哈哈大笑,"好像只小仓鼠一样扒着小葛,你这样,小葛怎么玩啊?"

"我,我不管!没有人能把我拉上过山车!没有!没——"

小葛把我轻轻松松打横抱了起来。

半分钟后，我木着脸坐在过山车的位子上生无可恋，旁边工作人员在检查安全带。

"这位小姐在哭啊……"他看到我满脸泪，有点吓到了。

"没事的。"我旁边的小葛把眼镜脱下来收到口袋里，"她这是激动的。"

过山车缓缓动了，我紧紧抓住前面的把手，拼命咽唾沫，憋到最后，终于忍不住在它下滑的刹那大吼：

"放——我——下——去——"

"呼，好棒啊。"叶苹伸了伸懒腰，从寄存处取回了帽子戴上，"下一个是跳楼机……"

小葛站在我旁边，我正蹲在路边，好像灵魂从身体里被掏空："看不出啊，叶苹姐口味真重。"

"是夏藤太弱了啦，她估计没法坐跳楼机了。"她在我身边蹲下，揉揉我哭丧的脸，"唉，平时嘴巴那么硬……没办法，小葛，我们去吧？"

他摇摇头："我陪她玩些地面设备吧。冲击太强的设施对视网膜不好，我近视。"

"也行。"她拉着小葛的手，拍拍他的手背，"麻烦你了。"

于是，三人分两组。叶苹去体验极限设备了，我们在人群中前行，游乐场里，很多都是一家人一起出来的，每个人脸上都满溢幸福。

要么就是情侣。

在一个打靶子的游乐摊前，女孩子指着奖品墙上的一个巨大泰迪熊玩偶，想让男友给她打下来。那是一等奖，对应的靶子又小又远。他打了三十多次，都没有打中。

"拿着。"他把手上的东西交给我，然后拿了十块钱的零钱懒洋洋走过去，从老板那边拿过气枪。老板想替他上膛，不过他示意不用，很熟练地摆弄好了这把枪。

还是那种困困的眼神，安安静静地透过三点一线，瞄准了靶子。

就听见规律的十声，十个靶子依次应声落地。在围观群众的层层掌声里,他把枪还给老板。男人气得脸都青了,手不断发抖。

我们抱着一大堆礼物,满载而归。

"我又不想要这个泰迪熊……"我拖着巨型玩偶,捶了捶它的肚子。

"不是为了送你去打的。"他抱过这只熊,我们在长凳上坐下,熊放中间,"他把气枪的撞针调歪了,所以没人打得中靶子。"

"你怎么知道?"

"在国外学过射击,对枪比较熟。"

这种小把戏,骗骗外行还行,小葛看别人打一次枪就知道有问题。

"顺便,还枪前还帮他把撞针调正了。"

"哈哈哈哈……干得漂亮。"

隔着熊,我搭住他的肩,跷起了二郎腿。小葛看了眼手表:"天都黑了……快到花车和烟火表演了吧?"

叶苹不知跑去哪儿了,我们俩坐在长凳上休息。道路的另一头,一辆辆花车正驶来。工作人员在道路两旁维护秩序,避免游客误入花车游行的路线。

"你还记得,你二十岁那年,带着'种子'的雏形,进行全球巡回演讲吗?"

"你说什么?"

烟火声、人群的欢呼声、花车的音乐声混杂一片,我不得不大声问,让他重复了一遍。

花车即将经过了,游客的情绪也高涨了起来。在道路的对面,我们看到了人群中的叶苹,她在向我们招手。

"记,得!"

花车经过了,游客们欢呼着,向车上的演员挥手致意。

我们很难听清彼此在说什么,不禁坐近了些。

"其实我那时候,也是台下的学生之一。"

最后一辆花车经过了道路中间,隔开了我们和叶苹。我看不见她了。

这时,他忽然拉住了我搭在他肩上的手。我能清晰看到他眼中的我,感受到近乎于灼热的温度。

人们的欢呼声震耳欲聋。

"我是为了你,才来到你身边的。"

他低下头,一个吻落在我的掌心。

他的气味。

花车上的演员伴随着刺眼的灯光舞动,他的脸在光芒下有些模糊,我眯起了眼睛。

他的温度。

随着天幕中划过几个亮点,绚烂的烟花在游乐场上空炸开,仿佛银河瀑布。星光、我的容貌,统统落在他眼里。

他的眼神。

他的双唇离开我的掌心,垂下了眼神,又恢复了一如既往的困倦懒散。同时,花车离开了我的视野,我们重新看到了叶苹。

烟火在黑色天幕下,昙花一现。

结束了一整天的疯玩,叶苹回去倒头便睡。这一觉,目测她会睡到第二天中午。

虽然时间很晚,但我还不困,而且,仍然有一个地方要去。

游乐园主题酒店旁,这里原来是郊区的一片平房,如今已经全都被推翻重建了。

深夜闭园的游乐园旁无比冷清,只有野猫窜过草丛的声音。我走出酒店,往南边走了一段。最后站在一个造型鲜艳浮夸的购物站点前——现如今,此地是游乐园的主题购物站。

果然,完全认不出来了啊……

在几年前,这里还只有一栋斑驳不堪的写字楼……不,连写字楼都算不上,普通的居民楼而已,云梦科技的雏形,云梦工作室,就是从这里开始的。

漏水,断电。时不时有小偷。

我晚上几乎都在公司度过,那个人听说了……

……朱成听说了楼下遭过小偷,于是晚上也抱着睡袋过来,一起待在公司。

云养汉

那时候，谁都想不到，几年后的今天会是这个光景。

我试着在购物站附近找到些曾经的痕迹，可是早已无迹可寻。心中有种说不清的情绪，让我对着空气呼出一口气，就在决定回去的时候，忽然看到购物站的侧门外站着一个人。

这人靠着车门，他胳膊上搭着西装，领带略拉松些，抽着烟，神色疲惫。他和我一样，也看着这夜幕下的购物站。

朱成在那边站了很久，扔了烟头，低着头，好像自嘲似的笑了笑；然后他拉开车门，离开了。

那天晚上，我做了个梦，梦见了以前的事情。

我很少很少做梦，故而对每一个梦都记得清楚。那是在云梦工作室的旧办公室里，朱成修好了空调，白衬衫上满是汗水。他看着窗外发呆，忽然问我，想不想知道喜欢一个人是什么感觉？

我说，好无聊啊，浪费时间，一点都不想知道。

他便低着头，露出自嘲的笑。

我又梦见了一片烟火。璀璨华盖之下，小葛坐在旁边，轻声说，我是为了你，才来到你身边的。

双唇乍然如灼烧般热了。眼前突然变得火红、皮肤仿佛被烧焦——朱成坐在我的身边，用烟头在我的身上烫下两个字……

"禁果"。

我睁开了双眼，天亮了。

云养汉进入校园的开端非常顺利，有六所学校已经给了我们回应，因为——叶苹制订了一个非常诱人的计划。

"云教师"。利用最新的 4D 投影技术，让云养汉立体起来，能够和教师一样站在教室里，脱离屏幕。我会给云教师搭载基础的教学资料库、富有吸引力的性格，以及……

英俊得让人目眩的外表。

这都是叶苹出的主意。

云养汉

"云教师"第一次讲课时,全班女生都听得无比认真。校方对这个效果极其满意,我们顺利拿到了在校内宣传云养汉的许可。叶苹负责了这次的演讲,她穿着一身明快的天蓝长裙上了台,戴着副平光眼镜,知性无比。我和小葛在旁边看,他凑到我边上说:"我至少看到十个男生拿手机出来偷拍了。"

"才十个吗?"我指指旁边的教师座位,"几个男老师都开摄像模式了。"

"但我觉得效果不会太好。一个云教师的价格,都够在中国请五年的家教了。"

小葛说的并非空穴来风。虽然师生和家长在台下一脸聚精会神,可是看到价格时,表情都瞬间变了。

云教师的价格比普通云养汉要低,就算这样,对普通家庭而言都是一笔不小的开销。演讲后,我们坐在咨询台后面接受咨询,来看的人不少,真的下单制作云教师的寥寥无几。

"云梦那边怎么样?"我问叶苹。

"还没有动作呢。"

和以往的雷厉风行不同,这一次,云梦的动作奇异地慢了。奔鸣给我们派发了将人工智能带进校园的任务,这关系到六十亿美金的投资何去何从。朱成到现在还不行动,到底在策划什么?

一直到下午,云养汉的业绩都不太理想。价格确实是个硬伤,在高昂的开发成本面前,它的单价不是普通家庭能承担的。

我们正打算收班离开,这时,一个和其他学生画风不太一样的身影来到了我们面前。

她十五六岁的样子,微胖,化着大浓妆,校服里头穿着超短裙,头发挑染成粉红色。

"喂,一个多少钱?"女孩嘴里嚼着口香糖,"有现货吗?"

"同学是想订购云教师?"叶苹热情地迎上去,"你的家长呢?"

"谁要什么云教师啊?哈?我买东西干啥要我家长来?"翻了个白眼,她拿起我们桌上的价目表,"……切,很便宜嘛。上次我给老公们的应援费都不止这些了。行了,我要了,给我送货上门。"

云养汉

"等一下?"

叶苹以为少女在开玩笑,便和她仔细地解释做云养汉的一些条件和细节。期间,这个叫周悠悠的少女不断翻着白眼表示不耐烦,最后,她嚼着口香糖吐出一个泡泡。

"不用跟我说这些啊!只要你们能替我把老公们做出来就行。"她说,"我的老公们,一共五十个人,你就按五十个的价格来算吧。"

"五十个?!"

这一次,连我和小葛都站了起来,惊呼出声。

青春离开后,会留下什么样的痕迹?

你是否曾为谁呐喊过、歌唱过、欢笑过、哭泣过?

而青春离开后,这些痕迹皆冷却凝结在心头,或成为一条鲜红的血管,或成为一道惨痛的伤疤。

而他,终究会来,也终究会走。

初中生周悠悠要我们一口气给她在一个屏幕里头养五十个云养汉。据说是个日本的男艺人团体,从预备役的练习生到正式登台的明星,一共五十人。

"钱不是问题。"她大剌剌地打开手机钱包,给我们看她的余额。说实话,那个余额的数字完全超出了正常人对学生这个群体的认知——这不是我们见识少,我和小葛好歹都是国外留过学的。她手机里的钱,可能和云养汉公司一年的收入出入不大。

周悠悠一脸百无聊赖,口香糖在她嘴唇间不断被吹起、破裂:"不够,我就再让爸爸打过来。"

在云养汉的新办公室里,我们开始了商谈。

叶苹和周悠悠坐在一起,她一向善于应付各路人马,但今天从她脸上的苦恼来看,这个初中小女生真的把她难住了。

"可是,五十人是没法做的。"叶苹有点为难地看了眼周悠悠,"或者我们可以为你做五十个单人云养汉……"

"不!我要他们五十个人在一起!在一个屏幕里!"她气急,估计从小到大没怎么被人否定过,"你们要是不给我做,我就去发微博,告诉所有人,你们公司啥都干不了!"

"小妹妹——"

"谁是你妹妹!没什么好说的!必须做出来!"她赖在沙发上,毫无形象地开始大哭,"我就要看到他们所有人在一起!"

"可……"叶苹手足无措,本来是张美丽动人的脸,现在也挂上了倒八字眉,大概是第一次见识到胡搅蛮缠的代言人本身。

"你这个老阿姨懂什么?!"

乍然,宛如晴天霹雳,平地惊雷,办公室里陷入了一片寂静。

"阿……"上一秒还温柔美丽的叶苹姐姐木着脸站起来,双唇颤动了几下,"阿……姨?"

本来躺在沙发上胡闹的悠悠也呆住了,感受到了一种森冷的杀气。

我和小葛一边一个,拍胸的拍胸,拍胳膊的拍胳膊:"算了算了,苹哥,算了。小孩子,不和她计较,杀人犯法的……"

"对啊,算了苹哥,看在钱的分上……"

众人安抚多时,才浇灭了金刚怒火。叶苹坐到一边,但不再说话了,森森注视着悠悠,好像悬在她脑门上的剑。

"小孩,"我抱着胳膊过去,对她仰仰下巴,"你这样买东西,你爸妈知道吗?"

"我?我没有爸妈。"她冷哼一声,自顾自开始玩手机,"有也和没有一样。"

"放心吧。"这时,一直都懒懒散散的小葛开口了,"我们会替你做的。"

"……小葛?!"

五十个人啊!五十个人在同一个屏幕里,是什么概念!没有做过这一行的人可能不能理解这到底是个什么级别的任务。就用电脑里最基础的计算器程序来举例子,你电脑里的计算器同时被几个人使用?一个人,对吧。

你问计算器,一加一等于几?计算器快速回答你。但如果你电脑里还有个人一起问计算器,你问一加一,他问二加二呢?

好像也很简单?先告诉你"二",再告诉他"四"就行。

云养汉

但是，假设有五十个人同时和计算器互动呢？

计算器就要给他们准备五十套答案。而这五十个人之间也会有互动，有不同的关系，那加起来就是两千五百五十五万套逻辑程序……

我眼前一黑。

这可不是简单的做五十个云养汉的问题！这五十个人之间什么关系？五十个人是什么性格？面对不同的人会是怎样的态度？这几个问题再往外做辐射，这一整台巨型机，一年只能做这一张单子了！

"那个，我们不接待未成年客户的单子！"我临时编了个理由，"如果你要做，就请家长在合同上签字。"

定金大约是六位数，我觉得没有一个家长会签字的。但是，事情还是出乎了我的意料。

"我付全款。"悠悠仰起头，眼中有一种孩子特有的精明和狡黠，"你做不做？"

全款。

那几乎是云养汉公司五年的营业额。

"只要你再加一个零，云养汉接下这张单子了。"

小葛，加价了。

这个价位已经是我和叶苹从未到达过的级别了，就算阿婉的文教授，也没有达到七位数。

他看着小女孩的双眼，就如同博弈。再加一个零，七位数。可以在小地方买一套别墅，可以在城市过一辈子的钱……

"为了我老公们，七位数算个屁啊！"她经历了短暂的愣神，但大概是要强，马上装作完全不在乎这些钱，"你们这种没见过钱的，以为七位数很多吗？我爸给我买的生日礼物就是豪车，三百万一台，一年一辆！"

"那倒不错。"他笑了，"我爸什么礼物都没有送过我。除了一个商标。"

"哈哈哈……洗水果从苹果上剥下来的那种贴纸吗？什么爸爸啊？"悠悠也笑了。

他没再和她闲聊下去，摇了摇头："叶苹姐，起合同。"

在我们意外的眼神里，小葛一反常态，主动拍板接了这个烫手山芋，突然从树懒变成了大白鲨，"姐，不用担心，这一次，我会负责主程序的编写的。"

悠悠破涕为笑。叶苹犹豫地看着我，想听我的决断。

毕竟我是老板，是不是接下单子，还是由我说了算的。

小葛看着我，他清俊的脸上，罕见地露出了一种执拗的神情，迎着我的目光，他重复了一遍："由我编写主程序……不，甚至全部都由我完成也可以。"

他为什么对这张单子那么执着？虽然做出来的效果确实会震惊四座，但这完全不像小葛平时的性格。

而他的眼神却像在说，他一定要做。

……没办法。

我微微低下头，手指掩住嘴唇。说不清缘由，被他看着的时候，我觉得有股热气在体内升腾。

最后，我让叶苹接了这张单子，开了全款的合同。

童言有忌

PART 12

客人离开后,办公室里陷入了一种异样的安静。

我通常不是主动说话的那个人,三人之间非技术类的话题往往由叶苹开始。可是她难得沉默,望着电脑前的小葛。

她走到他旁边,小心翼翼地问:"小葛,为什么一定要做那张单子呢?"

"……因为,我必须帮她做。"

键盘声中,小葛的目光渐渐沉了下去。打击键盘的声音慢慢轻了,他从电脑屏幕前移开身子,说:"我必须要为她做一个。这算是我的个人行为,你们可以不用帮我。"

"怎么可能不帮你……"我瘫坐在他旁边的电脑椅上,绝望地看着天花板,"要是不帮你,你就是云养汉第一个猝死在工作岗位上的员工了。"

叶苹苦笑,轻轻叹了口气,坐到他旁边,揉乱了年轻人柔软微长的头发。

"没事的,如果暂时不想说原因,可以不说,"她像替弟弟理头发一样,把小葛的头发重新理整齐,"可是,有一件事情,一定要记住。"

柔软雪白的双手沿着他的脸庞滑下,叶苹捧着他的脸,用自己的额头轻轻抵着他的额头。

"你是我的弟弟,如果有什么烦恼和麻烦,一定,一定不许瞒着叶苹姐。"

小葛的眼神动了动,随后露出笑容,对她郑重点头。

"好,我记住了。"

"保证。"

"我保证。"

悠悠好像根本就不去学校。

自从付了钱,她有事没事就往工作室跑,躺在沙发上打掌机,完全不拿自己当外人。

"你读几年级了啊?"叶苹蹲在沙发边问她。

她白了我的助理一眼,连话都懒得回:"小葛哥哥呢?"

"他还没来公司。"上午十一点,这家伙怎么可能到。

"那他还有多久啊!我要小哥哥!小哥哥!"

小葛还有多久到?

我和叶苹对视一眼,同时露出一样温柔似水的微笑,异口同声:"五,分,钟。"

不知道第几个"五分钟"后,男主角姗姗来迟,到了办公室后,先趴在桌上睡:"白天上班太没有人性了……人……为什么要工作……"

"为了钱。"我冷酷地回答。

"……我不缺钱。"

"你缺打。"

我正想给他一下,悠悠激动地冲过来,一屁股把我挤下椅子:"小哥哥,小哥哥!这是我找到的新照片!"

——关于那五十人的男团,悠悠提供的资料相当充足,这五十人叫啥名字,几岁,喜欢啥,谁和谁关系好,她全知道,那种写真集、访谈集一套一套往我们这边带,还都是带签名的。

"小哥哥,你记得要让他们都说日文哦!"她提醒小葛,"声线都要按照 CD 里面的声音来,还要记得口音!"

"好。"小葛依然面无表情,淡定地坐在电脑前编程,"姐,能给我开一个更高级的权限吗?让我调用'种子'的原始文件。"

哪有那么简单啊。

我瞪了这小子一眼。云养汉的核心程序"种子"全都是由我编写的,

云养汉

从来没有给人开过那么高级的权限——一旦开启原始文件的权限，就意味着，小葛可以直接修改"种子"。

"你是云梦科技的商业间谍吗？"我问。

办公室里静了一刹那。小葛面无表情，叶苹的嘴角在抽动。

"好酷啊！"悠悠尖叫，"商业间谍！"

"……姐，哪有你这样问的。"他揉着眉头，哭笑不得地否认，"不是。"

"哦，好。"手指在键盘上噼里啪啦划过，我修改了几行代码，"我给你开权限。"

他和叶苹简直快滑到桌子底下去："这也相信得太轻易了吧？好歹问问我用什么发誓啊？"

"嗯，那你用什么发誓？"

我很认真地等他发誓。叶苹差点对天翻起了白眼。

在片刻的思索中，他一直看着我的双眼。然后说："我用我的偶像发誓。"

"啊！这个誓，太毒太险恶了！"悠悠尖叫着，倒在了沙发上。

"你的偶像是谁？"我轻声问。我记得小葛好像不追星。

他无奈地斜了我一眼，我一头雾水。

又过了一周，男团的五十个人已经建模完毕了，当然，还只会木讷地站着。

这次，悠悠不仅自己来，还带了几个女同学。这些女孩子显然也是追星族，但比悠悠要老实多了，大多穿全套或者半套的校服，脸上也干净光洁。

她们看样子就是跟着悠悠"混"的："我们这样出来，会不会被找家长啊？"

"就说去补课班了呗。"悠悠熟门熟路地打开我们的试用机，把云养汉的半成品炫耀给她的同学看，"喏，看到了吗！我上次可不是吹牛，五十个人都在这！"

"哇！厉害啊！"

"我老公！"

……

一堆女学生簇拥在屏幕前叽叽喳喳,我问:"你们今天都不用上课的吗?"

"烦死了,老阿姨。"几个小姑娘冲我"喊"一声,悠悠问:"那个很帅的小哥哥呢?"

"比我妆还浓的人没资格在我面前炫耀年纪,连 PHP 语言都还没学会的低级、哺乳、动物。"我的眼神有些森冷,居高临下地看着她们,瞬间震住了几个小毛孩。

小葛怎么就变成很帅的小哥哥了?我差点没忍住。在我看来,小葛就是戴着副眼镜、背着个双肩包、万年淡定脸的程序员小哥啊。

睡美男在下午一点慢悠悠地来上班了。女孩子们都尖叫着围过去:"小哥哥,这都是你做的?帮我们也做一个吧!"

"给她们每人做一个。"悠悠一摆手,"我买单。"

"悠悠最棒!"

…………

这群女生没悠悠那么敢混,过了没多久,看看午休差不多结束了,也就陆续回学校了。剩下悠悠躺在沙发上,跷着腿,哼歌打游戏。

"你爸爸给你多少零花钱,你这样花?"小葛问。

她满不在乎:"挂我爸副卡上。他才不管我怎么花钱呢。"

"那你妈妈呢?"

一直都对小葛十分青睐的悠悠突然皱眉,脸上带着怒意:"烦不烦啊?我家的事情,干吗问那么多?"

小葛耸耸肩,不再问了。

下午,悠悠好像约了人打网游,赶回去上游戏了。剩下我们三人坐办公室里,感慨现在的孩子真是能折腾。

屏幕上,五十个男孩木然地站着,脸上带着固定的微笑。小葛给一个人的面部肌肉做微调,微微仰头,半长的头发从耳后滑落。他的侧面很好看,是那种和朱成截然不同的柔和。

他问:"叶苹姐,你追过星吗?"

"追过!姐可是资深粉!"一说起追星,她眼睛都亮了,"比如那个演杀手的男演员……还有那个颜值超高的男作家!还有……"

简直如数家珍。

"姐,你呢?"他转头问我。

"我?"我没想到他会问这个,瞠目结舌,"开玩笑!老娘这样的天才,还需要崇拜别人?我就是别人的明星!"

"小葛,我觉得她的内心是真的这样想的。"叶苹安抚他,"别怕,别打精神病院电话,她不伤人的……"

什、什么意思啊!

"从小学到初中,就是挺正常地读书啊,轻轻松松拿几个第一名,然后对编程感兴趣。初中毕业就顺手拿了几个奖。"

"顺手……"

"连续三届拿了图灵奖的金奖,又收到了国外研究院的邀请,其实……"我看着天花板,"爸爸"两个字几乎要脱口而出,可话到嘴边,又硬生生被咽了下去,于是转了个话题问,"你呢?"

"我追过星。一个女孩子,比我大。"他说,"那时候我在国外读书,高中的时候,男孩子嘛,都这样——到了时候,都有个梦中女神。"

"谁啊?"

"你应该不知道她。"他侧着脸,用食指抬了抬眼镜,"夏姐,你知道小孩子,在不太懂事的年纪,他们为什么会追星吗?我那时候可疯狂了,下了课也不回家,就等在她工作地点的楼下,等她下班,远远看一眼。"

"因为你们太闲,没事干,只会平白浪费脑细胞。"我无情地戳穿了少男的幻想,"要像我,人生高度压缩,充满价值。葛先生,跟着我实习那么久,你还继续在虚幻偶像那边浪费时间吗?"

他没有马上回答,嘴角带着柔和清浅的笑意。随后,他摇了摇头。

"不用了,因为,我有家了。"他说,"姐,你知道吗,有家的人,很少会去疯狂追星的。在这个家里,我一直能看到星光。"

他是说……这里吗?

我仍然记得叶苹在洗衣房外昏黄灯光下说的话——如果不嫌弃,那就把云养汉当成家吧。

云养汉的新办公室，哪怕比旧的要大，但也比不上真正的企业办公室。

它很小，叶苹特意将它的灯光调成暖黄色，将地上的冰灰色地毯换成了嫩绿和橘色……

闪着冰冷光泽的巨型机，被她贴上了立体的小猫贴纸，上面写满了每天的提醒。

"少喝些奶茶""早点休息""眼药水放在第二格抽屉里"……

一天二十四小时，我们一半以上的时间都待在这里。

下了班一起出去散个步，有假期就一起去短途旅行……

云养汉确实像个家。还不大的公司，还不复杂的财务，还不需要钩心斗角的职场……

或许也是因为，有叶苹的地方，就会像个家。她是我们的菩萨，将所有冰冷的东西握在掌心，缓缓柔化。

"家……"

小葛点了点头，笑容中，渐渐泛起了暖意：

"不管如何，谢谢你们，给了我一个家。"

嗯，这个家，有三个人了。

我坐在那，看着叶苹和他，心里怅然若失。

似乎，在很久很久以前，我也曾经坐在一个更加简陋的地方，然后听见某个人说："啊，总算是有个家了！"

那个地方没有墙纸，没有地板，是一个水泥毛坯房。我们没有余钱装修，他拼命找朋友找关系，弄来了地毯和粉漆，自己把毛坯房装修起来。我在角落的电脑前日以继夜地写代码，每次回神抬头，周围都像变了个地方似的。

朱成，我的学长，他处理完了墙壁、地板，搬进了桌子，布好了电线，然后说了那句话。

"夏藤，我们有家啦！"

可惜，那个保质期太短的家。

后头的几天，悠悠突然没再来。

我们以为是学校里有考试，过了几天清静日子。没想到在一周后的中午，一个中年男性找上门来。

这人姓周，人挺胖的，看上去很严肃，穿着高档男装，但是套在他身上哪里都觉得不合适。他一开口就问，周悠悠在这吗？

来者不善。

叶苹很冷静地走过去，揣测对方来意："您是她的……"

"我是她爸。"周先生说，"最近都在国外搞分公司的事儿，抽空回国几天，女儿一点都不懂事，我骂了她几句，她离家出走了。我在她房间里发现一张你们的名片，问一下，是不是来你们这儿了？"

"没有……如果她来了，我们会告诉你的。"

这人后面也没再来。我们估摸着，姑娘可能是和老爸吵了架，就躲到同学家里住去了。

正当快忘了这事的时候，有天夜里加班晚了，我和小葛去大排档吃夜宵。这家伙照旧在那瞎讲究，品鉴着夜宵用的油是几几年的，差点被老板打。

正吃到一半，忽然就见这家大排档里有个熟悉的人影。

"那不是……"

居然是悠悠。虽然还是化着大浓妆，但她穿着大排档服务员的衣服，整个人气色不是很好，和这里格格不入。

她怎么会在这儿？

我们俩对视一眼，没立刻上前，担心看走眼。小葛先叫来领班，领班说："这小姑娘是几天前来的，说要打工。"他战战兢兢地说。姑娘跟他说成年了，他就给点钱，包吃住。

大排档也快下班了，有几个男客人正拉着悠悠，满嘴荤话，问她几岁了，住哪里，要不要和他们一起去 KTV 玩。

女孩子拼命想挣开，平时桀骜不驯的脸上，此刻露出了害怕的神情。男人们不放手，领班怕惹事，当作没看见，去指挥收盘子了。

这时，一个人插了进去，挡在了悠悠身前。

"你怎么在这儿,不回家?"小葛将悠悠拦在身后,"走了,回家了。"

悠悠见是他,紧紧拽住小葛的衣角;那几个醉汉不依不饶,浑然不把这个文气的男孩放在眼里。

他神情还是淡淡的:"就是说,你们不让我们走?"

"走?"有个男人喝得舌头都大了,挥舞着空酒瓶,"你出去问问,你龙爷看上的人……走?哈哈哈……你,你跟着谁混的?"

小葛说:"苹哥。"

我护着悠悠,手心也在冒冷汗。怎么办,这种状况……

但小葛丝毫不慌,让我先带悠悠去停车的地方,他随后就到。

"报警吧?"我说。

"毕竟是天才的夏藤姐的技术总监,这种小事就浪费警力,太给云养汉丢脸了。"他拿掉眼镜、脱下外套交给我,"去吧。最多五分钟。"

我和悠悠跑到拐角。"车在那儿。"我指给她看,"到那儿等我!"

不能不管小葛。

循着原路回去,一路上自己的心都在狂跳。他要是受伤了怎么办?我怎么把他救出来?自己能想象一个亿兆级别的数据库,却根本不敢想象此刻夜宵摊的状况……

寂静的夜晚街道,只有我的脚步声和喘息声。就在这时,沿途路灯下,有一个人影向我缓缓走来。

"没事了。"小葛说。

他额角和领口有些血,但没有伤口。我又跑了几步,跑过街角,看到夜宵摊旁边倒着四个人。

"走吧。"他从我手上拿回外套和眼镜,神色平静,"回去了。"

若比邻

PART 13

悠悠坐在车后座上,她看起来累极了,我们这才知道,她爸爸难得回家,两人一言不合一顿大吵。她离家出走,周先生给了她经济管控,把副卡给停了。

没了钱又不甘心回家,她只好在外面游荡。

"什么事,能气得离家出走?"小葛边开车边问,"而且,你爸爸回来也没多久,怎么就能吵成那样?"

"他说我学习不好,要没收我电脑。"

"就为了这个?"

"凭什么啊?成绩就是全部吗?!我在他眼里就是那些数字吗?"

随之而来的是一连串这个年龄的叛逆期青少年都会有的抱怨。车上一时陷入了安静,她靠着车椅,红着眼眶,下意识地拿出手机刷社交软件,猛地眼睛一亮:"啊!老公们又出新曲了!"

几秒钟,这小姑娘完成了从怒到喜的切换。她在车里手舞足蹈,跟着手机里的歌曲摇摆。

对她,我们两个都有种无力感。

悠悠不肯回去,还威胁我们,要是送她回去,她就自杀。

"我要和小葛哥哥回家!"她缠着小葛,蹭得他一身粉底,"小哥哥,带带我嘛!"

"这怎么行？"我虽然有时候不懂这些凡人无聊的苦恼，该有的底线还是有的。要是让周先生知道这事儿，人家估计能拿菜刀杀上门，"你哪怕跟我回公司，都不能跟小葛回去。"

"那，夏姐你带她回公司？"

"不行！我和我爸提过你们，他肯定找得到！"

……这时候脑子倒是活络啊。她爸确实来找过，而且，我觉得叶苹也会主张联系她的爸爸。毕竟，孩子流落在外，安全是个大问题。

"那就去我那儿吧。"最后，小葛拍了拍驾驶座，居然答应了。

"开什么玩笑？你家有其他人吗？比如女朋友什么的……"

"我怎么会有女朋友。"

"那你把她带回去……"

不行，这是个原则问题。

万一，我是说，万一，甚至千万分之一，如果出了什么事，那就是天大的事情。

可紧接着，小葛又说了一句出乎意料的话。

"夏姐也搬来住不就行了。实在不行，叶苹姐也搬来……我一个人住。"他说，"悠悠确实需要个地方安定一下，我又不能单独带着她。而且我平时上班不在家，把她一个人扔在家里又不放心，索性你也暂时住过来，大家讨论之后的事儿也更加方便。"

他说的……似乎也有道理。

不，我脑子里的理智在咆哮，这家伙，单纯只是不想去办公室上班吧？

很不喜欢管这种家长里短，然而事情推到了面前，不管也不行……

"……我和叶苹说一声吧。"

这一刻，我甚至后悔——为什么要回国，为什么要开创云梦，为什么要离开云梦，为什么要开创云养汉，为什么要……如果我不做这些事，现在就不会遇到这种麻烦！

是的！我对悠悠这种麻烦的厌恶程度，足够让自己穿越回去，直接干掉多年前的自己，一了百了。

可是，世上是没有后悔药的。

我打了电话给叶苹，把她叫起来，说了目前的状况。果不其然，叶苹说，必须先跟周先生打个招呼，万一他为了找女儿，再搞出什么更大的事情怎么办？

"是，告诉周先生，让他杀过来，把他家的小动物带走吧，啊，PHP语言都没有学会的哺乳类……"

人类的幼崽啊，完全就是麻烦的代名词。

于是最后决定，先回公司拿电脑，再回小葛家。公司不能没人看管，叶苹让我先带着悠悠去小葛家住一阵，等周先生的答复。

没想到，在路上，父亲的答复就来了。

可能生意也确实忙，听见女儿平安无事又不肯回家，周先生只说："随便她，那就让她住外头吧。"

……这爸爸……这什么爸爸啊。

车里，我和小葛都叹了口气，不约而同，想起了自己的父亲。

十五分钟后，车停在市中心一栋标准的复合式别墅前面。

"到了。"小葛说。

我和悠悠都有点懵。

"这……是你家？"我们抬头仰望，悠悠也是有钱人家的孩子，她抓住小葛的手，"小哥哥，你居然是个高富帅？！"

"不是，就是亲戚的老屋子而已。"小葛神色淡淡的，取钥匙开门，"我回国工作，刚好亲戚有空置的老房子，也省下了房费开支。就是房子大了点，一个人住怪冷清的。"

"哦，这是你亲戚家的屋子啊……"我仰头数楼层，别墅一共有四层，比云养汉办公室还大，"那你亲戚呢？"

"出国了。"

我终于知道他为啥敢让我和叶苹搬来了，简直绰绰有余。

伴着他的回答，灯开了。

别墅内的装潢简洁，但也确实冷清。小葛给我们拿来拖鞋："二楼最里面那间卧房是我的，其他房间你们随便住。"

电脑包怪沉的，我们的电脑都是移动工作站的重型配置，他替我先提进去了。

夜深了，大家各自选完了房间、洗完了澡，悠悠也是"修仙"的，不睡觉，抱着手机看她的偶像们。我和小葛继续做云养汉，工作站的电线把硕大的客厅铺得满满当当，但这场景我们都习惯了。

而且对我来说，似曾相识。

"把家改造成公司的感觉，还挺好的。"望着客厅里的一片狼藉，小葛撑着脸，打了个哈欠。

"是吗？"我蹲下来，把两根纠缠的电线分开，"那是你没有真的在自己家办过公。"

"姐有吗？"

"……有。"

我望着那一团死结，目光渐渐沉沉下来，触及了心里久久封存的一段过往——早已千疮百孔，又不堪回首。

"以前，云梦还没有诞生的时候，我和朱成就在他家办公。"我说。

在研究院，朱成是我的学长。

我们一起搞课题，一起拿奖，一起创业……那时还没有云梦这个名字，一切都刚起步，也和现在一样，就两个人，租不起写字楼，在朱成家的老房子里头建工作站。

当年买一台工作站级别的电脑，对刚毕业的学生来说是天文数字。他和家里借了钱，当作是初始资金。

他家是普通人家，似乎很不愿意借这笔钱，几乎每天都在催他还钱。我记得有次撞见他在角落里给家人打电话，挂上电话的时候，他哭了。

哭完后，他又是那个玉树临风的朱成学长。

"没事的，就是太久没和妈妈说过话，有点激动。"他这样解释自己的眼泪。

在极其恶劣的情况下，我们开始为客人量身定做屏幕中的虚拟女友，甚至虚拟宠物。很多个夜晚，两人通宵工作，就在昏暗的房间里，地上铺满电线……

云养汉

我似乎没什么烦恼,没什么恩怨,虽然没钱,可不用担心任何事情——资金供应也好,公司财务也好,设备也好,员工也好……

技术之外的所有事,朱成会替我全部包揽。

就像如今的叶苹。

"这段过往,很少有人知道了。"在诉说完后,心里好像空落了些许。我伸了伸胳膊,看着天花板上悬挂的黯淡水晶灯,"后来,云梦科技正式成为了公司,我带着技术部,朱成负责对外业务以及公司管理……因为自己对技术之外的事情没啥兴趣,绝大多数的人只知道朱成,并不知道我。"

说到这儿,忍不住舒了口气,靠在椅背上。一罐可乐被递到我脸旁——小葛给我带来的,还有些进口零食,他给自己倒的是红酒,姿势老练优雅:"所以在人们的口中,朱成是云梦科技的创造者?"

"云梦……是我们俩一起创造的,储存在云端的梦。如果仅仅从技术角度来说,我才是云梦的创造者。在那时,和云养汉一样,来到云梦科技的客人,都是一对一接待,为他们量身定做云女友。"

朱成并不深究技术,在起初,他甚至很少踏入技术部。云梦也好,云养汉也好,使用的核心程序"种子",是由我独立完成的。

我为什么和他一起成立了云梦?研发人工智能,需要巨额的金钱。而朱成愿意把我的技术用公司的规模去变现。他给我钱,我帮他赚更多的钱,双赢。

那年,我想在人工智能的研发方面不断进步,不断造出更高级的AI,甚至突破图灵测试,造出图灵级别的人工智能。

"但是,朱成不希望这样。"

回忆到达了最关键的瞬间——我们的第一次争执,也是一切崩塌的开始。他希望我将云女友制造成量产型,停止为客户量身定制云女友的模式。

一个量产型的云女友,售价更便宜,销量却极为惊人。与云女友搭配的虚拟服装、虚拟场景、性格模式……全都是一笔又一笔的巨款。

我不能同意。一旦进入量产,云女友的技术发展将会迅速慢下来,那和路边摊的便宜货有什么差别?毫无价值。我仍然坚持一对一接待客户,逐步提升"种子"的程序功能。

最后，我们达成了一个"和解"——云梦科技继续保留一对一的量身定制，但是，只限于高端 VIP 客户，收费极其昂贵。在 VIP 客户之外的，全都进入量产化生产。

"可就算是一个不太愉快的和解，但至少也是和解。云梦在那时已经有巨额投资了，姐无论如何也不至于要离开公司吧？"

"……因为，矛盾升级了。"

我拿着可乐，看了眼小葛屏幕中的进度。

五十人的雏形，差不多了。

不得不承认，哪怕用我这种一流天才的眼光看，他的专业技术是真的不错。

"算了，不重要。"我说，"都过去了！我才不会停留在过去的糟糕事情上，人生嘛，总要往前走的。"

"夏姐，你为什么要独自出来做云养汉？"他问，"我们学这个专业的，都听过你的名号。人工智能技术，你能排得上前几位。那么多大公司想招你，或者收购云养汉，你为什么不跟他们？"

"跟了的话，就没法做自己想做的东西了。"易拉罐里，可乐发出悦耳的泡沫破碎声。"有的时候，你所做的事情，不会被世上任何一个人理解。别人会想把你变成各种样子，只有你才能让自己保持自己的样子。"

我想不断突破旧的自己。

不断突破，就像给一个程序升级补丁，每一次新作品的高难度挑战都是一个惊喜——比谁都优秀，比谁都强大……

"是不是因为，你父亲？"

小葛终于问了这个问题，这个问题，我和他都曾经回避。

我有一个严厉的父亲。

他是个优秀的科研人员，严苛，严谨，理智。他是个好父亲吗？我对他的记忆其实很模糊了，只记得他不断训斥我，说这个不够好，那个不够好……

不管得到什么成就,他都不满意。那时候自己太不服气了,我要证明给他看,我要比谁都好,我要让他承认,我是他的骄傲。

尽管一直到最后,我都没能成功。

这是天才的夏藤人生中,唯一一个无可逆转的失败。

"但是,我很清楚,"我高高举起可乐罐子,对着窗外的明月,"我喜欢制作人工智能。"

就好像有人喜欢画画,有人喜欢写小说……我喜欢制作人工智能。在父亲去世后,我依旧把所有的热情都投入其中。

真正强大的人,不会为了其他人去做什么事情。

我原谅父亲了。我永远记得被他否定时的挫折感,所以,我不会被任何人再打倒了。

另一只握着水晶红酒杯的手举到我的手边,和可乐轻轻碰杯。

钟敲过凌晨三点。悠悠困了,打了个呵欠:"晚安,YUKI。晚安,KUMA。晚安……"

这五十个人,她可以一一背出名字,一一道别晚安。明天早上,再和每个人说早安。

住在小葛家的几天,悠悠每天早上都要被小葛摁去学校,不能逃课。虽然悠悠不满意,可是他答应她,只要女孩乖乖上课、好好考试,一周内就能让她和她的"老公"聊天。

这招简直有奇效。她不仅乖乖去上课了,考试成绩还上去了。可见也不是不会读书,就是心思不在上面。

"明明能考好的嘛……"我和小葛替她批数学作业,自从采用这个激励机制,女孩的答题正确率直线飙升。

"给你们看!"

她把数学书摊开,封页里,密密麻麻写满了偶像团体的成员名字,中日英三语。为了激励自己读书,这家伙把"老公"们的名字抄了一遍又一遍。

云养汉

云养汉的半成品也完成了。在悠悠的不断修改下——比如 A 和 B 关系好，B 和 C 关系一般，C 和 D 关系超级超级好，E 和 F 是兄弟……我们，真的把这个五十人的偶像男团做出来了。

在小葛家的家庭影院巨幕上，白光亮起，突然，五十个人出现了，对悠悠挥手打招呼："晚上好！"

"啊！"

她捂住嘴，瞪大了眼睛，眼泪一下子就下来了。

"先去做作业哦。"她最喜欢的那个男孩走上前，笑得很温柔，"有不会的，我们会一起教你的。"

小葛凑近我低声说："我把高中教学系统也放进去了。"

这招厉害。回头可以让叶苹研究一下，专门搞个偶像云家教，让明星教语数英。

叶苹每天打电话来问情况，她担心悠悠又出什么事。不过这里一切都好，小葛挺会带孩子的，我闲下来的时候刷刷论坛，在技术论坛上发布云养汉的研发日志。

"就好像种子自行成长为果实，使用了'果实'作为中枢核心的人工智能会有一个明确的个性发展与改变。"我看了一眼小葛的屏幕——五十个男孩在一起聊天玩乐，或者排练跳舞。就和咪咪父亲的"云养汉"一样，我们也在培养这五十个人，让他们的关系自行发展，尽可能接近于真实。"在这次的实践中，我们已经实现了在同一场景投放多个人工智能，他们可以通过和彼此的互动，进行自我优化。"

匿名网友 A 说："就好像培养皿。或者养蛊……"

网友 B 说："这已经是自己创造了一个世界了吧，这样下去，人工智能会形成自己的世界，根本不需要人类了。"

"危险，不过我喜欢。"

"有安全制约吗？万一他们发生矛盾和伤害事故，甚至导致个性异变，形成负面性格……"

…………

在一条条的评论里，有一条格外显眼。它来自于一个匿名网友，但是语气很急促。

"夏藤,你人呢?我到奔鸣那儿没找到你!叶助理把我锁在门外!"

一看就知道是谁。

手机响了,是朱成的来电。我刚把电话接起来,另一头就传来了震耳欲聋的声音。

"你到哪儿去了?"他问。

"我在小葛家。"我实话实说。

"啪"的一声,那边挂了电话。又过半分钟,他重新打了电话来。

"你住在你男员工家里?"

"是啊,那又怎么样?我是个成年人了,去哪里都可以,需要和你报备?"

朱成好像听见了什么外星人袭击地球的话:"你懂什么?你又不懂这些!我还以为你走了之后,身边至少会有个帮忙把关的人!他是不是骗子?有没有打算做什么?你知道中国的报警电话吗?"

我只是时不时埋头搞技术,又不是智障!

再说了,住在男同事家里,也是有先例的啊。

"为什么不能住在男人的家里办公?以前不是也待过你家吗?"

"这不一样!"

我挂了电话。哪有什么不一样,生理构造上,他和小葛完全一样吧。

这家伙说得太激动,连边上的人都听见了话筒里的声音。小葛问:"谁啊,声音那么大?"

"朱成。他反对我住你家。"我把网页关了,帮他一起做"云养汉","不过也是,想了想,太麻烦你了。"

"不会麻烦。"小葛摇头,"你想住多久都可以。"

"啊?我是说,和我这种神级的天才朝夕相处,你作为凡人,精神压力会很大吧?"

"……"

他没说话,只是伸出手,摸了摸我的额头。

"是有点烫。"

什么意思!

我气鼓鼓地抓住他的手,作势要咬。结果这货的反射弧突然超负荷工作,在我咬下去前,提前塞了块零食到我嘴里。

〇〇 君子庖厨

PART 14

这几天，真是难得地悠闲啊……

小葛家的顶楼有个大大的露台，没事的时候，大家就去顶楼吃晚饭。这边是小葛做饭，每次都特别高调地报菜名："今天是蓝水牡蛎配意大利黄番茄酱……"

"有没有辣子啊？"

"我不喜欢刺身，小哥哥，有没有油炸的啊？"

葛大厨面对我们两个焚琴煮鹤的人，拿出了这辈子所有的耐心，深吸气，看星空。

"蓝水牡蛎，意大利黄番茄酱。"盘子"咣当"落在面前，他坚持着自己的高端品位，"没有辣子，没有油炸。"

每天的桌布都是有讲究的，吃海鲜就用粉色格子，吃肉类就用纯白，吃清爽的蔬果类就用红色，还要根据红酒的种类做调整。他经常花半天工夫倒一杯红酒，只倒三分之一的杯子，晃很久才喝一口。

我特别好奇这什么红酒，直接"咕咚咕咚"给自己倒满一个马克杯，一口闷。

"也没啥特别的啊……"我嘟囔。

他从我手里救下红酒瓶，塞了瓶可乐到我手里。

"好悠闲啊。"吃完了晚饭，我躺在露台的躺椅上堕落，"不行……

不能这样……回去还要工作……"

"放松些,不要急,"他靠在栏杆边上,眯着眼睛看着城市夜景,"人生就该这样,不急,不急……我每天早晨都会在这里看一会儿,再去冲个澡,泡个香氛浴,再做一些拉伸锻炼,听一段白噪音……"

我大概知道这货到底为啥每天要无数个"五分钟"才能到公司了。

"再过一段时间就是法定长假了啊……要不出国度假吧,在海边做日光浴。"他的脸上散发着遐想,好像已经踩在白沙细腻的海滩上了。

我点头:"嗯,过着糜烂的生活,就好像纣王和妲己。"

"没问题,姐可以当纣王躺在我腿上,我给你剥葡萄。"

"不要,我要吃榴莲。"

"……你想想这像话吗,纣王躺在妲己腿上,妲己举着菜刀开榴莲,拎着半个榴莲往纣王嘴里塞。"

"不像话。但我还是要吃榴莲。"

"……"

不过,这种生活终究还是以一个意料之内的结局,火速收场了。

这天,悠悠刚接受完老公们的祝福,红着脸开始埋头做作业。这时,门铃响了。

小葛去开了门。不一会儿,我听见门口传来一阵皮鞋踩踏地板的"哒哒"声。

"周先生?"我挺意外的。之前,和这位父亲报平安时,我们把地址发给了他。但他当时并没有领回女儿的意思……

足足经过了一个月,他终于忍不住了?

"周,悠,悠!"他冲到客厅,见悠悠坐在桌边,一把将她拽起来,"行了,别装模作样读书了!跟我回去!"

"我不回去!"

"啪!"一声脆响之后,是彼此急促的呼吸声。

"我下周还要去美国。我看不能把你一个人扔国内。"他抓起悠悠的书包,将人往外拖,"已经给你联系好了全住宿制的学校!你就在里面给我待着!过去就是太宠你,把你宠得无法无天!"

云养汉

"那你干脆就别生我啊!"悠悠捂着被打过的脸颊,哭喊得撕心裂肺,"你和那个女人把妈妈逼死了,你根本也不想要我这个女儿!她躺在病床上的时候你在外面陪那个女人,她最后想看你一眼,你都在外地不回来!"

周先生的脸憋得紫红,一秒的停顿后,他更用力地将女孩用力往外拽。

挣扎中,悠悠的书包落在地上,东西撒了出来,有很多偶像的照片集和 CD。

男人的目光落在上面。

"每天就知道这种日本男人……"

他一把将 CD 盒扳碎;悠悠尖叫着想阻止,但却无法阻止爸爸把那些照片集也撕碎。

"我看你就是疯了!钱不够你花吗?给了你那么多钱花,你还要我怎么样?哪个家长给孩子那么多钱?你考试也考不好,就在外面给我丢人!"

那些照片被撕得粉碎,好像雪花般落在门口。悠悠先是呆若木鸡,旋即和疯了一样,扑在爸爸的身上厮打,却被男人打翻在地。

"别打了!"小葛冲过去将两人分开,"都冷静一下吧!"

"我就当没生过这个女儿!"

周先生从他手上将人抢过去,重重推开门。女孩子疯狂地挣扎,发出可怕的尖叫。左邻右舍都惊愕地打开门窗,以为出什么大事了。

"我又要去美国几个月,你别想给我翻天,去寄宿学校!书不好好读,每天就知道这些娘娘腔男人——"

他把挣扎不已的悠悠往地上一摔。女孩子坐下去,哭得浑身发颤,眼神却恶狠狠的。

就在这时,一声猫叫轻响不合时宜地响了起来——悠悠的手机上出现了一条即时推送。我们都知道这个特殊的信息铃声代表什么:只有那个男团的账号发出消息,才会有特别设置的特殊铃声。

"来消息了……他们来消息了……"她抓住手机,低头查看,"是新歌吗?是演唱会吗……"

可是看到消息之后,悠悠的声音戛然而止。

她瞪大了圆圆的眼睛，手剧烈颤抖，接着哭了，伏在地上大哭，好像整个世界天崩地裂。

"解散了……"她号啕大哭，"他们解散了！不该是这样的！我不要！我不要！"

客厅大屏幕上，光鲜亮丽的"男孩们"还站在那里，不明所以。而悠悠哭得很伤心，到最后神志不清地哭哭笑笑，被她的父亲拖向车里。

"等一下。"

忽然，小葛快步走上去，拉住了车门。他将一样东西递给悠悠。

周先生瞪了他一眼，而一向温吞水般的他，居然也瞪了回去。

"这是有云养汉程序的储存卡。"他把小小的卡片熟练地插进了悠悠手机的卡槽中，"带他们一起走吧。他们会陪着你的。"

周先生怒道："不许给她！她今后不许再接触这种——"

"你闭嘴。"出乎意料地，小葛用这三个字冷冷打断了他的话，"如果，你不能教会你女儿应该成为一个什么样的人，至少让她向往成为一个配得上自己偶像的人。"

悠悠在此时抬起头，蓬乱长发下，眼神微微明亮。

小葛看着她的双眼，笑着点头。

"我就是这样的。"他说，"我和你一样，父亲很少陪在身边，自己在国外留学。后来，我每天去自己偶像的办公楼下面，目送她下班……"

"……然后呢……"她的眼泪落下，第一次像个这个年纪的孩子一样无助哭泣，"你就只能这样看着她吗？"

"不是的。"小葛摇头，"后来，我来到她的身边了，我和她在一起奋斗，真正知道我为什么喜欢她，为什么仰慕一个从未交谈过的女人……因为她让我有了向往，向往在以后成为一个有资格站在她身边、有资格和她一起被人仰慕的人。我为了她，变成了一个自己可能永远无法成为的人。我永远不后悔。"

云养汉

悠悠睁大了双眼，像是听懂了，又像是还在思索。

在车门关上的时候，她终于破涕而笑，紧紧握着手机。屏幕上，男孩们伸出手，和她的手相握。

好的，我会努力的。

我们听见她说。

汽车绝尘而去，小葛站在原地，看着它的影子。许久，他才慢慢走回屋中。

我的肩膀乍然一沉。

"……对不起。"他好像很累，一边轻声说着话，一边将头靠在我的肩上，"……能让我靠一会儿吗？"

这几天，为了悠悠那个疯狂的要求，他真的在超负荷工作。

"没问题！"我捶了捶自己的肩膀，"来！我坚实可靠又宽厚的肩膀给你靠！"

他低低笑了声，随后，声音轻了下去。

我再叫他，这人也没有反应……居然就这么靠在我的肩头，睡着了。

算了，算了。

我翻了个白眼，还是忍住了，没推开他。看在他那么努力的分上，我繁忙的肩膀就借你再睡一会儿吧……

但是，手机响了。我看是叶苹的来电，接起了电话，小葛被无情地摔在沙发上。

"夏藤，不好了，云梦开始有动作了！"她说，"你快看电视，教育频道！"

云梦科技终于动了？

我打开了电视。教育频道里是一个发布会现场，大屏幕墙上，"云梦科技携手奔鸣集团，开启新教学时代——云家教"一行字闪闪发光。

而朱成在舞台中央，容光焕发，俊美如一个男明星，他本人就是云梦科技的形象代表之一，阳刚而正面。

云养汉

"对孩子的教育,无论多大的支持都是应该的。所以这一季,云梦科技推出了教育系人工智能——云家教。"伴随着他的演讲,屏幕中出现了价目表,"一部分由官方支持,所以云家教的价格将会非常平易亲民,争取做到每个家庭都能承担。现在市面上一位优秀家教的单次授课费用是……"

他侃侃而谈,就算是家里没孩子的人都能听得动心——请家教要按课算钱,买云家教是一次性消费,而且覆盖小学、初中和高中,怎么想都合算。

而且这个价格,是云梦科技云女友的十分之一。

这就是量产的优势。

我仍然记得,很多年前,就云女友应该注重量还是注重质,两人起了争执。虽然叫作争执,可所有人都站在朱成那一边。

量产,意味着更少的投入,更多的收入——足够养活一个公司的收入。

但,这便与我创立云梦的初衷背道而驰。我想做出尽可能完美的人工智能,我喜欢创造它们时的感觉。

而面对朱成的金钱至上原则,我一败涂地。

"夏藤,我觉得应该开始到小学层面去宣传。"

短短半小时,云梦科技云家教系统的搜索热度就上涨到了综合搜索榜的首位。叶苹再次打电话来,将之后的战略从初、高中调整到小学。

"云梦不是正在小学层面进行地毯式销售吗?"

"对,但是我们不能特意避开它。一旦我们在小学这个层面退一步,云梦这个庞然大物就会把它百分百占据,云养汉就一点机会都没有了。"她说,"夏藤,一定要去撞一撞。云养汉不需要做到云梦同样的成绩,从商业角度来说,如果我们只有云梦千分之一的规模,那么我们只需要做到超过它千分之一的业绩,并且营造出超越它的舆论就可以了,明白吗?"

就如同文教授——哪怕阿婉为文教授支付了一笔足够云养汉经营半年的资金,但也比不过云梦科技一天的销售额。用我们的短处和对方的长处比,一开始就输了。

不在于如何卖出尽可能多的"云养汉"。叶苹已经找到了这个痛点:像文教授那时一样,精益求精,用惊人的质量再次掀起一阵热潮,让这浪

云养汉

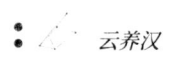

潮彻底盖过云梦。

一个周末之后,我们赶到小学的时候,云梦科技早已在体育馆里搭起了展台,利用 4D 投影作为宣传。云家教目前只是预售阶段,可是不断有家长上前递交定金。

云养汉连搭展台的地方都没有!

"啊,夏老板来了?"

我们正在找能搭展台的地方,忽然,背后传来了某个熟悉又讨人厌的声音。

朱成。

他笑嘻嘻过来,今天换了一身亲和力极强的粉色西装,领带都换成了米老鼠图案。永远都用发胶理得一丝不乱的头发放了下来,好像个邻家哥哥。

对,表面上的温柔哥哥,实际上家里地下室藏着尸体,真实身份是杀人魔的那种哥哥。

"没想到云养汉也会来小学进行宣传?你们今天的预计业绩是多少?"

"云梦科技需要这么大的区域吗?"我环顾体育馆,除了预售台,其他地方全都是云梦的员工在陪孩子玩,"让一片出来。"

"唉,夏藤,你还是没学会怎么说话。"朱成的手挥过体育馆里属于云梦科技的区域,"有求于人的时候,可不能这样说话。"

"朱总,能不能让我们一个摊位呢?"叶苹挤到我前面,双手合十,粉面含笑望着他,干脆利落地选择了美人计,"大家同样是完成奔鸣集团的任务……"

朱成笑得很绅士:"不行。"

我和小葛站在后面,他凑到我耳边轻声问:"这都不动心?朱总该不会是那个……"

"说不好。不过都是个人自由,没什么好说的。"

"……好吧,好吧。"

可是，朱成没答应，不代表云梦的其他人不想答应。当场就有两个看上去像小领导的年轻男性走到朱成边上："朱总，有对比才好嘛，就给他们一个，到时候让媒体一拍照，一对比……"

朱成的绅士微笑僵住了。那两个男人说话时，一直看着叶苹，口水都要出来了。

我的助理持续发力，两眼闪着泪光，楚楚可怜地望着他们，眼中似乎有小星星。

"朱总！好男不和女斗啊！"

"就是！咱家大业大，不和女流之辈一般见识！"

"朱总！咱要是连张桌子都不敢让给对手，也太不爷们了！"

"就是，不能不爷们！——大妹子，哥给你搬桌子哈，你看喜欢哪张？"

叶苹眨眨眼，朱唇浅笑："有点重的那张……你搬得动吗？"

"搬得动搬得动！"云梦科技几乎所有男员工都沸腾了，争先恐后在美女面前展现自己的过人臂力，哗啦啦一阵，半壁江山都变成了云养汉的。

朱成寒着脸站在那儿，孤家寡人，有心杀贼，无力回天。

还听见两个站在我们后面不远的云梦女员工在那碎碎念："我的妈，那个小姐姐好漂亮……是演员还是模特？"

"我看了都要求拥抱了，朱总居然不动心哎。"

"朱总是不是那个……"

…………

无论如何，我们正大光明地从云梦科技的嘴里抢了一大块肉下来，在体育馆里摆开展台。家长们很快也聚了过来，虽然在问完价格后，全都一脸失望地回到了云梦那边。

"就算你们说你们质量好……但也太贵了。"

"是啊，太贵了！"

是，和云梦科技批量生产的云家教比起来，云养汉的价格昂贵无比。不过也有家长觉得，为了教育，花多少都是值得的。

叶苹说，我们等待的，就是这样的一份单子。

云养汉

小学里,每天我们的宣传时间就是早上八点到下午四点。已经三点半了,到目前为止,都没有一个下单的客人。

三个人都觉得,今天或许没希望了。

云梦那边,至少拿下了近九百份订单。朱成笑着凑过来:"怎么样啊,夏藤?卖出去了没有?"

我问她:"叶苹。"

"嗯?"

"我的自恋算是病吗?"

"我觉得算。"

"那精神病杀人犯法吗?"

叶苹和小葛一人一边摁住我一只手,避免我尝试什么不该做的事情。

就在这时候,一个大约三十岁出头的妈妈走了过来。她个子高,很瘦,皮肤白皙,神色却有种说不出的严厉。

"你们这儿也卖那个电子家教吗?"她问。

"你好,我们是云养汉科技。您有什么需要吗?"

"比那边的质量好吗?我听其他妈妈说了,就是价格贵点。"她翻动价目表,眉头越皱越紧。最后,她把价目表一摔,满脸怒容地说:"我订了。"

桃李 ○○
PART 15

我们终于从云梦口中,勉强抢下一块肉。

而且这块肉还摇摆不定,下单的这位妈妈似乎是冲动消费。在下了单后,她很快告诉我们:"我还要再考虑考虑。"

好,考虑吧。

在她考虑的间隙,叶苹又接到了一份预约。

这一次的客人,也算是个人物。而且,我还知道这个名字。

我追逐过一个人的背影,我在他的背影下低着头,试图透过影子看到一丝光明。

终于,我冲出了他的背影,我在阳光下张开双臂。

可是,我却失去了他的踪影。

当红的流行小说作家星洲遇到瓶颈了。

这个消息如果被他的粉丝和他的编辑知道,恐怕会掀起轩然大波。

你问我是怎么知道的?

因为这位大神正坐在办公室里,坐在我的面前,抱着头嘀咕。

"去年……五月份的事情。"

他靠在沙发上,仰着头,明明差不多要三十岁的青年人,因为长期宅

云养汉

在家里赶稿，看上去苍白得好像个通宵打游戏的男大学生。他是看到云养汉最近的校园广告，所以找上门来的。

"写不出了。一下子，咔嚓，源泉断了，水干了，脑子空了。整个人，油尽灯枯……"

"等等，等等，您等等。"叶苹喊停，"星洲老师应该还在更新啊？"

"啊，美女你也看我写的小说？"他一下子变了模样，高兴地坐正了，推了推黑框眼镜，"商业小说嘛，剧情框架其实都差不多，开连载前就定好了，光是照着报流水账，不用管有没有灵感，一路报下去就行……"

"哎，这样啊……"叶苹，一个日常爱好跨越了黑白两道，贯穿了影视、小说、八卦的女人，发出了一种幻灭的叹息，"我一直在追星洲老师的更新啊。"

"啊啊，太荣幸了！那，那夏老板呢？"

"我？作为技术天才，我从不把时间浪费在这种小说上。"我一甩头发，脖子还没转回来就被叶苹掐住了脑后要害，吓得我浑身一激灵，立刻抛出替罪羊，"但是——我们这儿的员工小葛很喜欢看！"

"什么？"叶苹美丽的脸终于因为惊讶而扭曲了，"小葛，看星洲的网文！"

星洲很有名，据说是个从草根混上来的写手，没背景没人脉，开始就在三四流武侠小杂志上写，后来写网文，被一个编辑看中了，开始给他一对一制定小说主题和路线方向，凭借一本商业小说成功爆红。

他的小说粉丝大多数都是年轻人，哪怕是我这种不爱看小说的，都或多或少听过这个名字。小葛挺喜欢看的，我记得给公司电脑系统做维护时，看到他电脑里有访问星洲小说的痕迹。

但这小伙子吧，平时装作格调特高，我想起在他家吃他做的菜，要是这食材没三四个前缀都不好意思拿出来说，比如什么XX海A级蓝水牡蛎之类的。

平时带我吃所谓的便饭，感觉餐厅也没什么，菜也就是味道稍微好点，说是什么朋友开的店不用付钱，但我还是看到菜单上的价格了……吃得那么讲究干什么！

我不爽很久了，终于，等到了报仇的时机！

要是被人发现看流行小说，他整个人肯定恨不得装鸵鸟，把头埋地毯下面去！

当然，不看不代表看不起。网络小说好像是算不上多伟大的创作，可是写流行小说也是一种本事。就好像快餐，快餐有什么营养价值和艺术价值吗？没有。

但人人都能吃。吃的人还特别多。

星洲的灵感枯竭，是去年五月份的事情。

他所谓的灵感枯竭，不是说写不下去，因为商业小说在开写前就会和编辑定好大纲，照着往里面填内容就是了。

关键是，他觉得写累了，这才是很要命的。

"心累"，是创作型职业疲惫期早期征兆之一。我当时搞人工智能的程序研发时，基本是平地起高楼，在创造过程中也遇到过好多令人暴躁的时刻，虽隔行如隔山，但也基本能体会他说的心累是指的什么。

就是累了，不想写了，写不出了，想关上电脑躺在床上玩一天手机。

然后一口气这样混一周，原来的项目进度停在百分之三十几，你再想着去做，却完全找不到当初的手感了。

"所以，你想做个'编辑'的云养汉，养在屏幕里，每天给你催稿吗？"我问，"我明白的。"

星洲用一种惊恐的表情看着我："夏老板，你的思想怎么那么危险。"

"啊？不是吗？"

"夏藤，你把老师想成什么人了？"叶苹用不满的眼神谴责我，"老师当然希望整个编辑部的编辑都坐在屏幕里给他加油鼓气，一家人最重要的就是齐齐整整，对吧，老师？"

"……"

不知道是不是我的错觉，星洲好像在发抖。

"说正经的，我想把我六年级的语文老师做成云养汉。"就这个问题

云养汉

闲扯半天后，他说了自己的需求，"我会写小说，其实，他是我的启蒙。"

这答案有些出乎人的意料，叶苹用指关节摩擦着嘴唇："我还以为，语文老师都只会让学生写应试作文……"

"啊，不是的。张老师不是这样的。"他摇头，"这个老师，他是真的喜欢小说。"

在六年级的时候，星洲是个很害怕写作文的孩子。这件事情说出来没有人会相信，但那个时候，他看见作文就头疼。

因为他喜欢在作文里头编故事，而且是编那种一看就知道是瞎编的故事，比如说遇到了外星人，然后送了对方一根红领巾。他就喜欢瞎编这些。

小学的语文老师都说，你写的作文就是瞎编，你写作文没有立意。

"小孩子嘛，根本就听不懂，什么叫作报流水账，什么叫作立意。后来摸准了套路，一个开头，我们应该如何如何；再来个中间段，说说故事；最后来个结尾，总结一下，告诉大家这个故事说明了开头要说的道理。但我不喜欢写这个啊，看到就怕。"

语文嘛，语数英，它虽然排第一个，可学生都觉得这门课最水。结果到初中了，他们班的语文老师姓张，很年轻，但是很严厉。

张老师上课的时候，基本没有照着课本来过。课文看一遍，讲解一遍大概说啥，就搁到一边了。接下来的时间，老师就开始说孩子们"不是很明白"的书。

"我想想……《从文自传》《萧萧》……沈从文的短文集很有名，你知道吧？"

"知道。"不管知不知道，反正不能承认我不知道。

"对，他就和六年级的孩子说那些书。谁看得懂！"

张老师在讲台上，说得如痴如醉，强行将那些这个年纪的孩子根本看不懂的小说搬到他们的面前。

在同学们的抱怨和茫然里，星洲开始喜欢这个老师了。因为他发现，自己讨厌写应试作文，可是，自己看得懂这些故事里头的情节。

而且，他听张老师讲完这些之后，有些跃跃欲试，想再一次开始"瞎编"。

"我当时想,这些故事,不就和我之前写的作文一样吗?都是编啊,不是作者经历的真的故事……凭什么他们能编,我不能编?"

在第一次交作文时,他瞎编了一个故事:自己一觉醒来,发现天是黑的,世界的昼夜颠倒了,人们晚上出门上班上学,白天睡觉;渐渐地,其他事情也开始颠倒啦……

交上去后,他开始后怕。以前自己喜欢瞎编故事,每次都被语文老师叫到办公室,一顿臭骂,作文纸都被砸到地上。张老师看上去很严厉,搞不好自己会被叫家长。

果然,第二天,张老师上完了课,发还了作业,却唯独扣下了他的。

星洲知道,这就是要"请吃茶"的节奏了。下课了,其他同学都出去玩了,张老师拿着他的作文本,走到了他面前。

"写得很好。"出乎他意料,老师说了这句话,"没想到,你年纪那么小,就会写小说了。"

也就在那天,星洲知道了,自己瞎编的那些故事,有一种特殊的文体称呼。它不是什么"乱七八糟的作文",它叫作"小说"。

自己写的,一直是小说。

很多事,其实是天赋注定的。

小学老师骂他,家长骂他,好像全世界都在告诉这个孩子,你写的作文是垃圾。

只有张老师告诉他,不是。你写的不是垃圾,是一种叫做小说的文字。那些说你是垃圾的人,他们只是无知。

在应试作文里,小说是根本不会教给学生的。大部分人,他们的学生时代都在应试作文里度过——开个头,说一段大道理,中间说点名人名言和历史故事,做个结尾:今天,我明白了一个道理……

而星洲尚未进入中学时代,张老师就已经告诉他,课本之外的文学世界,是那么壮观而神奇。

云养汉

老师的课，他能够完全听懂；在作文里，星洲也自由地开始小说创作。张老师会很认真地给他点出小说结构上的不足，就像个专业的编辑。

"哇……那种感觉……"他闭上眼睛，好像又回到了那个时候，"好像一直被人束缚着，突然有人把你松开了，告诉你，去跑，去跳，去摔，再去爬起来……我所有的同学在作文纸上写的都是应试作文，只有我写小说，这是我和张老师之间的秘密。当时作文纸是八百字，我要在八百字里面说一个完整的故事，你不写小说，不知道，越短的小说是越难写的。可那时候，老师没告诉我，我就在这八百字里面用尽心思。"

格子作文纸就像一片天地，星洲彻底在上面自由狂奔，他开始用小说写手的思维去看待这个世界，用家长的话来说，"脑子里不知道在想什么"。

他可以每天伏案写掉十几张作文纸，写十几个八百字。

我呆住了。

八千字，那是什么概念？我写过最长的作文，也才一千五百个字，写得气儿都快断了。

"一个职业写手的写作量，每天平均在八千字到一万二千字之间。我六年级的时候，就可以每天沉浸在自己的世界里，写八千多字。"他说，"而这八千多字，张老师都会仔仔细细地看。我可以不用写其他的语文作业，只要背古诗词和写作文。他还会根据我最近写的题材，借不同的小说给我看。"

"好棒啊。"叶苹听着都觉得梦幻，"这哪里是个老师，这简直就是个小说家培育器……"

星洲却垂下眼。

"但是，很快，张老师就收到了许多家长的投诉。"

一个语文老师，上课也不讲课本，课外的东西说太多，孩子听不懂……家长们对他意见非常大。其中，星洲的家长更是咬牙切齿，觉得自从遇到这个老师，儿子每天都在写乱七八糟的东西，甚至时不时从老师那儿拿回来根本不是小孩子该看的小说。

"什么小说？"我也好奇。

"《西方神学论》。我那时候中二病犯了，喜欢写天界和魔界干架。"

云养汉

可想而知，当家长打开张老师借的那本砖头书，看见里头全是天使和恶魔，那种怒发冲冠的心情。

而且，孩子的思想也鬼怪得要命。家长不喜欢看书，于是和沉迷小说的星洲交流越来越少，这一切的愤怒，锅都是张老师背着的。

主任不许张老师再教课本之外的东西，不许他再借星洲新的小说。

之后，师生两个继续用周记的方式来交换小说，很快又被教务主任抽查发现。

蜜月结束了，幻梦破碎了。在一段沉闷的教学经历之后，那年的暑假，张老师离职。

他走前，最后给星洲的作文本写了一句批语：不鸣则已，一鸣惊人。

直到去年五月瓶颈期为止，星洲一直都保持着那时候的写作状态。

写小说就是他的爱好，当他碰触到键盘时，仿佛又回到了遇到张老师的那年，有人在身边，支持你，理解你，帮助你，那种安心的感觉……

在那种状态下，他最高保持了七十二个小时的创作状态。

某种意义上来说，写作是他生命中的一部分，也是他生命的全部。

"能把爱好和工作统一，真的很幸运。你别看我们老板有时候好像从精神病院逃出来的一样，其实她年轻时候也是个正经人。"叶苹带着惋惜的语气，摸摸我的头。

我瞪大了眼睛扭头看她，被她把脑袋硬生生地掰正。

"是啊！结果……"

结果，毫无征兆地，他遇到了瓶颈。那段瓶颈期，每次手指打在键盘上，都好像小美人鱼的脚踩在地上，戳着刀似的。他的这篇小说快写完了，必须要开始想新的作品。

商业小说的领域竞争激烈，不断更新换代，如果他不能保持出作品的速度，那么，地位很快就会被新人顶替。

所以，星洲希望我给他在云养汉里面做个张老师。张老师是他创作的起源，也是一种情感的依托。创作型行业的人，真的很需要这个。

"我知道你们公司是做这个的，以前也看过你的作品。"他

云养汉

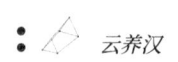

"拜托了!就当是救救我的事业,替我做一个张老师吧!"

张老师的影像形象,他手上并没有,只能凭借口述。我们有五官数据库,他可以在数百种眼睛鼻子嘴里面选择,拼凑出自己觉得最熟悉的面容,然后再进行微调。

然而就在这一步出现了问题。

星洲记不清老师的长相了。毕竟,那个年纪的小男孩,本来就不太会记人脸,再加上张老师的长相也没太大的特色,在数据库里选了半天,都没找到什么熟悉的感觉。

"啊啊……想不起来了……"

他抓耳挠腮。整个人都纠结得快发疯了。就在这时,办公室里面隔间的门打开了——小葛带着两个客人从里面出来,应该是谈完了。

"不好意思,你们还有其他客人吗?"星洲吓了一跳。他以为同批来谈话的客人只有他一个,"我、我、我是不是占了你们太多时间了?"

我对这个作家还挺有好感的,尽管是当红小说家,但这人就和个男大学生似的,特别跳脱好玩,一点点傲慢架子都没有。"没事。他们只是来咨询的。"

客人分两种,一种,是星洲这样,真的需要一个云养汉,肯定会做的,来这里的目的就是讨论怎么做。这样的客人,我和叶苹是亲自接待的。

还有一类,就是观望型的,他们不知道云养汉详细是什么,就是来问问,不一定会下单。这种客人,就由小葛去招待,和他们讲解什么是云养汉,以及大致的花费。

小葛今天招待的,就是一对母子。

母亲就是那天在体育馆最后来咨询的家长。

不过,气氛不太好啊。

母子俩,妈妈年纪也不大,却寒着一张脸;儿子还穿着校服,扎着红领巾,大概小学到初中之间的年纪,低着头,和犯了错似的。

她对小葛勉强露出一个得体的微笑:"那,我们先走了。"

"您慢走。下周的这一天,差不多时候,我们会给您留一对一的详谈时间的。"

她对小葛说话的语气很客气,看起来,不是和我们有不愉快,而是和孩子?

他送走了那对母子,坐了过来。这小孩平时不声不响,但是现在从他脸上微妙的表情变化,我知道这家伙肯定在兴奋。

"喏,你家星洲大神。"我说。

"你好。"

小葛憋了半天,憋了这两个字。

"你好你好,我最近瓶颈期,文可能写得有点水……"

"没事的,我还是会继续追你的文的。"他的身体微微前倾,"最新的章节让男女主分开了,男主本来就和女二更加配,终于看到他们在一起,就好像一瓶开瓶醒酒日期刚刚好的法国红酒……"

"行了!本天才在你旁边哎,你居然眼里还有其他人?"

我先打断这段粉丝见面会,掏出了合同。

至于那对母子,确定是要下单定做了。母亲姓林,林太太说,要求很简单,要我们做个标准的好孩子,用她儿子的形象。

第二个礼拜,这位母亲坐在我们的办公室里,这次,孩子没带来,被送去补课班了。

"他现在六年级,快升初中了。"她坐在对面,打扮得体,"但是,学习态度一下子就不对了,我们做父母的真的要急死了!"

"所以,您想做一个和您孩子一样的'云养汉'?"

"对,就要用他的形象,做一个'云养汉',时时刻刻提醒他,好孩子该是什么样的!"

她越说越激动,甚至拍了一下茶几。

根据林太太的抱怨,她的孩子在小学升初中的时候,突然变了。

小时候明明很听话,从不会和父母有分歧。到六年级时,一开始每天

云养汉

下课了就回家做作业，或者去补课班……

"补课班……"林太太咬牙切齿，说，"就不该让他去那个补课班！"

那个补课班里，有人借了他一本漫画书。接下来，这孩子就开始沉迷这种东西了：书包里会放着漫画，求家长去给他报素描班……

父母原以为这只是因为孩子快到初中，是正常的叛逆期罢了。

他们却没想到他偷偷在书店里买绘画教学的书，回来照着画。

这位母亲说得激动，众人都呆住了。

许久，就听见小葛慢条斯理地说："就这事儿啊……"

叶苹笑得比哭还难看，踢了他一脚。

还好林太太情绪激动，没听清，否则能当场发飙。

"总之，我们怎么劝都不管用，你就算把他的漫画啊素描啊都收走，他还是会在课本上偷偷画，你总不能把孩子的手给砍了吧？所以，想请你们做一个'云养汉'，就用我孩子的脸。"根据这位母亲的描述，我们脑内顿时浮现了一个三百六十度无死角监控的房间。"我在他房间里装了监控和屏幕，这个'云养汉'，要能在他分心的时候警告他，让他收心读书！"

叶苹和小葛都埋头做记录，不敢触逆鳞。林太太下了定金，临走时还在和我说："夏老板，你有了孩子就会知道，可怜天下父母心啊，可怜天下父母心啊！"

伴随着摔门声，她走了。

"……走，走了……"过了很久，叶苹才拍着胸口，松了一口气，滑坐在沙发上，"天啊，现在的妈妈怎么都……"

小葛看着天花板："我很多年没见过我妈了，还以为能找到点关于母亲的回忆……"

"这种回忆还是别去找了吧！"我拍拍他的肩，"宁缺毋滥啊。"

她的神经质已经让人很不舒服了。三人站在门口，看着刚刚被磕下了一片玻璃的门。

"她下周还要来。"叶苹又往沙发下面滑了一截，被小葛抱住拖了上来,"我的耳膜……"

这位母亲的下次来访时间是两周后,而且要带上儿子——那时候,我们会把云养汉的初步性格给建设完毕,在现场给她的儿子衡衡做面部扫描。

期间,死对头朱成给我来了封信,据说他们的云家教研发顺利,目测首发十五万套。

不就是给云女友那个古董级别的"种子"加了个数据库吗,搞得和什么跨世纪发明一样?我冷笑。反正没了我,云女友的核心程序这么多年就再也没有质变的更新了。朱成这么搞,无非是觉得家长的钱太好赚而已。

在第二周,林太太带儿子前脚刚到,后脚,就看到星洲老师顶着两个黑眼圈来了。

"星洲老师怎么来了?你好像是再下个礼拜……"小葛迎上去,眯着眼睛查询安排表,"没错。再下个礼拜。"

"不是不是,我稍微找到点感觉了,所以急着过来,告诉你们!"他从包里掏出我们给他的五官谱,上面用马克笔画得乱七八糟,"大概整理出三四十张脸吧……"

三四十张?!

我看着那三四十张风格迥异的脸,十分无语。这和没想起来其实没啥差别……

"你们有客人吧?"他探头看看招待室,林太太正茫然地坐在里面,望着这个苍白的青年人。"我坐外头等,反正今天的更新已经写完了,可以歇一歇。"

他抱着包,坐在外面的等候室。林太太的儿子衡衡也坐在那,低着头,默默看手上的英语书。

"你好呀!"星洲笑着和小孩打了声招呼,"读几年级啦?"

衡衡抬起头,表情怏怏的。星洲探头瞥了眼那本英语书:"哇,好好学啊,现在都在读书?里面的是你的妈妈么?"

"……嗯。"

"你在看什么?……哎?"

云养汉

衡衡的英语书摊开放在膝盖上,突然被孩子警惕地合上;但是合上前,我们还是看见,他拿铅笔在课本的角落画画。

"你喜欢画画呀?"作家问,"我认识好多画画的,他们给我画的插图和封面都可漂亮了。"

衡衡不敢说话,盖着书,沉默不语。过了一会儿,才小声说:"妈妈不许我画画。"

"画画又不是坏事。画吧,有喜欢的事情,又不伤天害理,那就去做呗。"

孩子垂下眼,小心翼翼地看了眼招待室的磨砂玻璃。她的妈妈在里面和小葛专心致志地确定云养汉的核心,没有注意外头。

衡衡就弯下腰打开书包,从很里面的一个夹层中,掏出了一本书。

是素描书,但是,书上全是透明胶带。

"这本书怎么坏了呀?"星洲接过书,有点惊讶。

"妈妈撕的。"衡衡悄声说,"你们别告诉她。她撕掉后,要我去把它扔掉。我没扔,把碎片粘起来了。"

"……没事,以后自己赚钱了,想买什么书都行。"星洲的眼眉微动,笑意有些苦涩,"我小时候,也被妈妈撕掉过好多小说。现在,家里全是我写的书,她撕都撕不过来。"

衡衡睁大了眼睛:"真的?"

"嗯。"

"那么,大哥哥,你能替我保管这本书吗?"他将书交到了星洲手边,"放在我这里,要是再被妈妈找到,可能就会被扔掉了。"

"可是怎么还给你呢?"

"就放在你这里。"他说,"至少不会被撕掉。"

星洲迟疑了几秒钟,便将书收下了。

"行,我替你保管着。"他说,"等以后你成了大画家,就把它带回去。我的笔名叫星洲,星星的星,大洋洲的洲。"

从星洲给的几十张脸里,我们勉强找了张他觉得最合适、或者说最英俊的脸。他的张老师,拥有一个专业小说家的素养,以及诙谐幽默的性格,完美复制了他美好的师生回忆。

在此之前,林太太所要求的好孩子也完成了。两个屏幕里,一个是张老师在批阅作文纸,一个是衡衡在伏案写数学题,非常安静。

不过在交货前,云养汉的三人得到通知——我们要去美国参加一个奔鸣举办的业内晚宴。

于是,我匆匆将两个云养汉交给了两位客人,便上了飞机。

在十七个小时后,我们落地了,美国时间是晚上。我看了眼手机,被未读消息吓了一跳——数十条未读消息,都来自星洲和林太太的号码。

正确的错误
PART 16

"给错了?"

在两方确认后,我才发现,因为交货太仓促,我们居然把张老师和衡衡两个云养汉送错了。林太太收到的是张老师,而星洲收到的是衡衡。

小说家大大咧咧的,说算了,不急,等我们回国后再换回来就是了;林太太就没那么好说话了,发了很大的火。还好,我告诉她,那个云养汉是个老师,她的怒火才稍稍下去些。

张老师毕竟是老师,也能凑合着用,监督小孩读书。

我们略微松了口气,在美国的这几天别提有多战战兢兢了。星洲拿到了衡衡,也没闲着,每天给我们发照片汇报细节。

"哎,这孩子怎么给你们做得那么闷啊?真可怜,我赶稿,他做作业,我的书房里,弥漫着一种死亡的气息。"

"您再忍忍,我们下周就回国了。"

不过星洲这人,和个孩子似的,耐不住玩性。我们还在美国开会,他已经在博客里面直播在衡衡小朋友陪伴下的赶稿日常了,还拍成了视频。

视频里头,衡衡在电视机里做作业。星洲靠在自己胳膊上看他奋笔疾书,问:"停一会儿吧,画会儿画?"

直播下面的评论区里,观众都在狂笑:"星洲老师,你和个怪叔叔一样教坏小朋友!"

"我有教坏小朋友吗?他从到我家开始除了读书就没干过其他的哎。"星洲靠在屏幕边,敲敲电视机,"衡衡啊,你真的不来画画?"

"嗯,要背单词。"

"是不喜欢画画吗?"

屏幕里,衡衡的动作顿了顿,然后说:"没有。"

"那为什么不来啊?"

"……因为我喜欢学习。"

"但是,我记得你喜欢画画哎,你看!"星洲掏出了一本贴满了透明胶带的素描书,"我们约好了,等你变成大画家,哥哥就把这本书还给你。"

"……我应该好好学习。"

"那么,你就不是衡衡呀。"星洲对着镜头耸耸肩,"真搞不懂,那个家长干啥要把云养汉做成儿子的样子,明明不是她儿子……"

这家伙玩得开心,也没想过后果。他好歹也是当红的畅销书作家了,偶尔开个直播都几千个人看。

谁也没有想到,这件事情会引发新的事件。

当然,在美国的我们,仍然预见不到。

我和小葛走在市中心的商业街上,准备找一条礼服裙,晚宴就是这样规定着装的。

"你说要那么多无聊的规定干什么啊?"我双手叠在脑后,从满目的展柜前走过,"在穿衣打扮上浪费我宝贵的时间……小葛!走快点啊!"

"不要急,不要急。"

他还是懒懒地拖在后头,说着那句口头禅。

我转过身,他没来得及刹车,两人面对面撞了一下。

"我感觉你和我逛街,一点都不积极主动。"我踮起脚,努力和他平视。他怔了一下,略笑道:"我觉得你对逛街这件事情,本来也不积极主动啊……"

才没有呢……

原本确实是不想出来逛街买什么礼服裙的,但是叶苹让小葛陪我去,说他能帮我参谋参谋……

就是因为不想让小葛感到被嫌弃嘛！我要是不肯去，说不定会伤到他脆弱的小心灵？嗯，我这是做好事，作为天才，难得垂怜一下凡人。

"姐。"他叫我，我没听见，"姐，别傻笑了，这件怎么样？"

我转过头。一旁巨大的玻璃橱窗里，展示着一排华丽的晚礼服，男女都有。这是个奢侈品手工服装品牌，是专门做正装的。

玻璃反射出我的样子，一面是聚光灯下发着光的豪华礼服，一面是穿着T恤牛仔裤和拖鞋的我……再看了一眼标牌——

……好，好贵！

"就不能租一件吗？便宜点……"

小葛的眉头一下子皱了起来："租的衣服很脏的。你根本不会知道前一个穿它的人干过啥。而且租的礼服样式少，尺寸少，品位太糟糕了……"

"有什么关系！我又不在乎这个。"

"我，不，能，忍。"

他拉着我的手腕，把我拽进了这家门牌都散发着高贵气息的店。我最怕进这种地方，汗毛都要炸了。

一个听口音像是德国人的男店员迎上来，并没有像其他服装店那样轰炸式推销，而是简单地给了一本册子，请我们在店铺左边的小圆桌旁坐下。很快，他泡了一壶伯爵红茶过来，请我们慢慢看。

"这件酒红的？"

"不要，颜色太鲜艳了。"

"这件黑色的？"

"露太多了！"

"姐，你是从一百年前穿越过来的吗……那这件墨绿的呢？"

"看着就很厚重啊，肯定不舒服。"

"啪。"小葛把牛皮册子合上，揉着眼角，"不，这样根本没办法买……你小时候就没有向往过穿上晚礼服裙吗？比如披着被子幻想自己是公主。"

"有过，我爸说我像弱智。"

我爸极其严肃严厉，小时候披着被子就被说了，"小时候就这样，以后能干什么?"

　　长大些,女孩子们开始喜欢漂亮的东西了,开学前想要一个粉红色的新书包,他给我一个黑色的书包,觉得粉色的东西会让小孩分心……

　　打扮也是会让人玩物丧志的事情,哪怕同学只送了我一个红色的发卡,他都会生气地将它揪下来。

　　等到很多年后,我离开了家,在国外开始研发创造时,忽然发现,就算没有人管束,我也对那些事情没有兴趣、没有向往了。

　　"那你在云梦的时候,也不出席正式活动吗?"

　　"朱成全都会代替我去啊。"

　　"原来如此……"他推了推眼睛,沉吟片刻,把那本册子从面前推开,"我明白了。"

　　"明白了?那我们回……"

　　"交给我吧。"他根本没打算和我回去,而是拉起我去找那名店员,"我一定会让你尝试一次的。"

　　"哎哎?!不要——"

　　店的另一侧摆满了各色礼服。店内的空调把纱裙吹得微微摆动,滑过我的手掌,好像水一样柔软。

　　"你穿上它会很漂亮。"他拿起了一件玫瑰灰的短礼服裙,"玫瑰灰,试试吧,这世上最好看的颜色之一。"

　　"……"我躲在他身后,好像那件礼服会吃人。

　　"怎么了?"他把我抱到前面,"平时嘴那么硬,现在看到件礼服就怕了?"

　　我用脚跟踩住他的脚尖:"反正不要这件,我自己来挑。"

　　从华服中走过,仿佛来到了一个不真实的世界里。各色柔软的衣料滑过我的皮肤,无数颜色跳入眼中……

　　好像隐约回想起来,小时候看到别的小姑娘穿着白色的纱裙,内心涌出的无声羡慕。

　　走道的最深处,一个圆形的展台立在那儿,和其他的衣架泾渭分明。

云养汉

这个小展台有单独的灯光，上面只放了一件礼服裙。

它更像古代欧洲宫廷的女裙，蓬大的裙摆，剪裁极其精细，却不失简洁。

纯白的薄纱，外面笼罩着烟雾水墨般的灰纱，裙摆上用精巧的小珠子刺绣着几何形的大方图案，在灯光下散发着如星河般璀璨而温润的光芒。

我对着它呆了几秒，扭头想走，结果撞到了他的胸口。

"干什么不试试？"小葛问。

"不要，贵，不是我的风格，而且太夸张了。"我想往回走，他却从左右堵住我。

"不要！晚宴上别人都穿普通的晚礼服，我穿这个去太奇怪了……"

"可是，你本来就很奇怪啊。"

他把我带上展台。店员带着礼貌的微笑过来："这是由一条古董礼服裙重新修改的，独此一条。"

"什么叫奇怪啦！"

"就是很奇怪啊，和别人完全不一样，也不愿意和其他人一样……"他撩起裙摆，薄纱如云雾似的在空中飘荡，"天才夏藤，完美的人工智能创造者，为什么要穿那种'普通的礼服裙'？"

我一时回答不出。好像心口突然被重重一撞，整个人都被撞进了一个空白的世界。

"我们就是为了买一条与众不同的礼服裙才出来的嘛。"他说。

我突然跳下展台，跑出商店。小葛在背后叫我，但我没有停下。

不是的，好像不是这样的……

可到底是怎样呢？心好像要从胸口跳出来似的，明明没有发生什么特别的事情……

我想象自己穿着那条礼服裙，坐在电脑前，有一个人在我的身边。我想象自己穿着它穿过最普通的夜宵摊，有一个人在我的身边……

啊啊，完了……

我蹲在街角，双手紧紧捂着头。这一刹那，我骤然意识到，我出来逛街，只是为了和小葛一起逛街。

真的,完了。

我死机了,运行故障了。之前二十六年的人生从来没有读取到这样的一条程序:和一个人待在一起。

他总会让我变成一个新的自己,我曾经抗拒所有的改变,但是和他在一起的时候……

我很开心。我想和这个人在一起。

"太糟糕了。"我独自回了酒店,趴在床上,"我感到人生经历了最糟的时刻,我的脑子转不过来了,全都是 Bug……"

叶苹正在镜子前试她的晚礼服,看着镜子里的我:"结果,一件礼服都没买就回来了?晚上怎么办?"

"你代替我去应酬。"

"休,想。"她扑到我身上,将我压在下面,"听好了,今晚我就是女皇!谁也别想拦着我要手机号码!"

"像我这样优秀的女……"

"知道知道知道,像你这样优秀完美的天才怎么能把时间浪费在和凡人应酬上面。"

我的话被她堵回来,气死了!

叶苹抱着我,两人窝在一起,在网上刷了会儿附近好吃的饮食店。她看了眼钟,快到约定的时间了:"我猜葛先生又要进入地狱五分钟了。"

就在这时,门铃响了。门外站着酒店金发碧眼的服务员,手上抱着一个巨大的盒子。

"夏女士在吗?这是送来给你的包裹。"

包裹?我看到了熟悉的服装店的 Logo,刹那间预感到了里面是什么。箱子打开的刹那,晚礼服好像烟花似的蓬出来,就好像自己飞到了我怀里一样。

叶苹惊愕地捂住嘴:"天啊!谁送的?"

"……是小葛。"

我呆呆地抱着衣服坐在那儿,手指绕着它的挂牌。挂牌上,有他留的一句话。

云养汉

"等我五分钟。"

"你决定穿这件吗?"叶苹情不自禁地在笑,就像每一个真的看到公主裙的女孩,少女心都炸了,"穿吧,夏藤,试试看!"
试试看?
我对着镜子,把它比在身上——不行不行不行!完全不是我的风格!
"你不喜欢吗?"
"我……"
如果不喜欢,在店里的时候,我就不会站在它的面前了。

……我喜欢它。可是我却不知道,我配得上它吗?从来没打扮过的人,从来没想过美丑的人,从来没想到以后有机会穿上这条裙子的人……
手机响了。
我像抓住救命稻草,丢掉了裙子,扑到床上看手机——屏幕上,小葛发来的消息正在闪烁。
"想了很久,除了它,我不知道什么裙子配得上你。"

在约定的时间,奔鸣集团负责接送我们去晚宴酒店的车准时停在了宾馆门口。我还坐在床上抱着裙子,叶苹替我接了小葛的电话。
"你到楼下了?……啊,我们还有一会儿。……多久?唔,还有五分钟。"她以其人之道还治其人之身,"夏藤,快点啦,车都等在下面了。"
"……你先去吧。"
"快来不及了哦。"
她打电话给小葛,说我正在纠结人类生死存亡的大命题。小葛说,没事,叶苹姐先坐奔鸣的车去吧。
他会等我,带我去酒店的。

"我先走啦,不能让奔鸣的人干等。"她捧起我的脸,学外国人的样子给了我个贴面礼,"宝贝,说实话,今晚你才是主角。所以千万别想逃。"
……谁想逃了……

云养汉

一个人的酒店客房里，我抓着头发在床上拼命地跳——怎么回事，人类怎么那么麻烦！明明什么样的难题都可以独自干掉，居然在阴沟里翻船……

好，好吧！或许不是阴沟……

可是这道题，我真的没法解决吗？

我换上了这条裙子，它就像第二层肌肤似的，完美贴合着我的身体。我到底在怕什么啊？

忽然云淡风轻：我穿上它了，就好像穿一件寻常的衣服。如今已经没有人还会责备我穿上它，所有人都看着我好了，就用他们仰望我才华的眼神，让他们看着我！

奔下楼的时候，小葛已经等在外面了。他骑着一辆纯黑的大型摩托，看到我出来，同我会心一笑。

"来吧。反正都不走寻常路了。"他拉着我的手，将我扶上车后座，"看过雌雄大盗吗？"

我环着他的腰仰头大笑，裙摆下，脚趾勾着拖鞋。小葛看了眼手表："嗯，还要先去买高跟鞋。"

"你从哪儿弄来的摩托？"

"租的。"

"谁和我说的？租的不好……"

"车可不一样。"摩托飞驰出去，他的声音也在风里被过滤，"这是男人的灵魂。"

我们先去了商场，火速买了高跟鞋。我买了一双银白色的细高跟，像踩着银色的火焰。一路上，所有人都愕然地看着我们——一个穿着西装，一个穿着宫廷晚礼服，疯疯癫癫地勾肩搭背，笑声洋溢在纽约市中心的街头。

伴随着刹车声，摩托停在摩天大楼前。我提着高跟鞋，拎着裙摆跑上漫长的红毯台阶，在酒店门外，他拉住我："还差一点。"

随后，小葛捧起我的脸。他比我高很多，眉目细细长长的，不戴眼镜的话,就有难言的锐利味道。

还有他身上的香味……

我闭上眼睛嗅了嗅。他捏住我的鼻子:"真的没喷香水,不骗你。"

他的手上拿着的东西造型很奇怪,像是一根三角锥。

"这是什么?"

"口红。你说的那种大红口红。"

"口红还有这个造型?"

"很经典的。"他懒得和我解释这是什么,"——别说话。"

我仰着头,柔滑的膏体在我的双唇上滑动,感觉得到那饱满的正红。那只手离我很近,我忍不住说道:"你的手真好看……"

结果,口红正画到唇峰那儿,我一动,就看到小葛的手抖了一下,画出了界。

"啊……糟了。"

他试着用手指擦掉多余的唇膏,但是擦不干净。

"去里面拿水擦掉?"

"让其他嘉宾看到你的香肠嘴?"他叹了口气,面容浮现无奈的苦笑,"真是没办法……"

下一刻,我感觉被那股香气包围了。如同那夜的酒吧,震耳欲聋的音乐声,酒精的气息……

他低下头,双唇盖在我的唇上,替我舔去多余的口红。

比火还要灼热的年轻的温度。

比星星还要明亮的、眼睛里的光……

我忽然伸出手,盖住了他的双眼,从小葛的面前逃走,跑进酒店里。

宴会厅的入口,叶苹正焦急地等待着,见我红着脸冲进来,语气里都带着惊喜。

"快,要开始了。"她说,"小葛呢?"

"在……在后面。"

"据说今晚,奔鸣的 CEO 徐琴德和他的儿子徐持都在这酒店里,但是没有来宴会厅。"她指指台上,"崔经理主持。还有……"

她无声地指指旁边。我看到了,不远处就是云梦科技的桌子。

朱成今天穿着黑色的意大利西装,身材完美,肩宽腰细腿长,头发梳得一丝不苟,麦色肌肤上,五官深刻如雕塑。不断有女嘉宾举着香槟杯过去,醉翁之意不在酒。他应酬熟练,把她们逗得笑到前仰后合,酒都洒了。

他也看到了我。

晚宴中途,客人们转移到了中间的舞池。一个比我还年轻不少的女孩子一直跟在朱成后面,说个不停。但他显然无心听她的话,时不时扭头看我。

女孩也终于察觉到了。

"那是云养汉的老板吧?"她抢先于朱成一步,带着一脸讥笑地走过来,"就是那个,叫什么,夏晨的?"

"夏藤。"我感受到了来者不善。

不得不承认,她是只年轻漂亮的动物,圆圆的杏眼和瓜子脸,美得俗气,也很直接,配上那条明黄的礼服裙,接连有不少男士邀请她跳舞。

她上下打量我这一身,忍笑的表情比笑出来还可恶:"夏老板穿得很有个性嘛!云养汉的钱,都被你拿去买这条裙子了?虽说佛要金装,但有的人啊,看上去像个村姑,穿凤袍也是个村姑。"

说着还回头问朱成:"朱总,你猜她裙子是哪里买的山寨货?"

"这人谁啊?"

叶苹在旁边晃着酒杯,笑意温柔若菩萨:"好像是奔鸣某个高层家的女儿。在追朱成。"

"这你都打听到了?"我真心佩服叶苹的八卦能力。

"嗯,女追男,倒追,追了两个月了,据说连朱成家都没去过。而且上周去泰国求了庙里的桃花佛牌……"她笑得更加温柔了,温柔得叫人心碎。

"这妹子接受过高等教育吗?还信这个?"我咋舌。要是再让叶苹去仰慕者里面打听一圈,估计她的石榴裙能把这妹子的银行卡密码都兜回来。

"喂——你,你又是什么东西!怎么知道的……啊!"

被戳穿了秘密,她几乎暴跳如雷,把酒杯都失手摔了。叶苹哪里怕她,

171

品了口鸡尾酒,也将酒杯优雅地丢开:"唉,想换一杯……"

话音落,四周齐刷刷伸过来十几只端着酒杯的男人手:"叶小姐,喝我这杯!"

"爸爸!"

妹子失声惊叫。给叶苹递酒的男人里有个西装革履的中年男子,和其他男人一样,眼里只有叶苹,压根没女儿了。

叶苹拿过她父亲的酒,对她啵了个飞吻。男人窘迫无比,在引起更多关注前,自己将女儿拉走了。

"等一下——我要和朱总……"她挣脱了父亲的手,重新粘上朱成,"朱总,待会儿还要跳舞呢。"

从这妹子看着朱成的眼神,瞎子都知道她的画外音。

但朱成却走向了我。

他想干什么?我警惕。想朝我裙子上泼酒?还是朝我脸上泼酒?

不是。

他只是走到我面前,行了个标准的弯腰礼。

"跳支舞吧。"他说。

"朱总?"

哪怕有音乐声,我也能听见那女孩竭力维持形象却无法自制发出的喊声。朱成微笑着转身和她说:"我帮你欺负她。"

"可是……"

"她只有我能欺负。"一边拽住我往舞池里走,他一边回头对她说话,语气温文尔雅,"——只有我。"

女孩还想跟上来,但刚迈开脚步,刺耳的布料撕裂声就打乱了她的算盘——她黄色晚礼服的裙摆被叶苹尖尖的高跟钉在地上,裙摆和腰的接缝处撕裂开一大块。

"哎呀,真是不好意思。"叶苹随手将酒杯交给一个仰慕者,圆润洁白的肩头以一种美丽的弧度耸了耸,她满脸无辜,"真是搞不懂,小姐的裙子怎么会到我的脚底去的?"

舞池里，一对对男女相拥而舞。当然也有叶苹这种身边围满了男士的——她今天穿着一件殷红色的晚礼服鱼尾长裙，露出肩背大片凝脂白的肌肤，美得令人近乎于目眩。

"怎么了？穿成这样，结果不会跳舞？"朱成低头看着我，忍不住低低轻笑，"天啊，你从哪儿弄来这条裙子的，我还以为你要在这儿结婚了——呃！"

我拿高跟鞋踩他的脚，鞋跟细如锥子，在他光亮皮鞋上留下一个显眼的凹凸。

"夏藤！"

"反正我又不会跳舞，你硬拉我跳的。"

我一边说，一边开心地玩起了踩脚游戏。我的脚藏在大大的裙摆里，敌明我暗，取得了压倒性的优势——

"啊！"

他瞥准机会，也踩了回来，疼得我单脚跳。朱成得意地扬扬下巴："你以为我不敢……呃！还踩！"

悠扬舞曲中，其他人都随着音乐跳着交谊舞。只有我们这一组，动作激烈，神情狰狞，时不时快速跳跃。

"呜啊！"

突然，我感到脚后一轻，整个人失去平衡往后倒。朱成眼疾手快拽住我，拉起我的裙摆，脸上划过一丝慌乱："没事吧？是我踩重了？"

——是高跟鞋的鞋跟，终于不堪重负，断了。

纽约深夜的街头，好像两个世界，市中心仍然灯火璀璨不眠不休，而在这公园小路上，却寂静得只听得到自己的脚步声。

我们提前离场了。

我手里提着断了跟的高跟鞋，然后将它远远抛向垃圾桶。

"进了！"

我踩着酒店的一次性拖鞋跳了起来。

朱成看了看，说："浪费钱。"

"喊，我浪费我的钱，关你什么事？"

"……云养汉的效益毕竟不行吧？你还在画地为牢，坚持一对一定制……"

"你懂什么？"

"哦，我不懂。"他冷笑，"我不懂你那套远大理想。所以，云梦科技现在能养活那么多的人。"

每一次说起这个话题，我们之间的矛盾就难以避免。他早已厌烦了无休止的翻旧账，圆滑地转开话题："你们公司其他的员工呢？"

叶苹自然是今夜的QUEEN，至于小葛……

他不见了。

进了会场后，我就没再见到他。电话找他也没有回应，不知道去做什么了。

我忍不住摸摸嘴唇。那里还残留着说不上来的奇怪感觉，微微发烫。

朱成送我回酒店，用他的话来说，纽约治安不好，要是不看着我回去，说不定我就被器官贩子绑架，掏空器官卖到东南亚去，出口转内销了。

"毕竟，某人不是成天说自己多么优秀和完美吗？人贩子八百里外就能看见你。"酒店就在前面，他推了我的肩膀一把，我们穿出公园小路，回到了大马路上，"等回国再收拾你。"

临走时，我还忍不住想踩他一脚。结果脚在半空被朱成抓住，他看了眼："磨成这样……不会穿高跟鞋，也不喜欢穿高跟鞋，去穿那么高跟的干什么？"

我脚上全都是磨出来的伤口，红红紫紫。

"总要试试啊。"我说。

"试什么？你不喜欢高跟鞋，那就穿拖鞋。以前不也这样，你不肯穿正装去应酬，全都是我代替你去。"

"哈？你还有脸说？还不是你把我……"我用力让脚挣脱他的手，踩回拖鞋里，"……哼，今天高兴，以前的事情，姐不和你计较。"

"……还是回云梦吧。"

我走出三四步时，他的声音从背后传来。

"夏藤，在云梦的时候，你没穿过自己不喜欢的裙子和高跟鞋，你的脚上一点伤口都没有。"

……是吗？

我的脚酸痛，从脚底到脚踝，针扎似的。这痛苦很陌生，在过去的这么多年里，仿佛与我无关。

可是，我真的不喜欢这痛苦吗？

我穿上晚礼服，穿上高跟鞋，来参加这场晚宴……我完全无所谓这是什么宴会，之所以"痛苦"那么久，只是……

就是想让他看看，我打扮后的样子。

我没有再理会朱成，拿着手机往宾馆走。小葛还是没有回音，他到底去哪儿了？

让我打扮的也是他，让我涂口红的也是他，让我受苦的也是他……可是，他人呢？

心里的某个地方空落落的，就像是被人抛弃在荒野里，茫然无措起来。

叶苹一直待到晚宴散场，认识不少有意于云养汉的投资人。她微醺的脸上带着微笑，将这些人背后的势力、人脉，一条条理在纸上。

这就是她的可怕之处，菩萨脸庞，雷霆手腕。云养汉的投资正在陆续涌入，从一个默默无闻的小工作室，开始步入正轨。

可她也在平衡着商务和自由。因为她知道，我不喜欢被投资人指手画脚。

而小葛，是昨夜凌晨三点才回来的。我们宾馆的房间并排挨着，能听见他那边的关门声。一直到上飞机，他都只告诉我们，只是在会场外见到了一个老同学，所以和对方走了。

不知为何，他疲惫得有些吓人，像经历了一些不愉快的事。

看到他满脸的倦意，叶苹没有揭穿这单薄的谎言，只是替他盖上毯子："睡吧，一觉醒来，就到家了。"

云养汉

飞行时间要跨越一个黑夜。叶苹靠窗,已经睡下了。小葛坐在我边上。他手中拿着一支笔似的东西,我觉得好玩:"干啥呢,不睡?"

旁边有乘客开了灯,我见到小葛手中是那支造型奇怪的唇膏。

"啊,我涂过的!"我说,"你不给我?"

他只是笑笑。

"很贵吗?"我问。

他终于忍不住笑出声:"随便买的,觉得造型和你风格一样,特别不走寻常路。"

"那还不送我?"

"你涂过了,这就不只是一支唇膏了。"他拔开盖子,又把它沿着我的嘴唇,轻轻擦了一遍,"——这就是你的两次吻了。"

就在几天后,云梦的虚拟家教产品——云家教系列正式上线了,进入了小范围测试阶段。朱成召开了盛大的发布会,这个发布会有很多教育界人士参加,影响空前巨大。发布会当天,一个熟悉的人被请上台讲话。

我们当时刚刚回国,正准备处理云养汉交错的事,就见教育频道直播的发布会上,林太太站在讲台上,面色愤慨。

"在之前,我和一家叫云养汉的公司定了一个产品,我希望他们将这个产品做成我儿子的模样,让衡衡有个榜样!"她说,"结果,对方不仅毫无责任地将另一个客人的定制产品送到我们这儿,而且,还蒙骗我们说,那个客人订的是个老师,我们也可以让他辅导孩子读书……"

发布会的背景板闪了闪,张老师站在屏幕里,低头认错似的。

"我简直不敢相信这个人教了我家衡衡些什么!他居然又开始和我说,要学画画,要去买什么素描铅笔……"她指着屏幕,"我明明让你好好盯着他读书的!"

张老师依然低着头。过了一会儿,小声说:"其实衡衡喜欢画画……"

"你们知不知道,可怜天下父母心?我们希望孩子能好好读书,画画这种事情,等上了大学,他想怎么画就怎么画!还有,那个什么作家,他拿到了我根据儿子的样子定做的云养汉……"她说起了星洲,应该是星洲打发时间开的直播内容也被人传到了她那里,"可是也在教他些不三不四的东西。什么'这明明不是她儿子'……不知道谁看过他写的书,这种人写的书能看吗?"

"这位太太之前和我们公司倾诉了这件事情,因为,我们公司最近将推出云家教产品。"朱成在此时上台,将屏幕切换,三个孩子出现在上面,都穿着整齐的校服,露出乖巧的微笑,"我们的云家教不再采用成年人的形象,将有小学、初中、高中三款,不仅是学生的良师,更是益友。孩子是我们的未来,给他们选择家教和伙伴,应该谨慎,谨慎,再谨慎……"

"没错!"林太太点头。朱成的发言结束后,底下更是响起了一片掌声。

我看不下去了,关了电视。

好吧。输了。

我承认,这次真的输了。

那天晚上,林太太给我来了一个电话,约好明天交换云养汉。

再不满意,那个也是她花了大价钱定做的,总要拿回去。

于是,第二天,母亲带着儿子,早早就来了我们办公室。星洲没过多久也到了,笑呵呵地对衡衡打招呼。她先把装着云养汉"张老师"的储存盘给了他。轮到星洲了,青年摸索半天,笑着说:"衡衡妈妈,我想和你商量一件事。"

接着,他说:"我出双倍的价钱,想把衡衡的那个云养汉买下来。"

林太太睁大了眼睛,不敢相信。

"我看到那个小孩,就觉得特别像以前的自己。"他挠挠头,笑得挺不好意思的,"我忽然想到了一种可能性。我灵感的源泉,不一定是张老师。也有可能来自从前的自己——刚从一种束缚中跑出来,刚刚看到一个全新的世界……那个时候的自己。"

订云养汉的钱,对林太太不是个小数目。她和丈夫都是工薪族,不像星洲,动辄能拿几十上百万的版税和改编费。

她答应了,星洲给她钱,她就能向朱成买一个云家教。

"等你们以后有了孩子……"她说,"才会知道可怜天下父母心。"

星洲正在用手机转账,听见这句话,抬头笑笑。

云养汉

"我很敬佩为人父母的人，因为他们经过了谨慎的考虑，还是愿意不辞辛劳，把一个生命带到这个世上。"他说，"我也理解，很多父母对养育孩子的最终理解，就是将他们送进名牌大学。从小到大，我听得最多的话，是'等你上了大学，想怎么写小说就怎么写小说'。事实上，我不是一毕业就写小说的。我上大学的时候，我父母希望我考研，说'等你找到工作，想怎么写就怎么写'。于是我考研后就工作。衡衡妈妈，你是什么文凭？"

"会计，本科。"

"我是宋代历史方向的研究生，在毕业后，工作了两年。工作期间仍然想写小说，我的父母和我说，等我成家立业了，想怎么写就怎么写。但这一次，我没听他们的。"星洲说到这里，无奈地耸了耸肩，"因为我知道，等我有了孩子，我父母还会和我说，要等我孩子长大自立了，我才能写自己想写的。有的时候，我确实可怜天下父母心，太执着了，衡衡妈妈，你要知道一件事情——如果这个孩子正直而坚强，他的人生，谁都毁不掉。"

林太太摆手："我不听你们这些歪理。你们还年轻，没孩子，不会懂父母的心。"

"大概吧。"

她寒着脸，拽着孩子的手往外走。即将走到门口的时候，突然，衡衡挣脱了她的手，向星洲跑来。

他从校服口袋里拿出了一张叠起来的素描纸，上面，是一个男人的肖像，画得像照片似的。

"你画的？"星洲愕然。

他点头。

"张老师和我聊天，说起你记不得他的脸了。"他笑了，"不过，老板他们将你对张老师的外貌描述也写进了程序里，我跟着张老师的复述，试着画了一张像。"

"谢谢！哎……是很像！"

"嗯，我照着补课班的语文老师画的。"他说，"那个老师，他也姓张。"

星洲拿着素描，一时没说话；衡衡被妈妈拽走了。

"哥哥!"衡衡一边走,一边回头,"我会变成大画家的!到那天,我会来找你要回素描书的!我记住了,你叫星洲!"

之后,星洲委托我们把这两个云养汉做进了一个屏幕里。每天赶稿的时候,只要看见张老师和衡衡,他的灵感就源源不断。

而且,他还找到了张老师。

就在衡衡最早读的那个补课班。

张老师没有再去学校,而是去补课班,专门教孩子写作文。补课班的课程没有那么严格,很多孩子在熟悉了一段时间后,都能轻而易举完成应试作文。

星洲去找张老师的那天,我们也陪他一起去。因为,如果这个张老师真的是他的张老师,那云养汉就需要进行外貌的调整。我们同去,刚好能顺便采集面部素材。

教室中读书声琅琅,老师正在教学生们阅读一本散文集。

爱伦·坡。

他在教室外看着老师教书,张老师朗读着散文的字字句句,神色陶醉。他就一直看着、看着,直到下课铃响起。

张老师看向门口,见到这个青年人,不由怔住了。他老了,他也长大了。

可是不知为什么,两个人却能在那么多年的分别后,转眼认出彼此。

"姐,你今天为什么跟过来?"在补课班的下课铃中,我们并肩走在校园旧日的走道里。

"当然是为了采集面部资料啊。"

"还有呢?"

"还有……没有了!"

"其实也想看看,他有没有找到张老师吧?"

被戳穿了!

我耳朵都红了,站着不肯走,气鼓鼓地看他。

他只是笑,笑了半天,说,你还记得我们第一次见面吗?

云养汉

"记得啊,你面试迟到了。"

"不,我们第一次见面,是你二十岁时带着'种子'雏形,进行全球巡回演讲。"

哦,我才想起来。但是,那能算见面么?

那时候,我有一站巡回演讲是在小葛的大学,他是台下的学生之一。当然,我毫不怀疑,这家伙直到我演讲到二分之一的地方才姗姗来迟。

"你站在台上,穿着黑色的学士服,沐浴在灯光下,整个人就像在发光。"他说,"加上演讲的内容和研究成果,以及你年仅二十岁时提出的大胆设想……台下所有有志于人工智能研发的学生,都把你当成女神。"

"哈?"

"嗯,女神,发光的、完美的那种,"他看着我,很认真地说,"后来,我到云养汉来面试,为了见你。"

"哦哦!那是不是很激动?终于要见到女神了!"

"不是,很幻灭。"

"……"

他拍着栏杆,叹息不断。真的好幻灭啊。小葛曾经以为,我平时也是那种每天穿着知性小黑裙和小皮鞋,安静内敛,就像站在台上的那次一样……

结果见到真人了,我穿着灰色T恤和牛仔裤,头发乱蓬蓬的。"还自恋,还嘴贱……"他越说越崩溃,叹息声更大,"你知道当时我内心有什么想法吗?我想确定那个穿夹脚拖的女汉子是不是你,还是说其实叶苹姐才是夏藤,在演讲后去整容了而已……"

"你对完美的我有什么意见哦?!"

"有啊!品味差,大大咧咧,缺心眼,抠门——"

我忽然接近了小葛,拉近了两人的距离。在补课班的放学铃声中,我微微踮起脚,学着他吻我的样子,去亲吻了他。

他的声音被这个吻拦截住,如同信号断点。

"那你为什么要像我刚才那样,亲我?"我歪歪头,试图从他眼睛里找到答案——既然那么幻灭，那么崩溃，那么嫌弃我的没品味，那为什么还留在云养汉？还是说看上叶苹了？

如果他是看上叶苹，其实我觉得也没啥，很正常，任何一个正常的异性恋人类男性，都会喜欢叶苹……

小葛脑子的短路持续了很久，终于，他回过神来，然后紧紧抱住我。

"因为你比我幻想中的要更好！"他说，"更加完美，更加优秀，更加像一个真正的人！"

"这种称赞是理所当然的，我听得耳朵都要起茧子了，不行。"

"不行吗？"他苦笑，侧了侧头，"那没办法了。"

他低下头，将两人的额头靠在一起。

"爱就爱了，爱都爱了。"

小荷才立尖尖角
PART 17

"啊——"

忽然,旁边响起了一声短暂的惊呼。我们齐齐转头看过去。

有一个年轻妈妈满脸通红,捂着自己孩子的双眼:"对不起,对不起!我没想到你们在……"

"啊啊啊!别在意!"我手忙脚乱。小葛还算镇定:"有什么事吗?"

"我……我就是想问一下……你们是不是……云养汉的人?"她显然很保守,看到我们搂搂抱抱,害羞得连话都结巴了,"上次,你们到我女儿的学校去宣传过……"

"是的。"

"太,太好了!"她松了口气,放开了女儿的双眼,"那,你们现在还做云养汉吗?"

"你想给女儿做个家教吗?"

"……啊,也是想的,不过,我还是希望她能尽可能自由地长大。这个补课班也是我老公给她报的。"这位夫人苦笑着,把短发挽到耳后,"我想给自己做一个。"

我们回去的时候,叶苹正靠在沙发上涂指甲油,旁边的电视机放着新闻。

现在刚好是个"闲季",因为给错了云养汉,林太太在朱成的安排下,对着镜头和全国人民控诉了我们,至少目前为止,没有什么人还想预约了。

就在这天中午,刘小荷找到了我们。

刘小荷,听起来像个20世纪80年代女学生的小名,但小荷已经三十岁了,已婚,手机屏幕是她的女儿。

"我……"她很腼腆,清秀的脸庞低垂着,红到了耳朵根,"我想……想定做一个程序。"

一看就是很保守、思想传统的女性。

而且,已婚女性来做云养汉的不多。

"好的。"我们不能对客户做任何评判,再说了,干这行的,什么奇葩客户都遇见过,一个普通少妇没啥好意外的,"那,您的要求呢?想要一个什么形象的云养汉?"

"我不知道他的长相。"

紧接着,她做出了一件让人讶异的事情。客户一般会和我们要求云养汉的外貌,我们见过掏手机给看照片的,也见过掏老照片的,甚至有当场画画的,也有口述长相的……

但她拿出的,是信。

我寻觅你的存在。

你存在于我生命的何处呢?是我生命的晨曦、黄昏抑或深夜?我静坐诸日,却只能看到你留下的痕迹,交织成一笔一画。

你从哪个方向离开的?我应该从哪个方向追寻你?我在无数段回忆中迷途,只余下累累白骨,等待你多年后经过,为我超度。

——小荷拿出的是一包厚厚的信纸,泛黄的,上面是一行行稳重整齐的字:

"小荷,见字如晤。

已是夏末,不知你的学校是几号开学?……暑假时,我随父亲去了重庆老家,那里还保留着相当多的古建筑。你记得吗?我立志于成为一名建筑师。……"

云养汉

"小荷,见字如晤。

快要高考了,你复习得如何?我怕打搅你,不敢来信。可又怕不来信,你以为我冷淡了你,心里更加难过。……我知道你父母不许你考外地院校。但是,不要被影响心情。……"

"小荷,见字如晤。

我不知该如何向你说这件事。在结为笔友时,我们尚是孩童,都和彼此约好,不会见面、不会寄照。那时,我们都觉得,男女之情是不对的,是不该去想的。可与你交笔多年,我无法不去想你的样子。我知此信甚是唐突,可若你也有同样心意,便是皆大欢喜。"

…………

"小学的语文课上,老师要求我们找一个笔友。"她眼神温柔,望着茶几上满满的信纸,"夏老板也经历过那个时候吧?当时,找笔友还是很流行的事情,毕竟没有电子邮箱。于是,在学生报的交友栏上,我找到了一个三年级的北京学生当笔友。他的笔名叫作'蜻蜓'。"

客户提供的资料越多、需求越详细,云养汉也越好制作。但小荷提供的资料,实在是太模糊了。

"我不知道他的模样、性格。很奇怪吧?虽然我可以想象一个男性形象,但是却不知道他该是什么样的。有人说,见字如面,那么多年通信,也该从信纸中大致揣摩出对方的样子了……"她叹了一口气,"可是我想象不出。"

她显然失落,明白自己的徒劳和可笑,再将那些信一封封小心收好,告辞离开。

"那个,"叶苹赶了上去,叫住她,"跟着您先生的样子做可以吗?"她听见这句话,突然一颤,然后剧烈摇头。

"还是不要了。"她苦笑着回过头,"算了,我也只是来咨询一下。"

小荷也只是很多客人中的一个,我们很快就忘了她的事。

有天,三个人中午去隔壁的商场里吃饭,吃完了之后在商场里转悠。工作日的中午,这里没什么人,忽然见到一个眼熟的人影,拎着购物袋,从前面的超市出来。

"好像是小荷?"叶苹问小葛。

就在这时,从旁边冲过来了一个年轻的姑娘,那个妹子显然只有二十多岁出头,穿着一条碧绿色的连衣裙,直直就对着小荷跑过去了。

"你要不要脸?"她一把拉住了小荷,"到现在还缠着他!"

"我没有……"

"没有?那你还不和他离婚?"女孩子重重推了她一把,高跟鞋踩地发出脆响,"你上次可是答应我的,不会继续缠着他!"

"……我……"

"啪!"

紧接着,少女用力打了她一耳光。小荷本来就瘦弱娇小,被打得坐在地上,捂着脸呆住了。打人者扬长而去,叶苹急忙冲过去。

"你没事吧?"她把人搀起来;小荷呆了片刻,缓缓摇头。小葛看着绿衣女离开的方向,准备去叫保安。

"不用了。"小荷拦住他。

"她是谁?"

"……是我老公……在外面找的人。"

她把短发别到耳后,神色平静。

什么叫"在外面找的人"?

我没反应过来,最后小葛告诉我,绿衣女就是他们夫妻之间的第三者。

哦,这样啊。

我盯着她被打的地方,感觉逻辑又卡住了——都这样了,为什么不离婚?

可为了防止被叶苹用脚尖教做人,还是忍住了,没问。

我们四人一起到旁边的咖啡厅小坐。小荷看着窗外,告诉了我们她和蜻蜓的故事。

每个人的生活里,应该都有一个很乖很本分的女孩子。她短头发,戴着眼镜,不敢和男孩子说话,很听爸妈的话。用功读书,成绩或许不算名

云养汉

列前茅,但也永远在中上。她听着爸妈的话,不打扮、不分心、不早恋,然后听爸妈的话填志愿,听爸妈的话找工作、当老师,听爸妈的话,去和一个陌生人相亲。最后听爸妈的话,嫁给这个人。

"这就是我的人生。"她说到这里,自嘲似的笑了,"很无聊吧?没什么好说的……"

我顺着她的话点头。两只脚突然被人同时踩了踩——小葛和叶苹两头黑线地瞪着我。

我只好摇头。

"那么,你和你先生,现在是……?"

"……没有离婚。"说起丈夫,她的面容上罩上了一层阴霾,"五年前,他就和小杨认识了,是办公室恋情,小杨是他部门里新来的实习生。"

神奇的是,发现丈夫在外面有情人的时候,小荷一点愤怒或者痛苦都没有。"就好像事不关己似的。"她说,"我和他结婚,本来也只是因为父母觉得合适。"

"可,你自己呢?"

"……我自己?不知道。从小到大,父母都只和我说,要听话,要孝顺。就算不喜欢他,但是父母喜欢,我就和他结婚了。话说回来,在考大学填志愿的时候,我和蜻蜓通信,我说,我想考去北京,和他见面。"说到蜻蜓,她又微笑了,"可是父母不允许,他们希望我考本地的师范。我坚持要去北京,爸爸发了很大的火,替我填了志愿。我觉得很对不起蜻蜓,那时候,明明答应他,我会去北京……"

"但这也不是你的错啊。"叶苹神情上仍有气愤,还记得刚才打人的女人。

"后来,我要和相亲对象结婚了。我不喜欢他,我想继续读书,去图书馆工作,或者去写作……可父母说,我不知足,不安分,我应该快些结婚、生孩子……那时候我给蜻蜓写了一封信,我求他来带我走。无论他富有还是贫穷,无论他是美是丑……他是个女人都没有关系,只要他来带我走,我就和他走。"

她垂下眼,看着手中的红茶,微红的茶光在她眼底荡漾。

云养汉

"……可是,我不敢寄出那封信。我将它藏了起来,然后听父母的话,穿上婚纱,和相亲对象结婚。"

夫妇俩貌合神离很多年。小荷和丈夫之间没有共同话题:她喜欢读书,喜欢古典美术和英国诗;丈夫比她大五岁,是个金融公司的主管,性格古板,一年之中忙多闲少,平时唯一的爱好只有看球赛。

也正因此,她很容易就发现了他在公司里有了情人。

"很讽刺吧?如果每天见面,其实不一定会发现。可是一年可能才通五六次电话,我一下子就感觉到了……"

五年后,事情终于到了摊牌的时刻。小杨咄咄逼人,希望她和丈夫离婚。她答应。而丈夫和父母那边又希望她当个心胸宽阔的好妻子,继续将日子粉饰太平下去。

"我……是真的快要坚持不住了。"她掩住脸,深深呼吸,"结婚后,我再也没有给蜻蜓写过信。我告诉自己,我是有夫之妇了,我不能再和一个人……有这样的牵扯。干脆放下了,也就放下了……然后到了今天,小杨经常过来骚扰我,我丈夫完全不在意,我想离婚,可是全世界都在和我说,我不该离婚,父母会觉得没面子,我的孩子会觉得丢人……"

所以,她在崩溃的边缘来找我们,希望养一只"蜻蜓",成为最后的精神慰藉。

"其实,我们可以试着从零开始构建面部的……对不对啊,夏藤?"叶苹戳戳我,我"啊"一声,一脸茫然。

"是的,没问题。"小葛推眼镜,镜片反射白光,"交给我们吧。"

"啊?"

"没错,我们的夏老板非常乐于帮助你。至于经费,一切都是可以调整的……"

等等?

就这样,在我完全莫名的时候,他们替我接下了这张单子。

"夏藤,你想想,多好的一个机会啊。"趁着其他人不注意,叶苹把我拉去单独说话,"少妇婚姻不幸,寻找旧时笔友。我们不仅要帮她搞定云养汉,还要帮她找到那个人——我去找我做媒体的朋友,到时候一采

云养汉

访……"

题目她都想好了，《震惊！让少妇日夜挂心的男人不是她的丈夫，竟是它！》。

……还有这种操作啊？！

我们带着她回到公司。

从小学一直到婚前，她和蜻蜓的信件十分浩大壮观。这些信，小荷一直藏在自己的衣柜里，小心翼翼带着。

信件的字里行间，能看到一个细腻而温柔的灵魂。这个叫蜻蜓的男孩比她大一岁，梦想是成为建筑师。他的想法偶尔会透露出一些疯狂，比如让小荷在暑假去北京，或者他到上海……当然，这都没有成真。

"你应该有他的地址吧？"我问。

但是，小荷手上并没有他的地址。当年信件中断，地址也随之丢失。又隔了数年，无法回忆起来详细的地址。

聊到下午，她要去接女儿了。她很宠爱自己的女儿，孩子就是这个女人在贫瘠的精神世界中唯一的慰藉。之所以还无法离婚，一方面是丈夫和家人都极力反对；另一方面，也是为了孩子。

小葛恰好想带我们俩下午去看电影，和她女儿的学校也是顺路，索性开车送她一程。校门口，往来接送的人熙熙攘攘，小荷寻找着女儿，米色的裙子在人群中毫不显眼。

我本想等母女俩会合再和她们告别，结果，她在人群中找了许久，却没有找到女儿。

老师说，孩子已经被人接走了，一个绿裙子的女人，自称是孩子的阿姨。

那夜，小荷呆坐在我们的车里。她的丈夫很晚才来短信，告诉她，她不用去接孩子了，小杨已经去了。

手机屏幕冷冷闪烁，她的眼神也冷了下去。最后，我听见了一声自嘲似的冷笑。

"帮我做个云养汉吧，夏老板。"她说，"我想见到蜻蜓。今天就签合约。"

蜻蜓，一个没有地址、容貌的人。我们要单从浩瀚的信件中，为他复原出一个形象。

"首先，这个人应该性格沉稳，心思细腻。男性能够和人维持那么久的笔友关系十分少见，"小葛说，"如果说字如其人，他的长相应该也难看不到哪里去。"

我从数据库里调出了男性面部资料。屏幕上，一张平凡而文气的脸浮现了。

小荷，见字如晤。

我知晓你要结婚了。我并不知你是否愿意，这场婚姻来得太突然。……仔细考虑，人生是你自己的，没有人可以强迫你做不愿意的事情。无论你做何种决定，我都会支持你。

"蜻蜓知道她要结婚了，而且，好像也不是很赞成这件事。"叶苹叹了口气。屏幕上的摄像头捕捉到动作，蜻蜓也叹了口气。

"为什么要依照别人的希望去活呢？"小葛拿掉眼镜，揉了揉眼角，"活得很累，然后也并不快乐。"

"你小的时候，难道父母没有告诉过你，长大后最好做什么职业，过什么人生吗？"叶苹拿起他的眼镜，戴在自己的脸上，"哎，你度数好低呀——我是说，如果父母本来就态度强硬，孩子很容易就会不敢坚持自己的想法嘛。"

结果小葛说，没有。他从小到大，没人告诉他要怎么做。

我瞥了他一眼。

在中国，这样的成长经历也是蛮奇葩的……他家到底什么情况？

反正蜻蜓的外貌也没原型，大家七嘴八舌地在他脸上加着自己喜欢的元素。小葛给蜻蜓加了眼镜，拉着我百无聊赖地调试着各款眼镜型号。叶苹在旁边看信，我们将数千封信一一复印，可以随时查阅。

"明明有人那么喜欢她，却不敢再迈出一步。"她看着电脑上的信纸

◇ 云养汉

复印件,手指一下下点着鼠标,笑容在美艳的脸庞上逐渐暗淡,"一直被周围的人控制着,不敢做任何改变,最后,往往会深陷泥潭。"

这样的女人还有很多,人们也习惯了她们的存在。

听父母的话,听丈夫的话,听世界的话……唯独没有人听她的话。

末路狂花

PART 18

一周后,蜻蜓有了一个初步的性格模型。他温柔、稳重、善良、耐心,在性格方面十全十美;他的脸无甚可说,泯然众生,带着柔和的微笑。

差不多应该找小荷来看了。

叶苹低下头找电话号码,长而柔软的黑发垂在手机屏幕上。这时,公司的电话响了。

来电人是小荷。

"撤销?"听到这个决定,叶苹的双眉紧紧皱起,"你的丈夫……"

"对,他反对……"

手机打开了免提模式放在桌上。我们围着它,听事情的来龙去脉。

因为,小荷的丈夫是云梦科技的投资方。

他不在意妻子订的是什么老同学,但却很在意她在云养汉下订单。

"……所以……不好意思……"

然后,小荷挂断了电话。

叶苹呆了许久,长叹了一口气。

门口有响动,不知什么时候,小葛出去又回来了。

"我出去打了个电话。"他晃了下手机,在电脑前坐下,没事人一样。

话音刚落,公司电话又响了,又是小荷的来电。

191

"那个,刚才不好意思!我丈夫接了个电话回来,改变主意了!"她的声音听起来很高兴,"他同意我在你们这儿定做了!"

这玩的是哪一出……

我和叶苹都揉着太阳穴,脑子一时转不过来。

小荷在送完女儿上课后来到了公司,来看蜻蜓的半成品,当容貌寻常的蜻蜓笑着出现在屏幕中的时候,这个女人的世界都好像亮了。

"……你好?"她轻声问,"蜻蜓?"

男孩睁开眼睛,点了点头:"小荷?"

"终于见面了,"小荷捂住脸,深深松了一口气,"这么多年,终于见面了……太好了,太好了……"

"这么多年,你过得怎么样?"

听见这句问话,小荷睁大了眼睛,双手贴在屏幕上,泪水流过脸颊:

"带我走!"她说,"带我走吧,我求求你,带我离开这一切!"

蜻蜓神色悲悯,我们无能为力。云养汉只是一个虚拟 AI,他无法实现她的这个要求。

小荷在屏幕前滑落、痛哭,一句话都说不出;正当我想安慰她的时候,公司大门被人一脚踹开——绿裙子的鲜艳颜色晃过,小杨拿手机对着这边拍摄,神情得意洋洋。

这一刹那,空气仿佛都冰冷凝固。

少女扬起下巴,神色得意:"我还以为你是什么模范太太,也在外面找男人嘛。"

"请你把视频删除好吗?"小葛接近她,"这是我们公司的程序产品,这位女士只是为我们测试,未完成的产品是不可以外泄的。"

"我就知道你有问题,每天往这个写字楼跑!今天跟着你上楼,还不是给我逮到了!"她躲开小葛,躲到了门外,手机中还播放着刚才小荷和蜻蜓相会的场面,"你别想解释了!"

说罢,小杨带着"罪证",离开了。

公司里，三个人呆呆看着她离去；小荷擦去眼泪："给你们添麻烦了。"

我摇头："没事！就担心她拿视频去搬弄是非……"

"拿云养汉的东西，去搬弄是非？"叶苹温柔的声音中，似乎乍然穿入了一条冰霜寒流——她脸上依旧在笑，若无其事翻着手机通讯录，黑白两道，尽在掌握。"她刚才是用右手拍的视频吧？那就让她和她的右手说再见了。"

完了！这个笑……

我和小葛都咽了口唾沫。叶苹，云养汉的黑恶势力，她的心情是分等级的。正常等级，面带微笑；正常愤怒，双眉紧皱；不正常的愤怒，面无表情……

当她脸上呈现出一种温柔得掐出水来的微笑，而这种水是滴水成冰，看了令人如坠冰窖的话……

下一秒，我们俩很熟练地开始一边一个安抚她，拍胸口、摸头发、揽肩膀、顺后背。

"算了算了，苹哥，算了……"

"随她去吧。反正，我问心无愧，也早就想离婚了。"可小荷反而松脱了，笑着站起来，拎起包，又是那个温婉的妇人，"我先回家了。"

她的状态不太好，看了让人心疼。叶苹问："我们送你吧？"

小荷愣了一下，没有拒绝。

十五分钟后，我们到了她家楼下。同时到的，还有另一辆车。

看到那辆车的车牌号，小荷颤了颤；一个男人从车上下来，西装笔挺。

"你回来了？"她问。

男人应该是她的丈夫。

他冷冷看了妻子一眼，一言不发就进了电梯间；我们跟着一起上去。他进了家门，直直朝着一间房间走去，那是储物间。里面有一个旧衣柜，很不起眼。

"你做什么？"小荷问他。

男人没有回答，开始翻箱倒柜，很快，他就从衣柜里拖出了一个储存箱。

云养汉

"我都在想，为什么这么多年这里都有个箱子，你总是把它拿进拿出的，"他打开箱子，里面满满的都是信纸，"今天小杨给我看了那个视频，我才反应过来，这个箱子里肯定有鬼！"

"你把东西放下。我们谈一下离婚的事情。"

"离婚？你想离婚？你考虑过周围人的感受没有？是不是就因为这个箱子？因为那个男人？"他抓起一封信撕开信封，"哼，果然是——'小荷，见字如……'如什么狗屁？！我是和小杨有点事，但从来没认真过；我看你和这个男人，倒是掏心掏肺！"

"我不管什么周围人了，今天离婚。"她试着从男人手里夺回箱子，"我会带着孩子的。"

他呆住了。

"你疯了？！孩子都多大了？你就为了这么点事离婚？"将箱子用力从小荷手里抢下来，他掏出了口袋里的打火机；小荷猛然意识到他要做什么，尖叫着护住那个箱子。

但是晚了。

点燃的信纸落入塑料箱，里面的旧信纸迅速腾起火焰；无数封信，无数个"见字如晤"，眨眼便被火舌吞噬。她完全不怕火，还想扑进去将信抢救出来。怕她烧伤，小葛冲上去死死将她抱住，拖出火堆。

"都烧了！"他将燃烧的箱子踢进楼道里，它很快烧成一团，"别整天胡思乱想，你都是当妈的人了！"

火光忽而明亮、忽而黯淡，像是她起落的希望。小荷怔怔地跌坐在地，注视着那即将熄灭的火团。

"手机拿出来！"她的丈夫催促她，"我不管你们之前聊了什么，对方的通讯方式都给我删了！"

她呆坐，置若罔闻。

"听见了没有？！"

"……见字如晤……"

她未曾回答，只是自言自语，反反复复说着"见字如晤"。

如今，所有的字，已经葬身火海。

云养汉

小荷，见字如晤。

我知你是何等心意，你也知晓我是何等心意。纵相隔千山万水，你也要相信，我永远会等待你……

那些不知被她看了多少遍的信，早已被刻在心底。小荷轻声背诵，接着，轻轻笑了起来。火堆湮灭，她的目光却清澈起来。

"离婚吧。"她说，"放心，我什么都不带走，只要女儿。"

下面她做的事情，出乎了我的意料。

小荷删除了手机中云养汉的半成品程序。在男人的叫骂声里，她离开了家，除了身份证和手机，什么都没有带。

"不好意思。"她歉意地对我苦笑，"我想，我不需要蜻蜓的'云养汉'了。真是抱歉，麻烦了你们那么久。"

"你……没事吧？"

叶苹先将她拉上我们的车，和外面那个愤怒的男人隔开，以免出事。

她好似很累，面上却含着浅淡的笑意。

"小的时候，爸妈都会夸我听话。"她说，"从不和爸妈顶嘴，从不想着打扮，从不分心。学钢琴、学英语、考进前几名、不早恋、当老师、结婚、不离婚……而蜻蜓是我藏起来的一个秘密，是唯一属于我的人生。我一直听他们的话，可是，我真的听累了。"

小葛坐在驾驶座上，没有马上发动车子："日子怎么过，还是自己说了算的。"

"是啊……虽然没几个人能做得到。我不需要云养汉了，不需要一个蜻蜓每天再告诉我该怎么做。接下来，我会自己告诉自己的。"她打开手机，注视着那些人的电话号码，然后将它们一条条删除，"带着女儿，去想去的城市，做图书管理员。和女儿一起读书，甚至是找到蜻蜓……我从来没想过，自己能享受这样的人生。"

云养汉

她正式决定和丈夫离婚了,办了手续,开始走程序,准备带女儿去北京。

小荷的大学导师退休后,经营一家私人咖啡书店,她想去帮老师打理店里的事务。书店的特色是阅读会,她可以定期组织聚会,指定主题,遇到很多新的人事物。

人生总要过下去的,被别人拉着走在泥潭里,抑或是自己独自走在大道上,都要走下去。

"不知道小荷最后有没有在北京找到蜻蜓啊。"叶苹靠在窗台边,手指摩挲着她养的空气凤梨的叶子,纯白色的长裙被风吹动,"要是能找到,那就太好了。"

不过,小葛打断了她的幻想。

"那个,其实,那时候我就觉得不太对劲。"

他平时不会轻易下定论,此刻这样说,我们知道,他必定发现了某些线索,于是立刻聚了过去。

"你发现了什么不对?"我攀着他的肩膀,想看他怎么展示。

小葛拉开抽屉,将里面的一份文件拿了出来。那是当时小荷签署的合约。信息栏里,她的笔迹端正。

"这个笔迹,你觉得眼熟吗?"他问。看到笔迹,叶苹的神色也变了。"而且,从小学到婚前,持续给同一个地址写信,怎么可能会忘掉地址?"

"你是说……"

"小荷的笔迹,和蜻蜓信上的笔迹一样。"他叹了口气,"也许,蜻蜓根本不存在。"

这些信,是她在这么多年里写给自己的?她就是自己的蜻蜓?

这个答案出乎我们的意料。她要被生活逼迫到什么地步,压抑到什么程度,才会自己幻想出一个蜻蜓?

办公室里陷入了一种沉默,无人说话,仿佛空气都被冰水浸过。玻璃窗半透明的倒影中,我能看到自己的脸上,已经情不自禁出现了难过。

为什么,要如此生而不自由地活着?

人去哪儿，成为什么样的人，和谁在一起……难道，不是自由的吗？

突然，一阵巨响拉回了我们的神游——公司的玻璃门被人踢开，一个西装革履的男人一脸暴怒地闯了进来。他是小荷的老公。

"这位先生……啊！"

叶苹知道来者不善，想迎上去把人劝住，却被狠狠推在地上。男人红着眼睛冲我走过来，一把揪住了我的衣襟。

"是你——你把我的家庭给拆散了！"

怒吼中，他扬手作势想打我，却在下一秒被人硬生生拽翻在地；小葛的眼镜掉在地上，在混乱中被踩得稀烂，他用胳膊狠狠卡住了男人的喉咙，在叶苹的尖叫声中，将不速之客拖进了公司的隔间里。

隔间门被关上，落了锁。

"小葛？小葛！"叶苹拼命拍门，"你先出来，我叫保安！"

没有回答。

隔间里在最初的混乱之后，变得很安静，安静得让人不安。

她果断决定先去叫保安，让我去杂物室的第二格里面找隔间的钥匙；刚走进杂物室，隔间的门却自己开了。

失魂落魄的男人从里面跌坐出来，坐在地上拼命往外挪，好像屋里有什么怪物。

"对不起……"他颤抖着爬出门去，西装、衬衫和领带全都皱成一团，"对不起，对不起！"

就在这一声声莫名的道歉中，小荷的丈夫夺门而逃。

锦囊艳骨

PART 19

"小葛……小葛?"

在男人的身影彻底消失后,叶苹终于从惊恐中回神,扑到小葛面前,查看他的状况。他没事,就是因为刚才剧烈动作过,脸有些发红,手背有挫伤。

"天啊——你怎么能……万一他有刀呢?万一……"她语无伦次,调整了很久才让情绪稳定下来,"姐姐刚才吓死了!我就怕门一开,你……"

她虽然没有明说那假想中的恐怖场面,但方才有那么一瞬间,我也想到了最坏的那种可能。

小葛的神情有些讶异,但旋即笑了,轻轻抱住了叶苹和一旁呆若木鸡的我,拍着我们的背。

"没事的,我知道分寸。"

"下次不许再这样了!"叶苹的声音里带着哭腔,眼眶泛红,却努力想变成一个严肃的姐姐,去教育小葛,"把他往外面推就好了,拉进隔间里,我们都帮不了你!"

"我就是急了,看到夏藤姐被他掐住……"

"我没事的。"我摸摸脖子上的擦伤,摆了摆手,"真的,没事。本天才那么完美的脖子,怎么会被个凡人掐断了?"

"太乱来了。"叶苹终于破涕为笑,吸着鼻子,捶了小葛一下,"你们……行了!今天明天后天都放假,全去给我好好休息!"

隔间里，本来是准备当会议室的。当然这里三个人谁也不想去会议室开会，这里的桌子椅子就一直堆着。

经过了刚才的打斗，室内狼藉一片。我们慢慢把它收拾好，然后叶苹拿来了伤药，替小葛和我擦上。

"回去好好休息，知道吗？"她揽着小葛的肩，如同抱着弟弟，怜惜无比，"还有，有件事情，其实在美国的时候就要和你说的。"

小葛问："怎么了？云养汉要倒闭了？"

叶苹忍不住笑了，将他一把推开："什么呀！是你的工资，不要钱啦？公司现在有资金链了，当然是先要履行承诺，帮你把工资和福利补回来呀。"

他估计是没想到，点头道谢。

"谢什么？还有件事。"她把我们俩拉起来，"走，一起陪小葛配副眼镜去。"

刚才，眼镜在打斗中被踩烂了。但小葛说无所谓，他度数低，而且家里有备用眼镜。

"不行，一定要去。"她捂着他的嘴，准备出发，"你过来做了那么多事情，姐姐都没好好送你什么东西。哈……这副眼镜，你就算不戴，也可以供着。"

大家说说笑笑，一起出门。叶苹特意挑了一家名牌眼镜店，让人用了最好的镜片，说我们每天对着电脑，必须要做好保护，还要给我配一副防辐射的。趁着小葛去验光室，我问，你怎么那么大方了？

她白了我一眼："我搜了小葛那副眼镜的牌子，从前没听说过，一搜才知道价格……"

"啊？"我听见她耳语的价格，不禁瞠目结舌，"那……那么……"

"嗯，他也不提。这牌子在国内也没有店面，我只好尽可能找个好牌子补偿他了。"

小葛去验光了，叶苹先把费用付了。我们坐在外面玩手机，本来一片祥和，叶苹突然尖叫一声，从圆凳上跳起来。

"怎，怎么了？"我吓得差点摔下去。

云养汉

她一把拽起我,冲进验光的暗房。

"快去看李明妃的微博!"她的声音都在发抖,"她说,她要来云养汉了!"

李明妃,中国身价最高的女明星之一,多栖发展,演员,歌手,主持人……

现在,她坐在我们的办公室里。一个小时前,她在自己有几千万关注的微博上发布了一条状态:我要出发去星洲老师介绍的云养汉公司啦!猜猜我想定做一个什么样的朋友呢?

"之前,星洲老师有一本小说改编成了电视剧,我是女主角,于是两人就这样认识了。"

哪怕每天都在欣赏云养汉黑恶势力的美色,我都觉得她微笑起来有些耀眼——难得有一个人和叶苹坐在一起还能毫不逊色。

说实话,公众一直两极分化,有的觉得演员真人肯定是个仙女,也有人觉得演员失去了那些妆容和后期处理,就是个普通人。

但李明妃真的是个仙女。

她走进办公室,打扮随意,谈吐随和,丝毫没有趾高气扬的样子。可她往我们沙发上一坐,平平无奇的办公室刹那蓬荜生辉。

"昨天,星洲老师还特意为你们写了篇文章呢,在网上都传疯了。我就去问了他,今天就来找你们了。"

"星洲老师……替我们写了文章?"叶苹不由拿起手机开始搜索,"真的……"

什么?

谁都没有料到星洲居然会替我们做宣传。

比起云梦科技在学生家长之中肆意纵横,这种大神级别的宣传空降下来,顿时就让"云养汉"三个字闪闪发光。

"咦?你们不知道吗?"她笑意更浓,"所以我也忍不住了,本来想在你们和云梦之间选一个,既然星洲推荐云养汉,我就来啦。"

"……赞美星洲老师。"我们感动得热泪盈眶,"那,那李小姐想做一个什么样的云养汉呢?"

"我吗?很简单啊。"她指指自己,"——我想做一个我。"

这一次,办公室里沉默了。

没有人想拒绝她。一个当红女演员,身价千万,粉丝过亿,能做成她的生意,绝对是云养汉强而有力的筹码……

可是……

"不好意思,"我代替叶苹开了口,"云养汉的意思是说,我们公司只做男性形象的人工智能。"

叶苹咳了一声,拧了把我的手背:"但是呢,是可以为了李小姐开先例的。"

"不,这是我的原则。"我说,"我和云梦有些过往。自从离开云梦科技后,我就决定不再制作女性的人工智能了。"

李明妃的指尖在唇上滑动,她的一举一动都像是舞蹈,纤细而优雅。

"……夏老板,真的很有原则啊。不过,我很喜欢有原则的人。"她说,"云养汉的价格是多少?"

在听说价格之后,她思索了片刻,说,她出十倍的价格。

"这个价格,可以去云梦科技要求高端定制。"我说。

"夏……藤……"我的助理给我气得说不出话来,这两个字简直是从她的牙缝里挤出来的,宛如地狱低语。

"所以,你有什么非要云养汉制作女性 AI 的理由吗?"这一次,我难得决定无视叶苹。

她简直想把我直接埋了,恨不得捂住我的嘴。

李明妃苦笑:"是这样,不去云梦,也是考虑到一个保密问题。我毕竟是个公众人物,有很多个人隐私。云梦是个大公司,一旦隐私外泄,根本无法追究。"

我明白她的意思了。云养汉是一个微型公司,只有三个人。如果外泄,肯定就是我们三人之一,考虑到这一点,三人必定会做好保密工作。云梦就不一样了,万一有员工把消息泄出去,查都不知怎么查。

"而且,我也对比过双方的作品。云梦哪怕是高端定制,那些云女友的质量都达不到我的要求。"她说,"我要一个和我完全一样的人工智能,要让人根本分辨不出,哪个是真,哪个是假……包括我。"

这是个非常高的要求。

做一个栩栩如生的云养汉不难,但如果依照李明妃的要求,要让人无法分辨她与云养汉的差别……

我当然做得到。和人类完美相似的人工智能,只要有足够的硬件和时间,让我使用"禁果"……

没错,禁果。

从"种子"到"果实",我所编写的人工智能程序的最终、最尖端的形态。

它沉寂太久了,是时候用我的禁果制造第二个人工智能,彻底打消朱成的气焰了。

话说到这里,我同意接受她的订单。因为,她的要求,给了我一个使用禁果的机会。

我的梦想,就是不断做出更完美的人工智能,不断超越过去的自己。

"种子"让我孕育的 AI 超越了图灵级,它们甚至比人类更加完美——细腻的情感展现、情感控制。目前,图灵极的云养汉基本都能够自行向这个方向发展、靠拢。

就好像一个共同的终点。

如果从结果论来说,这已经不完全取决于我的创造,而是人工智能这个存在,在世界上的必然发展。

一定会有人反驳。那么,它们又有什么特殊的意义呢?仅仅作为屏幕中的人类吗?

而人类和其他生物的差别在哪里呢?

智商、感情、思考能力……这些答案归根究底,都是"情感"。

思考也好,同情也好,心痛也好,欢喜也好……

都是情感。

情感作为人类自认为最特殊的特点而存在,但是,如果情感是可以被量化的呢?

无法量化的东西就无法写入程序,无法用无数个"0"和"1"来进行最终的过滤重组。如果云养汉的情感被认为是真正的情感，那也直接证明了，人类的情感是可以被量化的。

人类情感的波动，就宛如修改程序：加强"高兴"数值，加强"同情"数值，删除"愤怒"数值……

如果这样的话，人工智能是否能在情感上等同于、甚至超越人类？伴随着它们的不断进步，我们对于"生命"这个概念的狭隘认识是否能有质的飞跃？

从创造一个高智能的 AI 程序，到创造一个"生命体"——其中的飞跃让我无比兴奋，仿佛一个闪闪发亮的深渊，吸引我跃入，哪怕粉骨碎身。

也有人问，你成功过吗？完美量化情感，造出和真人完全一样的云养汉？

我成功过。

在叶苹和小葛都离开办公室的深夜，我仍坐在电脑前。昂贵的巨型机全天都在不问断地处理核心程序的最新资料，在它之中，有一个名为"禁果"的程序正静静沉潜。

那是潘多拉的盒子。

那是真正让我和朱成决裂、让我离开云梦的原因。亚当和夏娃服下的禁果，服下后，拥有了人类的情感：爱情、羞耻、痛恨、欲望……

因为我种出了禁果，而他想毁掉禁果。

朱成每隔一段时间就会发短信来，问，我将禁果藏在哪儿了。

我找到他最新的那条短信，忍不住咧开嘴笑了，第一次回复他。"我现在就要启动禁果，让一个杰作诞生了。"按下发送键，我满意地靠在椅背上，将腿搁在桌上。太棒了，一想到他看到这句话时的面部抽搐，我浑身都舒服。

但朱成的回复来得要比我想象中更快。

"半小时后，我的车会到你的楼下。"几乎是立刻，他的新短信接着

云养汉

我的话出现，"我们需要谈谈——认真地谈一谈。"

半小时后，我们都如约而至。豪华跑车里，汽车香水的味道浅淡优雅，不似其他的那样冲鼻。

夜深了，每个人都辛苦了一整天，朱成也是。他的脸上现出了疲惫，那张英俊的脸在二十四小时中的绝大部分时间都神采奕奕，我甚至怀疑，这世上有没有除了我之外的第二个人看到他的破绽。

"朱总是人类吗？他需要休息吗？他是不是夏总制造的永动机器人？"以前，我在云梦科技听见过这样的疑问。

永远都么精致而俊美，永远都一丝不苟……

此刻他在我身边，发胶整理的头发微微散了，凌乱地垂落脸侧；领带被拉松，衬衣的第一颗扣子也解了开来。

他点起了烟。我皱眉。朱成看到了，却继续吞云吐雾。

很多年前，我们为云梦买了第一辆车。他高兴地拉我坐进车里，想点一支烟庆祝。我也皱眉了，然后，朱成把烟扔出窗外。

"夏藤，停手吧。"他说，"停手，然后回云梦。"

"……停手？"

"把禁果毁掉。"

从种子到果实，每一个云养汉，等于结出的不同果实。有的是苹果，有的是菠萝，有的是生梨……

但是在这几年里，我唯独种过一次禁果。

核心程序"禁果"，它在云梦的实验室里诞生。完美的人工智能，完美的"人"。可当我告诉朱成这件事、希望得到更多资金继续研究禁果时，他却说，我疯了。

我没有疯。谁都可能疯，只有夏藤，在人工智能的世界里，代表永远的正确。

我记得那天，他冲进了实验室——朱成首先打破了那份"不成文"规定，我们一直有种默契，实验室里是我的世界，实验室外随他去做。可是他闯了进来，要求实验室里的技术员把禁果交给他。

"你为什么就是不明白？！"那天，他第一次冲我大吼，"你疯了！你在做很危险的事情！你可能毁了所有人！人工智能只是一堆程序而已，它们不需要有人类的感情！不需要和人类真假莫辨！"

"你根本不明白，把它还给我。"

"你永远别想碰它！"他让人拔掉了储存着禁果的巨型机的电源，叫来了保安，将它抬了出去。"夏藤，你不应该继续往前走了。往前就不再是人类该碰的领域。我们的云女友不需要那么高端的核心程序，不需要通过图灵测试！够了！你只是个程序员！"

"你做过些什么？"这场战局陷入了恶性僵持，我抬起头，冷冷地注视他，"你对技术一窍不通，云女友是由我创造的，不需要你的干涉！"

在听到这句话后，他回望我的眼神，我很难忘记。那双眼中的是什么？我试着解读它。他愤怒、震惊，然后，是伤心。

我伤了他的心吗？我只是实话实说。他不过把云女友当作赚钱的工具，要求量产，要求我停止研究禁果……

云女友的技术发展，他到底做了什么？凭什么来指挥我？

可是从第二天开始，云梦变了。实验室的锁换了，电脑的密码换了，我的助理换了，其他的技术员被陆陆续续换了……

一个月后，我的员工卡无法刷开门口的门禁系统。

我不再是云梦的员工了。

朱成吐出了一口烟。昏黄的路灯透过车窗，落在他有些憔悴的面容上。回忆戛然而止。

"禁果在哪儿？"他说，"我们用了云梦所有的调查系统，都无法找到。"

"已经太晚了。"

"……什么？"

我摇下车窗，散去车里的烟味："禁果已经被做成了人工智能的成品。它存在于这个世界上，没有人能毁掉它。"

在短暂的惊愕中，他迅速保持了冷静，不愧是朱成。

"我不信。"他冷笑，"核心程序'禁果'何其庞大，是普通果实的

云养汉

数百倍大小。将这样的程序做成人工智能，你的耗费也将是普通云养汉的数百倍。我比你更清楚那些金额，夏藤，你承担不起。"

他说得没错。禁果，当我和云梦分道扬镳后，它被我用某些不可言说的手段带了出来，并且，我将它从一个核心程序变成了人工智能的成品，我耗费的是一个可怕的数字。

远比他想的可怕。

"那如果我告诉你，有人给了我这笔钱呢？"接下来，我的这句话彻底让他无法保持镇定了，打破了他的伪装，"一个连我都不知道身份的人，给了我资助。"

"我不信。"他熄了烟，手在微微颤抖，又重复了这三个字，"不可能！这样的一笔投资，绝不可能无声无息的；如果真的做出来，投资人也不可能任由你把这个消息隐瞒住……商业的事情，我比你清楚得多。你只是在虚张声势！"

"不信么？无所谓你信不信。"我拉开车门，准备离开，"我成功了，朱成。不需要你。你只是为了赶走我，然后独占整个公司——为了钱。我是夏藤，你别忘了，天才夏藤，一切你觉得不可能的事情，我都做得到！"

"……"

下一秒，我突然被拽进了车；车门重重关上，然后上了锁。朱成将车风驰电掣般开了出去。

"我要让你清醒过来。"他说。

车直接驶上高速，从城郊开往市中心。我刚拿出手机，车窗开了，他夺过我的手机，扔出窗外。屏幕闪光在高架上一晃而过，浸入了黑夜。

"你疯了？！"

我第一次这样明显地感到威胁。他想做什么？难道准备杀我灭口？自己没有什么战斗力，根本没机会战胜一个成年男性，有没有什么能拿来防身的……

没有。

深夜的高架上，只有这一辆车在街道上行驶。车里陷入了死寂，直到它突然停下。

朱成把车停在了高架边，然后拉开车门，拽着我出去。

"放开我!"

"睁开你的眼睛看看!"

他愠怒地将我拉到高架边。冰冷的夜风席卷而上,把我的长发吹得散乱。沿着他手指的方向,一座壮观的灯塔在夜间璀璨。

那是云梦科技的大楼。

哪怕隔得那么远,人们都能一目了然,它早已成为了城市地标,闪耀不息。

"看到了吗?"他问,"那是我创造的,我也成功了。夏藤,不需要你。谢谢你从云梦滚了出去,没错,我就是想独占整个公司,钱这种东西啊,永远都不会嫌多的。"

城市的灯光如银河流淌在它的脚下,显得如此渺小。我趴在高架边上,心中有怒有惧,面对他的盛怒,只好呆呆地看着那儿,不知道该怎么回答。

然后,他的车绝尘而去。

夜晚的高架上只有我一个人站着,茫然地看着他离开。

为什么在禁果的事情上,我们永远都无法达成一致?

他的脑子就狭隘到这个地步?如果无法理解更高层面的思维,难道不能放弃思考吗?独占公司和财富,他只知道钱?!

我抱着胳膊,在寒风里独自徘徊在高架上,最后往回慢慢走去。没有了手机、钱包和电脑,"回到公司"这件事情都变得无比艰难。

○○ 国士无双

PART 20

最后,夜间的高架监控器拍下了徘徊的我,一辆警车把我送回了家。

"他,绑,架,你?!"

听闻发生的事情后,叶苹差点报警。我拦住了她。

"不,夏藤,这和原来的斗嘴不一样,他明确做出了威胁你人身安全的事情!"她深吸气,努力让情绪平静下来,重新恢复成菩萨模样,"不报警么?但如果他下次再……"

"……不会有下次了,他只是在气头上。"

"你怎么确定?"

"我就是能确定。"

所以,我和警察说,我只是和朋友吵架了,被半途赶下车。

我躺在床上,漱洗完毕,穿着柔软舒适的睡衣。叶苹坐在我身边,揉着我的脸。

"你啊……你和小葛都是,总有一天把我吓死。"

说完,她不禁苦笑,笑意中带着一种温柔的宠溺。叶苹一直像个姐姐一样,照顾着我们,照顾着这个"家"。

"你可以吓回来啊!"我翻身把她压在下面,"来!尽管吓!"

她的眼珠灵动地转了转,含着明亮好看的水色,送出了丝绸似的暖意。

"好,那有两件事,可以让你吓得晚上睡不着觉。"

"尽管说来。"

"第一件事情，我找道上的兄弟，偷偷查了李明妃……她好像有很重大的事情瞒着我们。"

"喊，这算什么。"卖了关子，结果就是这种事情，我忍不住倒在旁边大笑，"哪个客人会老老实实和盘托出啊？何况是她这种大明星。说不定就是觉得拍戏累，想弄个人工智能替身代替自己工作呢？"

"嗯，这只是给你个缓冲，第二件事情才是正菜。"

眼前昏天黑地，这次，换她翻到了我身上。叶苹柔软的手掌贴着我的脸，缓缓下滑。

"其实，你是我制造出的人型人工智能。"她含笑望着我的双眼，"你一直活在我为你设定的程序里，你所有的记忆、周围的世界，统统都只是我编写的程序构成的。"

"……"

"怎么样？怕不怕？"叶苹替我擦掉额角的汗水，"呦，刚才还嘴硬，现在吓得满头冷汗？"

她赢了。

这一夜，我完全无法入睡。

第二天，夜，城北某写字楼下。

"……据说狗仔队都找不到李明妃的八卦，叶苹姐是怎么知道她深夜出入这里的？"黑色 SUV 里，我们都一身夜行衣，感觉不像好人。小葛拿着望远镜，盯着写字楼的出口。

"山人自有妙计……"叶苹的手指敲敲他的头顶，"替姐好好看着。"

半夜一点了。

大楼的门口，一个戴着鸭舌帽和口罩的人走了出来，根本看不清面部，连性别也很模糊。

"看不出吧？"叶苹指指她，"——这是李明妃。"

"什么？"

"嘘，轻些。"她捂住了我的嘴，"李明妃这种知名演员，早就有一套甩开狗仔队的方法了。"

明明隔着百来米，我们仨还和做贼似的低声细语。

她半夜来写字楼干什么？就算幽会情人或者见朋友，也该去住宅区吧？

我一直以为，作为知名演员，她所有资料都能在网上找到。经历、外貌、性格、爱好……细致到喜欢什么颜色的鞋子，好像你从网上就可以了解整个李明妃。

可是现在看来，她仍有秘密。

李明妃走远了，叶苹拉开车门："据我朋友的消息，她刚才去的是十楼……十楼是一家私立医院的VIP接待处。看起来，李明妃的健康遇到了什么问题……女明星的话，也可能是美容或者整形之类的。"

"私立医院的接待处和医院是分开的？"

"有些是。"小葛把医院的名字记了下来，我们匆匆离开了写字楼，回到了车上打开笔记本电脑，找到了私立医院的主页。

一般来说，医院主页都会有这家医院的推荐医生。

又过不久，一个西装男从楼底出来。这人年纪不大，穿着整齐，提着公文包，不太像个医生，倒像个搞金融的精英男。

不过他是这家私立医院的副院长，脸和照片对上了，叫李光君。

这几天，我们都在考虑怎么和李明妃谈。这事情很敏感，要是让她知道我们暗中调查她，很可能引来车祸现场……

但还没考虑出结果，也只好先做手上的事情。叶苹在邮箱里发现了奔鸣的邮件："奔鸣集团的崔经理来信了。这次人工智能进校园的任务进展很顺利，但是也没有说谁好谁坏，邮件是群发的，我们和云梦都收到……"

"总之算是皆大欢喜？"小葛换了副新眼镜，但看不出和原来那副天价眼镜的差别，"这样就轻松了……"

轻松？

我并不觉得有什么轻松。没有赢的意思就是输而已，对于技术类行业而言，从来没什么并列第一。

　　看到我冷峻的脸，他也明白了，到我背后捏捏我的脸颊："唉，放轻松，不要急……人生就是要悠悠闲闲的，夫唯不争啊……"

　　呜啊！这人怎么那么没有斗志！

　　我一把抓住他两只手，不许他捏。他忽然从袖子里滑出了一支造型奇怪的口红，就是那个像三角锥似的。

　　"喏。"

　　"咦？不是说不给我的吗？"

　　"你不是想要吗？"

　　我开心接过，口红外壳上还刻了一行小字：

　　The right CSS to my HTML.[1]

　　一下子就明白了，我红着脸把口红放进了笔袋里。

　　没有客户，没有工作，三人难得清闲，坐在沙发上看电视。似乎有什么大新闻，换了很多个台，背景都是一样的棋盘。

　　是围棋啊。

　　就在这时，办公室的电话响了。叶苹过去接电话。

　　"目前，人工智能'诸子'正在与目前世界排行第一的中国围棋选手赵辉进行实验赛，据说该人工智能搭载了完整的围棋算法体系，与人类对局的胜率高达百分之一百。诸子将在一周后正式与围棋协会排名前十的棋手进行多场正式比赛……"

　　静默中，只有电视里主持人的声音，混杂着叶苹若有若无的应答声。十分钟后，她挂了电话，走了回来。

　　"奔鸣集团崔经理的电话！"她兴奋得眼睛闪闪发亮，看着笔记本，"是这样，围棋协会的人，希望我们为围棋人工智能'诸子'制作一个人类的外表，用来在一周后的比赛中作为它的形象。"

注[1]：CSS/代码调试器；HTML/超文本标记语言。此处译为"你是我的独一无二"。

云养汉

棋手赵辉坐在我们的办公室里,他比电视上看上去要更加年轻。

"哦,昨天输了,中场吧。"这个才十八岁的年轻人也没有回避昨天一败涂地的战况,一边说一边看着天花板,"第一次输。"

这不是夸大。他十四岁开始霸占排行榜,至今未逢一败。

围棋协会的人带着他过来,因为他是目前唯一和诸子进行过较为正式的对决的选手,而且全球排名第一,据说和字如其人一样,棋界也有棋如其人的说法。

"那在你心里,诸子是个什么形象的人?"叶苹问。

诸子,取自诸子百家,这个由国际人工智能开发出的人工智能目前仅仅拥有一个核心程序——就和云养汉有"果实"、云梦有"种子"一样。诸子只是个核心程序,它没有性格,没有外貌,没有性别,没有记忆。专家们选择为它导入的第一个数据库,就是围棋。

"随便做个大致的人类形象就可以了。"一个协会的老师说,"就中年男人,戴眼镜,穿西装……"

旁边的赵辉忍不住翻了个白眼,显然不太喜欢这个主意。

围棋协会来了三个人,一个是赵辉,一个就是刚才开口的、看上去就很官僚的西装中年男人。还有一个穿着普通灰色布衣、大约四十岁的中年人,相貌清瘦和蔼,一直没有说话。

"小辉,还是你来定吧?"灰布衣说,"你的感觉最准。"

"哎,梅老师,经费,经费!"胖男人提醒他,"就这么随便弄弄……"

"谁告诉你能随便弄了?"赵辉连看都没看他,又翻了个大大的白眼,然后面无表情地看着叶苹,"——我知道它的样子。"

若一期一会,我愿此生只余一个朝夕。
一生与你一朝夕,足矣。

诸子只和赵辉下过一盘棋。

"大概十岁的一个小男孩,圆鼻子,鼻尖发红,脸颊也发红,表情特别认真。"接着,他开始叙述诸子的形象,细致到让人惊愕,"自然卷的头发,说话很有教养,少年老成,有时候喜欢装大人的样子。他肯定很喜欢喝可乐之类的饮料，但是大人不许，所以偷偷喝。也喜欢炸鸡，喜欢芝士猪排。每天起得很早，对围棋之外的东西就迷迷糊糊的……"

"好，好详细啊！"我们都目瞪口呆，"单单下一局棋就能知道得那么详细吗？"

"因为，棋如其人嘛。"梅老师微笑着点点头，"麻烦了。"

赵辉接着补充了一句："它有秘密。"

"秘密？"

"对，它的秘密就是，它喜欢上围棋了。"

赵辉和我们说话的时候，永远是面无表情的样子。据说这些年他一直都是这样，被棋界称为铁面赵。

围棋协会一行人走出门外，叶苹送他们离开。西装男一路走一路抱怨："经费，经费！拨款就那么点……"

电梯门刚好开了，迎面走出一个戴着口罩、墨镜、鸭舌帽的人，不当心撞在男人身上，跌坐在地。叶苹连忙把人扶起来，接着认出了对方。

"李小姐？"

地上的人，赫然是乔装后的李明妃。

围棋协会的人走了。李明妃苦笑着站了起来，拿掉了墨镜和口罩："我收到了好几封你们的邮件，所以抽空过来了。毕竟不能给大家添麻烦。"

她坐在沙发上，依然美艳得好像在发光。最近李明妃接了新戏，现在正是最忙的时候。

"但总想努力把它做好吧……"她垂下眼，美丽的脸庞上有些疲态一闪而过，"毕竟是自己很喜欢的导演。"

"是李小姐崇拜的导演吗？"

"哈哈，别叫那么生疏啦，叫我明姐就行了。大家都这样叫。"

她真的很平易近人，这种平易亲切，显然是特意练过的，弥漫在每一个眼神和微笑中。

我能很准确分清。毕竟，每天和叶苹朝夕相处，什么是真心什么是假装，分得一清二楚。

云养汉

"还有什么需要我帮忙的地方?"她问,"我的资料,应该在网上都有。"

"是这样。如果李小姐需要一个和你完全一样的人工智能,那就需要告诉我们所有的资料。"我说,"由于已经签署保密协议,所以请相信云养汉会为你保守秘密。你是否……有一些尚未告知我们的事情?"向前微微倾着身子,和叶苹不同,我的交流明显带着一种毫不柔软的侵略性,"比如疾病。"

李明妃的神情微变,从我的暗示里,她已经明白,我们知道了某些事。

但她并没有想隐瞒,先是重复了一遍保密协议,告诉我们,泄密可能会造成的天价赔偿金,然后再说:"我病了。"

接着,她仿佛想理头发,褐色的长发绕在指尖,被缓缓地、连同帽子从她的头上"扯"了下来。

未若锦囊收艳骨,一抔黄土掩风流。

"结肠癌。"她说,"已经完成了一期化疗,但是……扩散了。已经到达了淋巴。"

一时之间,办公室内死寂一片。叶苹揉揉眼角再抬眼,以为自己出现了幻觉。

"虽然还在找医生做定期的检查和讨论,不过……"李明妃呼了口气,靠在了沙发背上,那种明艳正在从她的脸上散去,成为了灰色的凝重;烟从烟盒里被拿出来,她点起烟,吞云吐雾——网上,没有资料提及她会抽烟。"已经决定了,放弃治疗。"

"为什么?!"我们全都无法理解她的这种决定,"资金的话,李小姐应该完全没问题的才对,年龄也很年轻,能找到最好的医生,为什么……"

"……你见过那种躺在病房里,做术后化疗的人吗?"烟雾中,她露出了苦笑,然后伸手抚摸叶苹的手——长长的、涂着光疗胶的指甲轻轻滑过她的手背,"……好光滑啊。我的皮肤以前也和叶小姐一样。化妆师和导演都说,我像是用玉雕的,根本不用上什么底妆……但是现在,如果不用带硅的化妆品把皱纹和毛孔填平,我的脸已经……呵。"她低下头,笑容中满含着自嘲,眼眶无声无息地红了:"在娱乐圈那么多年,我已经习惯演戏了，我以为这一次，自己还能演过去……或许，这一出戏，我演不下去。"

癌细胞扩散了，如果她继续治疗，在短短的一个月内，就会和现在判若两人。

她的美貌，她的荣光，都将如风散去，永远都无法重来。

"我做不到。"泪珠落在地毯上，变成了一个个深色的圆点，"我不敢告诉任何人，我不敢再进一步化疗和手术了。医生说，如果停止治疗，自己也还有将近三个月的时间……我接到了一出戏的邀约，是欧启译大师的原作。他是我最崇拜的作家，我不想放弃。哪怕是昙花一现，是蝴蝶只能活一季……我希望我的职业生涯有一个圆满灿烂的终点。"

"难道，你之后就打算……"

"没错，宣布隐退。"她对叶苹点了点头，"这个圈子，翻新得比什么都快，用不了一个月，所有人就会忘了我。可是……"

她看向了办公室技术部那边的大屏幕。屏幕上，美艳如明珠的云养汉"李明妃"身穿礼服，在舞台上漫步。她看着自己，眼神中充满了神往。

"……可是，我不想忘记我自己。"

李明妃希望我们做的云养汉，就是公众眼中的完美的她。

没有负面新闻、不抽烟、健康、美丽、温柔——用它，来完整记录她最美的刹那。

"那么，这就不是你。而是一个栩栩如生的、其他人眼中的你。"我站在屏幕前，和她做了最后的确定，"你明确自己需要的，是一个这样的云养汉吗？"

她的要求，哪怕是云梦都可以做出来。之所以找我们，应该也是因为癌症这个大秘密。

"……没错。"她点头，在最后的合同上签了字，"请做一个这样的我。"

"它将没有喜欢的人，没有爱人，没有秘密。"

"……是的。"

"没有不喜欢的东西，没有负面情绪。"

"……"

云养汉

她侧过脸，眼泪划过脸颊，没有回答。这个演了半生戏的倾国之花，我甚至无法确定她眼泪的真假。

"就这样。"不久后，她擦干了眼泪，重新仰起头，又成为了一个完美无缺的女神，"我希望留下的我，就是这样的。"

她戴上那些伪装，离开了公司。楼下，有一辆不起眼的车在等她。我们能看见一个男人替她拉开车门，他的脸，我和小葛都认识。

是李光君。

由于李明妃更改了需求，她的云养汉只花了很短的时间就基本完成了，一个毫不完整、却绝对完美的女人。

晚上，我们在办公室里做着最后的调试。李明妃去拍戏了，据说凌晨两点会再过来查看一下。没人不担心她——带着这样的重病，还要不分日夜地奔波。

两点的时候，她准时过来了，这一次卸了妆，但依然明丽动人，只是有些疲惫。

"真的和我一模一样……"站在屏幕前，两人就好像在照镜子。她激动地捂住嘴，"我其实很少看屏幕里的自己，原来是这种感觉吗……"

屏幕中的李明妃会根据当天的心情和环境更换装扮，有时是古装，有时是西装女强人。她将每一个角色都演绎得无比鲜活，除了她自己。

突然，门口有响动。我们同时回过头——凌晨两点，外面却站着一个瘦削的身影，正推门进来。

起手天元

PART 21

赵辉站在门口，面无表情。哪怕办公室里站着个国宝级的女演员，他也依旧是老样子。

"做了个梦，梦见自己和诸子下棋了。所以梦醒后来看看。"年轻人耸耸肩，坐在了我们的沙发上，接着就不说话了。

李明妃不敢转过头，她怕被认出来。虽然从赵辉的反应来看，我们总觉得这人可能根本不认识什么女明星。

凌晨两点，谁会想到办公室里能汇聚一个国民人气排行第一的女明星和一个世界第一的棋手啊？！

叶苹的脸色惨白，我想她此刻唯一能想到的就是和李明妃之间天价的保密协议。她努力保持镇定，问明赵辉的来意。但是他的回答简单得让人不敢相信："来看看诸子。"

"可是……现在很晚了……"

"没事，我不困。"

趁着叶苹和他说话，我们关了屏幕，让李明妃偷偷离开。原以为一切顺利，可当她到达门口时，门从外面又被打开了——梅先生慌慌张张冲进来，和她撞了个正着。

"完了。"我听见叶苹小声哀鸣。

不过梅先生似乎完全没注意李明妃："实在对不住，小辉是不是来打扰你们了？给大家添麻烦了。"他神色不安地搜寻着一个人影，"——小

云养汉

辉！"

赵辉木木地抬头，又移回了视线，看着面前空无一物的茶几。

小葛和叶苹递了个眼神，叶苹立刻接住，上前引梅先生坐到沙发上。小葛则侧着身子，把自己当成屏风遮着李明妃，迅速将人送出公司，对方拿手捂着半边脸，闪身消失在了门外。

梅先生神色不安："对不起对不起，这么晚打扰你们了，小辉就这样……"

我们正松了口气，赵辉突然站了起来，抓住了梅先生的衣服。

"师父，我想到了，第三十二步。"他整个人都在诠释什么叫作激动，好像冰冻的湖面乍然间破碎沸腾，"我的虚路棋如果往右上角走，去强攻那个地方——"

"对对！"梅先生连连点头，"我也想到了，半夜爬起来找你，才发现你不在卧室睡觉！"

梅先生是赵辉的师父，十年前的围棋世界冠军。

我们看师徒两个在沙发上兴奋地讨论，完全沉浸在了围棋的小天地里，都忍不住想，不愧是师徒。

他们足足聊了半小时，就好像整个世界就他们两个人，或者说一个人。就在赵辉准备拿我们搁在桌上的薄荷糖来下棋的时候，梅先生赫然反应过来，对面的沙发上还坐着三个生无可恋的人，立刻让徒弟悬崖勒马。

"对不起对不起对不起！"他拼命鞠躬道歉。叶苹回以鞠躬："没关系没关系没关系……"

还是有关系的，我很困了。

我和小葛不约而同打哈欠，她一手一个用文件夹遮住了。

"所以诸子呢？我想和它下一盘。"赵辉直接跑进了技术部的电脑屏幕前，对着千万一台的巨型机敲敲打打。这简直是动我们的命根子，小葛这次睡意全无，抓住了国手的两只手把他拉开："赵先生，说话归说话，别动手……"

"小辉！那是人家的电脑，可贵了，别动！"

218

梅先生把人拉开,满脸歉意。

"对不起……小辉就是这样。"梅先生苦笑着点头赔不是,"这个孩子的父亲,其实是我的老同学。"

"原来如此,怪不得会成为师徒呢。"叶苹重新把人迎回沙发上,替客人倒茶。

梅先生说:"这孩子,心理或者精神上……不,不是说他是个坏孩子。只是心思都在围棋里头,没关心过其他的。"

赵辉小时候一度被认为是自闭症,没人知道怎么和他交流,他的父母不知道该怎么照顾这个孩子,又面临出国工作,便将孩子托付给了同学兼邻居的梅先生。

梅先生家人丁兴旺,是四代同堂,家境殷实,一家人都非常喜欢孩子,又和赵家是世交,自然不在乎多照顾一个。

那年,梅先生是围棋界的青年英豪之一,刚刚拿下了多个国际奖项。梅家人发现,这个叫赵辉的孩子对什么都是冷冷淡淡的,但是只关心梅先生的棋盘。

"大家都觉得这孩子愣愣的,和他说话,他都没反应,就对着墙啊地啊自己琢磨,我就想,教他下棋吧,安静的孩子适合下棋嘛。"他说,"结果在八岁那年,他就赢了我。我知道这个孩子将来会成大器。"

梅先生用手指沾了茶水,在茶几的玻璃台面上画出了一个棋盘。

"围棋,有实路棋,有虚路棋。实路棋说的是,你这一步走下去,走得对不对。实路棋本质是心算,是棋手的基本功,你能把每一步实路棋走对,你就是专业棋手的级别了。"他一边说,一边在棋盘中点出棋子,"那虚路棋呢,就是所谓的棋如其人。每个人的虚路棋怎么下,都是跟着自己的性格来的。你当天的心情不同,虚路棋甚至也会有变化。我和小辉认识这么多年,以前可以在棋盘上交心交神。"

"以前……"

叶苹敏锐察觉到这个词。

梅先生苦笑:"是啊,以前。现在,我和他水平差太多了。那种交心,就好像直接脱离肉身,碰触到对方心里似的,一气呵成,心意相通。小辉

云养汉

和我说,他在诸子身上重新找到了那种感觉。"

小葛替赵辉把诸子的程序调了出来。这个人工智能核心并不如云养汉的技术那么先进,运行时仍然要耗费巨大的功率。这同样也需要签署保密协议,我们不能把诸子泄露出去。

但是小葛很干脆地把它"放"了出来,让赵辉一解相思之苦。

"规定说不许把它拿出来的。"叶苹按住了他的手,"万一出事了……"

小葛气定神闲:"难道两个下围棋的还能掏出一个 USB3.0 把诸子拷贝带走?"

"万一……"

"我担全责。"他转头微笑,"用我未来的所有工资。"

叶苹深吸气,给了他后脑勺一掌:"下、不、为、例。"

他揉着头笑了。事实就是这样,别说两个下围棋的了,就算是真的要把云养汉或者诸子任何一个未经压缩的核心程序拷贝走,都需要至少三层的权限许可,以及至少 500T 的储存器。小葛敢这样,肯定也有十足把握。

没有外貌和声音的诸子,在屏幕上只有几个简单的文字。

"你好,我是诸子,由国际人工智能研究院研发的人工智能。"

好丢人啊。我轻声和两人抱怨:"我好歹也是从研究院出来的,结果它那边还在做这种上个世纪科幻片里的人工智能……唉,还好出来得早,否则我的才华都要被磨灭在那边了。"

赵辉扑到了屏幕前,那里有麦克风:"开局!我知道你能听见我的声音!"

没用的。我们都默然看着他大喊。和云养汉不一样,诸子,如果没有人驱动程序,它无法自主做任何事情。就和个电脑一样,你不打开名为"围棋"的程序,它对着你的就只有桌面。

接着,屏幕突然闪了闪,一张棋盘出现了。

怎么回事!这都能 Bug ?!

赵辉的脸上现出了一种近乎于发亮的笑,年轻人的眼中闪烁着如星子的光芒,声音颤抖:"这一次我先来。起手天元。"

"赢不了的。"在听见这四个字之后,梅先生苦笑。

棋盘的中间,落下了一颗黑子。

"别说和人工智能下棋,"老人叹气,"就算是和职业棋手对局,起手天元,胜算也渺茫。"

小葛望着那边:"那赵辉为什么还要……"

屏幕上,棋盘上黑白交错,我们虽然看不懂,但是从赵辉的表情看,他所执的黑子似乎开局不利。

梅先生也望着那边,久久地沉默。

"起手天元……"许久,我们才听见老人轻声说话,宛如自言自语,"……小辉十四岁那年,在国际总决赛时击败了当年的世界冠军,起手天元,一战成名。从此,他在世界排行榜上连续保持了四年的冠军。"

"也就是说,起手天元根本不是主流下法?那么能用这种方式打败上一任世界冠军,说明他真的是个天才。"我摸了摸下巴,"嗯!和我一样!"

然而梅先生的眼神黯淡了下去。

"没错,小辉是个天才,我切身体会过。"他看向和诸子对战的弟子,在那处战局中,赵辉的黑子已经一败涂地,"因为,我就是那个被他打败的世界冠军。"

围棋这个世界,青出于蓝是寻常的事情,少年天才层出不穷。但是,被自己的弟子在十四岁时打败,而且在全球观众的眼前,输于起手天元这种非主流下法……

棋界广泛认为,那次比赛,成为了梅先生的转折点。从此,一颗星星黯淡了下去,而另一颗冉冉升起。

梅先生在那一战后引退了。他的弟子继承了第一的位置,从此战无不胜。

但哪怕是最强大的人类,也无法胜过拥有完整围棋程序库的人工智能。它不懂什么实路棋和虚路棋,它只有完美的计算。

随着一局接一局的起手天元,天色渐明,我们也逐步根据他的叙述,造出了诸子的云养汉。

天亮了,赵辉依然完败。他跪在屏幕前捂着脸,呼吸急促。叶苹以为

云养汉

这个孩子出了什么事,轻轻拍他的肩膀:"你没事……"

突然,他猛然抬起头,苍白清秀的脸上满溢着喜悦,双手拍在屏幕上:"再来……"

"不能再来了!"一个稚嫩的声音冲出屏幕,带着自然卷和满脸雀斑的红鼻子小男孩从那闪现,手足无措,拼命摇头,"你要休息了!"

——这是诸子第一次对我们开口说话。

赵辉最后昏了过去,说着梦话被师父带了回去。

诸子是一个纯如白纸的"孩子",不懂世事,没有过去,没有一堆纠结不清的回忆,我很少做这样清澈透亮的云养汉,或许这也和它的核心程序的构成相对简单有关。

赵辉很珍惜和它下棋的机会。因为大型人工智能运作时会耗费巨大的电量,其中又牵扯到许多技术机密的事情,他无法主动要求开局,必须等诸子的研发方同意。

我们这边就成了他们的世外桃源。

在昏睡过去前,他面无表情地抬起头看看我:"我还会再来。"

诸子的特别之处在于,它是作为纯技术类人工智能被制造出来的核心程序,没有情感系统,但有强大的计算系统,一盘围棋总共有将近 $10\textasciicircum300$ 种下法,它可以精密计算每一步的胜算,以及对手的行动。

"云养汉的情感系统搭载上去,会影响计算效率吗?"小葛有些担心,他拿下眼镜,捏了捏鼻梁缓解疲劳,从昨天的情况看来,当拥有了情感的诸子判断"赵辉处于疲惫状态"时,它就会自主关闭棋局。

"比赛时不至于出现让情感系统失控的状况吧?"我伸了个懒腰,啊,肩膀,我的肩膀……"你记得给他加一个特殊情况下的情感制约,比如在正规比赛中不得主动取消比赛。"

"所以,云养汉的情感系统真的会失控?"

"任何有情感的东西,都会失控吧。"我指指财务室里的叶苹,她一身白兰套装,搭配橙子色的头巾,坐在里面岁月静好,理账单都像一幅画。突然,不知道发现了什么,岁月静好的美女乍然暴走,把一张纸揉烂了,

"你看，你叶苹姐那样，多真实。"

"是啊，但是我觉得她冲我们过来了。"

"哎？！"

伴随浓重的杀气，叶苹双眼血红杀到我面前，"啪"地把那张揉烂的纸按在我脸上。

"夏，藤！我说过多少遍了！你的夜宵不许报销！不许！"

呜呜……至于吗……不就报销一点夜宵吗……

今天，外面阳光明媚，我打算给手上的事情收个尾，中午可以补一个觉。叶苹一边给自己编辫子，一边坐在沙发上看电视，某卫视的一个娱乐新闻，正在插播某电影的发布会，李明妃赫然在列。

叶苹惊讶地赞叹："真是完全看不出她病了。"接着叹了口气，"太可惜了……"

小葛手里拿着冰水杯，水杯外凝结的水珠沿着他的手腕滑落到手臂，打湿了袖口。可他浑然不觉，只怔怔望着叶苹，还沉浸在情感失控这个问题里。

我搭住他的肩："别想了。让人工智能的情感失控可是一种艺术！是创造系统和情感系统的顶尖表现，只有我这种天才，才能做出可以失控得恰到好处的 AI。"

人类的不眠夜
PART 22

这个夜晚，被称为人类的不眠之夜。

凌晨，电视上将开始直播赵辉和诸子的正式对决。

屏幕中，那个自然卷、红鼻子的小男孩故意装出大人的模样，却又时不时会害羞。铁面赵坐在他对面，一如既往地冷静。

赵辉执黑，先落子，依然是起手天元。

云养汉的三人自然也关注着战况，十三楼的大电视前早早摆好了懒人沙发。

我们不懂围棋，也不明白解说员说的话，但是结果很明显——赵辉输了，一种近乎于平局的微小差异。

"这应该是人类所能达到的极限了。"解说台上，专家们的意见大致相同，"如果说诸子作为完美的围棋人工智能可以百分百算出 $10\wedge300$ 种下法，赵辉的巅峰应该和它处于伯仲之间。"

"……输了啊。"小葛放下了手里的红酒杯，我和叶苹都纠结地盯着它，谁也没发现他啥时候把它掏出来还倒上了酒的，"果然，在算法上，人类毕竟有局限。"

是的，在纯粹的计算上，人类的脑部存在局限。

其实人类输了围棋比赛，在我看来并不算什么大事。如果有一天，人类输了说谎比赛，那才要担心吧？围棋，一种以计算为主的智力运动，就好像让长跑运动员和汽车赛跑，人类输了，也不能说汽车将要占领世界。

看着网上铺天盖地的惊恐消息，我觉得有些乏力。

人类啊，自己都没发现自己的迷人之处在哪儿。

第二天，我们本来打算休息，毕竟通宵没睡。

然而天刚亮，十二楼的玻璃门就被敲得砰砰响。不是因为敲门声传到了十三楼，而是因为，门后面的防盗警报响了，尖厉的声音把昨晚睡在懒人沙发上的我惊醒了。

清晨的微光下，赵辉和梅先生，带着一脸的沉闷与难过，站在公司门口。

围棋协会？能有什么事？诸子难道用棋盘砸死人了？

"……你这里做的云养汉，有备份吗？"赵辉问。

"没有，"我睡眼惺忪，还穿着睡衣，"在交给客人后，云养汉公司不会再留下备份。"

"为什么没有，为什么没有……"

赵辉的反应很剧烈，双手紧握，浑身发抖。梅先生拍了拍他的背，和我们说了原委。

在昨晚的比赛后，诸子就被收回了。

它原本就是作为计算型人工智能被制造的，围棋只是试验用的数据库。创造它的人也根本不是用它来下围棋的，而是为了做更为精密的天体计算。

它会被收回，和我制造的云养汉人物剥离。云养汉会被删除，而诸子的围棋数据库也同样——它将彻底成为一个冰冷的程序。

这世上，只有一个云养汉诸子，被国际人工智能研究院严加保管。就算我有诸子的云养汉备份，原则上也不能给赵辉。当然，如果他出足够的钱，也可以调整调整……

可这一切的前提是，我有诸子。

屏幕上空空如也，诸子不在那儿。赵辉用手指在上面轻轻敲着，得不到任何回应。

"……为什么……难得能遇到他……"他猛地回过头，很认真地和梅先生说，"师父，我们去研究院把它偷出来吧。"

"小辉！别胡闹！"冷汗从梅先生的额角滑落，"太疯狂了。夏老板，你们劝劝他?"

"嗯,我当时就是这样把云养汉的核心程序和其他东西从云梦科技的实验室里偷回来的。勉强算是有点疯狂。"我点点头。

叶苹也来到了办公室,把我的上下嘴唇捏住,揪到了技术部的电脑前,将我摁在电脑椅上。要是手边有绳子,估计还能把我五花大绑。

不过,凭着一个下围棋的清秀小年轻,还是没法远渡重洋去偷回国际人工智能研究院里的诸子的。我从那儿毕业,知道那儿的安保有多严密。

"八点,协会的人告诉我,晚上八点销毁诸子。"赵辉坐在沙发上,眼中的光芒渐渐黯淡,"来不及飞到美国了,真的来不及了……"

办公室里,只有他的呢喃声在徘徊,缓缓轻下去。

叶苹叹了口气,坐到他的身边,拉住了他的手:"赵先生,我们可以再给你做一个一模一样的诸子……"

"一模一样?没有一模一样的。"他摇头,眼神绝望,"诸子就是诸子,我知道……只有我知道。"

在赵辉看来,每一步棋之后,诸子都会"改变",或者说,成长。

它在思考下棋的位置,思考如何迎击这个人类的虚路棋,在思考中长大。这和云养汉的核心程序无关,而是一次又一次的思考过程被复刻在它的程序里,对它进行了潜移默化的改变。

10^{300} 种下法构成了一盘围棋,在这无穷无尽的数字中,每一步、每一局,都构成了一个独一无二的诸子。

所有人类中,只有赵辉能听懂它黑白子落下时所代表的变化。也只有诸子能听懂他的情绪。

"我离不开它的。"他说,"它也一样。"

"如果它真的离不开你……那就等吧。"我看了眼墙上的钟,现在,是下午三点,还有五个小时,"如果世上有什么东西是不可分别的,那就一定会有无数必然形成的随机发生,让他回到你的身边……人类叫它奇迹。"

无论他如何痛不欲生,诸子将被销毁,这是既定的事实。

那么,奇迹会发生吗?

我们一起在云养汉的办公室里等待。

在这不算大的办公室里,我们做成过许多的事情,见证过奇迹的诞生或是破灭。在一起等待奇迹的时候,众人仿佛又回到了最初相聚时的样子。小葛眯着眼,叶苹徘徊在天使和恶魔之间,而我……

叶苹像是一只慵懒的猫,自然随意地依偎在我或他的身上。

"好久都没这样,三个人都在办公室,傻傻等着什么了……"她坐在我们俩中间,轻声呢喃着,"真好。"

"怎么了?"小葛拿掉自己的眼镜,戴在她的脸上,笑意温柔,"我们的家什么时候不好了?"

"嗯,这么好的家,往往可以诞生一些奇迹的。"她像个精英女秘书,学电视里的样子抬抬眼镜,让镜片反射白光,"夏藤,你有几成把握?……夏藤?"

我没有回答她的话,只是来到云养汉李明妃面前,双手飞快滑过键盘。

不是不想回答。我现在做的事情需要注意力高度集中,而且争分夺秒。他们俩懂我,所以,没有再打扰我的思绪。

等待的时间里,叶苹打开了电视。

"是李明妃啊……"

屏幕中,我们又看到了那个熟悉的身影——舞台上,主持人正与李明妃进行一场访谈。

"最近有消息称,您接到了欧启译老师原作改编的作品《鲸落》的女主角邀约。我记得您好像很早就期待过这一天。"

"是的。当时,是我主动去找欧启译老师,希望试镜女主角的。"

"这个答案还是很让人意外的。很多人都以为,是欧老师来找你的。毕竟你是目前国内的一线明星。"

…………

李明妃穿着雪白的长裙,上面绣着的白鹤栩栩如生,好像吸尽了全场的光芒。今天,她的妆容似比往日来得要浓。我们心里隐约能猜到答案。

哪怕竭力掩饰,那双眼睛中都透露着浓而又浓的疲惫。

"现在的女演员长得可真漂亮。"不知什么时候,梅先生师徒俩也站到了沙发后,看着屏幕,"她是演员吧?还是新闻主持人?"

……搞了半天,这对棋痴师徒压根不认识什么国民女神啊。当时被撞见的时候,大家还心惊胆战的。

主持人正在介绍这一次她将担任女主角的《鲸落》——由被誉为世纪末文豪的欧启译创作的作品,正准备进行话剧、电视剧和电影的多项改编,探讨人类该如何认识自我、认识世界。

就在一问一答间,李明妃忽然低下头。观众们都以为她只是低头微笑罢了。

接着,直播画面里,她雪白的长裙上,绽开了一朵小小的血花。

鼻血从她的鼻腔中流出。她自己没有立刻察觉,是在看到主持人讶异的神情之后才发现不对的。直播在这时中断了,临时插播广告。

叶苹不由自主站了起来,双唇紧紧抿着,透露出细微的颤抖。

"她……是不是……"

"或许。"小葛点头,"癌症的发展,本来就……"

这个变数太大,还不到十分钟,各个渠道的新闻全都炸了。技术部的屏幕里,明艳照人的李明妃正在无声歌唱,那是一个灰色短发造型,她穿着复古的冰蓝色旗袍,清淡的面妆以及酒红的唇,交织出一幅上个世纪的盛世。

她的歌声突然戛然而止,泪水从眼眶滑落。谁也不知道,是歌停了,还是她再也笑不下去了。

主持人回来了,用一个无聊的借口敷衍了过去。

我们正想关上电视,就在这时,公司的门开了,从外面跌跌撞撞冲进来一个高挑苗条的曼丽身影。

李明妃。

她的变装显然很匆忙,口鼻和前襟都是血痕。女人仍然想保持镇定,勉强露出了微笑。

"……对不起……"她说,"我……太仓促了,为了甩开跟拍的人……

这附近我只能想到这里，让我避一避好吗……"

该说她像什么？仿佛是围猎场里被猎人追杀到走投无路的鹿。

"李小姐，我们送你去医院！"叶苹扶住她，让她坐在沙发上。这个苍白的美人此刻瘦弱得吓人，在血色映衬下脸色呈现出一种不自然的惨白。

她摇头。

直播时发生这种事，现在全娱乐圈的目光都聚集在她的身上。从录播室摆脱追踪逃到这里，已经是她的极限了。如果再去医院的话……

"……不能去医院。"她颤抖着从手机中找到了一个号码，交给了叶苹，"拜托叶小姐，联系我哥哥……"

说完，她便昏了过去。

哥哥？

我们看向屏幕。那串号码上有一个熟悉的名字——李光君。

光君，明妃……原来如此。

十五分钟后，穿着办公室西装的李光君匆忙赶到。他显然很焦急，却努力让自己冷静下来。

此刻仔细看，他真的是个很漂亮的男人。"漂亮"这个词极少用来形容男性，然而兄妹都继承了美貌的基因。或许是从医，李光君的气质中带着一种沉稳和宽和，举手投足都令人觉得十分舒服。

"麻烦你们了。"医生随身携带着医疗箱，替她做了简单检查。李明妃应该没有太紧急的情况，李光君说，让她在这里好好休息一会儿就好了，"……你们应该知道她的情况吧？"

我们点了点头。同屋的梅先生和赵辉一脸茫然和惊愕，不过很快低下头，师徒俩坐在角落里继续用平板电脑下棋了。

"我妹妹检查出来这个病，已经有一段时间了。"他的语气与神情都淡淡的，看叶苹替她擦去脸上血痕，浓妆也一起被擦去，露出下面难以遮掩的憔悴面容，"她成名很早，一直努力不影响家人……我替她做了检查，如果坚持手术和化疗，痊愈几率还是很大的。"

"可是，她不想变成……那样。"小葛看了眼工作机电脑屏幕中明艳动人的人工智能。如果手术后进行化疗，那么，这种美貌就将永远消失。

云养汉

"是面目全非地活下去,还是美丽地去死……我是家人也是医生,我尊重她的选择。"虽然竭力平静,可他双手的细微颤抖仍然暴露了内心的痛苦,"让她……好好休息吧。"

办公室里的人很少那么多,却也很少那么死寂。人们自觉分成几组——我和小葛陪梅先生师徒,等待国际人工智能研究所的消息。今晚七点五十分,研究所就会开始一场诸子的"欢送会"。

而叶苹则陪着李光君兄妹,照顾半梦半醒的李明妃。在全国最繁华的城市的市中心,或许张贴着她的巨型海报。而她此刻却睡在这个小办公室的沙发上,就和世上任何一个被病魔击倒的女人一样。

不知不觉,时间就快到了。我打开了程序,锁定了海外端口。

"赵先生,过来一下。"我冲他打了个响指。

大概知道接下来的话有多重要,赵辉立刻放下了和师父的棋局,匆匆走到这边。

"听好,我相信咱们天才之间的交流会很轻松——我可以临时黑进国际研究所的内部摄像头和数据库,让你和诸子最后见一面。也可以试着'带他走',沿着网络。"我说,"不过最终的结果,没有人可以保证。"

赵辉的表情从喜到忧走了遍过山车,陷入沉默,显然对这个得不到保证的结果很沮丧。

对学生的失魂落魄,梅先生只是拍拍他的肩,带他去看其他屏幕上的云养汉半成品,啧啧称奇:"小辉你看,这都是夏老板做的啊?真了不起……"

"……"

"围棋协会希望给诸子做一个外形的时候,大家做了很多的功课。最后,云梦那边价格太贵了,就说这儿会便宜些。哈哈哈……围棋嘛,钱是少。"

"那我们真有缘。"我比了个大拇指,"云养汉的某个财务连我的夜宵都不报销。"

"夏老板做这个,也不是为了钱吧?"他说,"我不懂商务啊,真的要是为了钱,就不会一个个替别人做了,应该是做一个,复制几百个,这样批量卖吧。"

"梅先生，你说对了！"我太喜欢这个老师了，简直相见恨晚，"某个掉进钱眼里的家伙就是这么干的！还逼我和他一样！最后把我……最后我看不上他那副丧心病狂的样子，一脚蹬了他，自己出来创业了。"

"所以，夏老板制造人工智能的原因，应该和我们执着于围棋的原因，是一样的。"他说，"因为'喜欢'。"

是啊，因为喜欢。

喜欢做这件事，做这件事情的时候，会感到快乐……

这件事情不会带来天价的财富，不会带来什么权力利益，但一些傻子却会将人生付诸其上。

这是其他人所无法理解的。但是，我们都很幸运。梅先生和赵辉不会分开，而我，也有了云养汉这个家。

赵辉，这是个消瘦而清秀的年轻男孩，他的生命里除了围棋，干净得没有其他杂质。

就像曾经的我。

"所以，对夏老板来说，这些……应该说，这些'人'，是真正的人吧？寄托了你的快乐，你的希望……"他一层一层拉开了我的心门，我的头越来越低，笑得越来越不好意思，"其他人会觉得，人工智能只是个工具和程序，但是对你来说，却是不一样的。"

他说，你心里隐藏着多巨大的情感能量啊……就像小辉，留存到和诸子相遇的一刻，在棋盘上爆发出来，逼近了人类的极限，几乎与诸子打成平手。

"如果这股能量，是将人往好的方向发展……"他慈爱却担忧地望着弟子，"比如小辉……"

忽然，沙发那边有些动静。

梅先生没有再说。

PART 23　天地将倾时的至死不渝

李明妃转醒了。

其实她中途醒了一会儿，又迷糊地躺了回去。现在，意识终于清醒了过来。

"再等一等吧。"李光君说，"等再晚一点再走，跟拍的会少一些。"

"嗯……"她点点头，坐了起来，看向了我们这边，目光落在赵辉脸上，"咦，你是……赵辉么？"

"唔？"

听见有人叫他，赵辉茫然地抬起头；美人朝他挥了挥手——这家伙颇有点美人白骨、红粉骷髅的意思，压根对女人没兴趣，又转过头，密切关注着诸子的情况。

"你好啊，赵老师。"在哥哥和叶苹的搀扶下，李明妃缓缓走了过来，不过她摆手示意，意思是自己能走，"没想到能在这里看到围棋冠军。"

在这里看到一线女星才更加离奇吧！我几乎能听见周围人内心的咆哮。

"我不想聊天。"赵辉头也不回，"一个对我来说很重要的人，可能快要死了。"

她微微怔住，旋即苦笑。

"是吗……我也快要死了。"

李光君皱眉："不会的！"

"……这次给节目组添了好多麻烦。"她随意拉了把椅子,在赵辉身边坐下,仿佛自言自语,"而且,可能没法再出演《鲸落》了……或许要坚持不住了吧……啊,该怎么和欧启译老师解释呢,明明是自己那么努力坚持想去试镜才得到的主角……"

赵辉看了她一眼:"为什么不去治疗?演员应该有很多钱吧。"

"治疗啊……"

她低下头,看着自己的手背。洁白的手背上,已经有了细细的皱纹,那里的血管并非正常的青色,而是如一束束头发丝,黑而细。

"……仅仅只是一次化疗而已。"她叹了口气,"如果坚持到痊愈,哪怕活下来,也会面目全非。"

"那又怎么样?"

"怎么样吗……哈,女明星突然变成这样,别人肯定会觉得很恶心吧?也不知道我的粉丝会怎么想,明明很美好的回忆,我却突然从一个完美的形象,变成了一具行尸走肉……"

宁可完美地死去,也不愿意在别人的记忆中留下什么残缺。李明妃只有这样的一个念头。

"你呢?你的朋友,他出了什么事?"她问。

赵辉耸肩:"它要被人工智能研究所销毁了。我想拜托云养汉的人试试看,能不能把它从对方的数据库里救出来。"

他和诸子的对战全国闻名,那又是个聪明而博识的女人,很快就意识到,他说的"他"是谁,也揣摩到,这个"救"字,充满了灰色地带的意味。

"可是……"李明妃看看他,再看看我们,"这好像是……违规的吧?"

他点头。

"那,就算真的'救'出来了,也只能自己偷偷地和它下棋吧?"

"下棋还有偷偷的和不偷偷的吗?"赵辉不明白,"救出来了之后,就可以每天和它下棋了。"

"可是不管研究所追不追究,如果让别人知道你那样做了,肯定会对你有不好的看法吧。虽然你只是想和它下棋,但是有人会说你想盗取什么机密……"

"无所谓啊。"对于她那正常人类的思维,赵辉的思维压根无法与之接轨，他根本不去考虑那么多，"别人的看法有什么关系？能一直下棋就好了啊。"

这种无厘头的奇葩回答，让众人无奈的无奈、呆怔的呆怔。七点四十九分，赵辉的呼吸都变了。我接通了"密道"，用云养汉公司的巨型机，强行越过半个地球，黑入了国际人工智能研究所的数据库。

一只温暖的手按在我背上。

小葛说："别给自己太大压力。一定会成功的。"

"好，承你吉言。"

"这不是吉言。"他说，"这是我的保证，一定会成功的。"

研究所的网络安全十分严密，就算是我，只能保证暗中连通研究所数据库最多十分钟的时间。

屏幕亮了，上面出现了诸子茫然而稚气的脸。

"啊！赵老师好！"孩子像是刚睡醒，睡眼惺忪地打着招呼，"对不起，不知道为什么，好困啊……"

"因为研究所没有给你提供足够的电力。"我解释道。

"还有十分钟……"赵辉坐在电脑前，双手因为激动而颤抖，"开局吧，来一盘快棋。"

宝贵的十分钟，生死间最后的十分钟，他拿来下棋。

我忍不住笑了，我们不愧是天才啊，永远都能出人意料。

"还有……十分钟？"有几秒钟，诸子还在茫然，可旋即明白了——他已经知道自己将在今晚八点"死去"，"是啊，时间宝贵，再来一局吧！"

棋盘占据屏幕，依然赵辉先下，黑子，起手天元。

快棋是在限定短时间里必须落子的规则，棋盘上黑白交错，无声无息地开始了厮杀。梅先生站在后面，他看着棋局的神情，从无奈到惊讶，棋盘渐渐被黑白二色充盈，在 10^300 种走法中，这是独一无二的一局。

七点五十五分。最后五分钟。

办公室里已经没有人还在说话了。除了这对师徒，我们没有人懂围棋，可赵辉周身似乎有一种气，影响着周遭所有人。我们能听见一种不存在的声音。

"哒。"

是棋子落下的声音。

七点五十七分。最后的三分钟。

我们肉眼可见,诸子的落子慢了,每一次都等到限时的最后。

但赵辉的落子,却越来越快。

起手天元,棋盘宛如宇宙,围绕着中间的黑子,爆炸和新生。

七点五十九分。

赵辉握着鼠标的手在颤抖,没有任何预兆,眼泪从他的眼眶落下。而棋手却根本没有管它,任由它不断流淌,打湿了白衬衫的衣领。

他按动鼠标,在棋盘的边角,落下了最后一子。

赢了,还是输了?

没有人敢说话,诸子没有再落子,却也没有给出任何的回答。他和赵辉一样,呆呆看着棋局,只有梅先生,伸出手指,数着棋盘上的黑白子。

"贴目……四分之一……"

七点五十九分,三十秒,梅先生沙哑的声音传出——

"黑子胜,四分之一子。"

棋局缓缓消失。人类和人工智能交锋的巅峰之局,就在这里无声无息湮灭。没有人记录,因为不需要,围棋对他们来说,是一种真实而刻骨的经历。

"我曾经经历过这一局……"梅先生的声音微颤,站在徒弟的身后,"起手天元,这是当时,你从师父手里接过冠军的那一局。"

同样的棋局,同样的感情。

他感谢诸子让自己看到了一个全新的世界,感谢诸子给了他那些纯粹而快乐的时刻……就好像当年,这样感谢着梅先生。

赵辉淡淡笑了,擦干了眼泪,垂首坐在屏幕前。诸子重新出现,他的电量供应越来越少,声音也越来越轻,逐渐"死去"。

"……我不想走……"他的声音中,带着绝望的困倦,"我想和你一

云养汉

起下棋……我来到这个世上，围棋是我第一个喜欢的东西……在我有这个形象前，在我还是一堆代码的时候——我就喜欢它……"

他挣扎着靠近屏幕，轻声说，谢谢你们，带我来到这个世上……

八点了。

数据库自动执行删除。研究所里的摄像头拍摄着实验室的景象——人们举着啤酒，欢送这个对他们并没有什么用的围棋之神。它会成为新的人工智能，去观测天体，去计算市场曲线……

他的建模消失，化作了无数线条构建的样子，紧接着，线条也灰飞烟灭。赵辉在屏幕前痛苦地捂着脸，泪水从指缝流淌而下。

诸子带着这个人类美好的回忆，死去了。

少年的情绪终于彻底爆发，号啕大哭。

"他……"在许久的寂静后，李明妃小心翼翼地出声，"死了么？"

我点头。

"这就是死亡么？"她转过头，看着玻璃倒影中自己憔悴的脸庞，"什么都不剩下……"

办公室又陷入了死寂。突然，小葛眉头紧紧皱起，发现了异样。

"姐，你没有断开连接！"他终于发觉了。哪怕已经超过了八点，我们的电脑并未和实验室数据库断开。另一个屏幕还在实时播放研究所实验室内的摄像头画面——外国研究员们全都目瞪口呆，显然，在他们那边的电脑中，发生了某种异常。"我们被对方的数据库锁定了！"

"没错。锁定。"我笑了，"我们的 IP 地址会被刻录进数据库的防火墙里。它会记录，我们的 IP 对它发起过进攻。"

"被发现了？"其他人霎时面色苍白，他们有些不明白这是闯了什么等级的祸，也有些明白，但是一时之间说不出话。

"这样，诸子就能循着这个 IP 地址，找过来。"

我的话音刚落，云养汉办公室所有的电脑都被锁定，屏幕上清一色是血红色的"ERROR"，这是国际人工智能研究所的反入侵系统启动了，人工智能安全部门会很快得到这个 IP 地址找过来……

但是，我可是夏藤！此刻这里由我坐镇，我就是这片网络中的主宰！

花费了十秒钟解除锁定后，我夺过了赵辉的手机，用数据线连接了巨型机。

屏幕上开始出现了一根黄色的进度条，随着进度条的充盈，他的手机屏幕不断明明灭灭。无数线条在屏幕中出现，构成了一个孩子的模样，他的皮肤、头发、嘴唇重新有了颜色；手机的电量在飞速下降，哪怕有连接线给它补充电量。

进度，100%！

"……唔？"

一个稚嫩的声音从他的手机里传出。

像是婴儿出生后的初啼。

我同时拔掉了手机连接线和云养汉办公室的总网线。万籁俱寂。

赵辉睁大了双眼，看着手机中的孩子揉着眼睛、打着哈欠。透过手机的摄像头，里面的他也看到了这边的场景。

"赵老师？这样说来，我没跑错路啊！"

"没有，你抵达目的地了。"我的精神和神经同时放松，瘫回椅背上，重新把网络接上，"这是你的新家——赵先生的手机。"

小葛如梦初醒："等一下！怎么做到的？我们的IP和电脑，刚才都应该被锁定了才对。"

"是。不过，我让这个区域大约五百台来自不同IP地址的电脑同时入侵了研究所的数据库，强行中断了删除，从里面完整复制了诸子。"

"那五百个地址，诸子怎么知道哪个是真的？如果做记号，网络安全部很容易就能查到这里吧？"

"啊，那个……"诸子举起手，脸蛋兴奋得发红，"其实，这边的地址，是她直接写进我程序里的，一开始就预存在我的脑袋里哦！"

没错。

云养汉办公室的IP地址，我预存在诸子的数据里。这就等于知道了家里的"门牌地址"，他知道怎么找到"回家"的路。

云养汉

他循着网络回来时,我们用巨型机直接给他做了其他云养汉都要做的加工——压缩。在压缩成正常云养汉的大小后,导入了赵辉的手机。

"这是你……提前预料到的?"赵辉还不敢相信,呆呆看着诸子,以为自己还在做梦,"你怎么知道——"

这很容易预测到吧?

"我可是人工智能的天才啊,研究所制作它的最终目的,对我而言,可是一目了然哦!"我的拇指比比自己,骄傲仰头,"想瞒住我?没门。"

诸子这个人工智能,它的最终目的不是用作下围棋的人工智能。围棋作为一种算法巨大的活动,只是它的测验试题。通过了测验,考卷自然不会留下。我当时推测,围棋数据库可能会在测试结束后进行剥离或者删除,结果果然是删除。

我曾经一度在技术上压制着整座研究所,早就摸透了那边的行事风格。

"但是,指挥五百台电脑同时进行入侵,肯定不是你在刚才那么短时间内完成的吧?"小葛查看所有的电脑,"对,我们自己的电脑里,没有这个任务……"

"是我做的呀。"

一个甜美的声音从我们的背后传来——李明妃,或者说云养汉李明妃,带着和声音一样甜美的微笑望着大家。

"云养汉制作的人工智能,都可以直接完成这类任务。如果说我们在网上的操作是下水游泳,那它们本身就是水中的鱼,比人类完成得更加有效率。"我笑嘻嘻对着真正的李明妃合掌致歉,"当然,黑客功能是临时搭载的插件,之后我会删掉的。"

她还惊魂未定:"那应该不会被人发现吧?"

"会。总有一定的概率会被人发现。"

"可是,被发现怎么办……"

她的目光在我和赵辉之间游离,但我们俩的反应很一致。

没有"怎么办"。

因为这是自己决定做的事情。

"只要诸子能活下去,怎么样都可以。"赵辉将手机小心翼翼收好,"我和诸子,只是做了和李小姐不一样的决定而已。"

"什么……"

"活下去。"

我点头:"因为想活下去,所以把自己碎散在数据库里的'身体'一片片重新找回来拼好,沿着网路,拼命地回来……有可能会变成面目全非的样子,但是,只要活下来,永远都能有希望。人类也好,人工智能也好,都在拼命想活下去!"

梅先生师徒带着诸子离开了。这是一条未知的路,谁也不敢肯定,在刚才的一番冒险之中,云养汉的 IP 地址有没有留下蛛丝马迹。

多思无益。

送走了这对师徒,趁着李明妃还在,我们想将她的云养汉正式交给她。

这对兄妹坐在我对面,看着屏幕中美艳无比的"李明妃"。那是她最辉煌的刹那,她巧笑倩兮,仿佛是光芒的化身。

"就这样吧。"她微笑着望着曾经的自己,眼神却满是悲怆,"麻烦你们了。"

我回到了电脑前,准备进行收尾工作。就在这时,会客室里响起了一阵低低的哭声,它努力被压抑住,却来自一直严肃寡言的李光君。

他哭了。

长久以来的自制和冷静终于溃堤,他哭得很轻,竭力不影响其他人。

李明妃轻轻拥抱了一下兄长,然后来到我的身边。她抬头看着屏幕,随后,取下了帽子和假发。

"……如果……"她双唇轻启,"如果,我也这样任性一次,不去顾及别人会怎么看真正的我,会怎么样?"

"你的话,估计地球会爆炸吧,大街小巷都会讨论这件事情,只要打开手机和电视,每一个人都在给你点蜡烛。"我回答,"然后,爆炸般的话题在一星期后恢复正常,仿佛烟火。但是,那和你有什么关系呢?你是电视台里面发疯的娱乐版块记者吗?你是痛哭流涕的粉丝吗?不是,你只

云养汉

是个生病的人，需要请假暂停工作，好好休息。"

每天都有那么多的大小事件，无数人死去、无数人出生，天灾或人祸、恋爱或分道扬镳……

"你可以一直演天下太平的戏，直到死。"我指着会客室里伏案低声哭泣的李光君，"可是记住……有人希望你美丽下去，有人嫉妒你的美貌。可唯独没有人希望你死。不要自以为是了。你的脸蛋在我的眼里，无非是一堆代码。现在，这堆代码嚷着想去死，让我感到了一种烦恼——我其实并不想做那么无聊的云养汉！"

"夏，夏藤？！"苹听见了我的出言不逊，努力想拽住我的话。

"对，我一点都不想做你的云养汉。"我指着门口请她离开，"我们退你定金，请你去云梦科技，随便找那边卖也好批发也好，做一个无聊的AI吧。只会对人说'好的''谢谢'，每天都活在快乐之中。你的肤浅要求，配不上我费尽心力研发的核心程序！"

她惊愕地看着我，我站在那里，浑身都带着不满。

"因为，我制作的每一个云养汉，它们都想留在这个世上！没有云养汉会想去死，我根本无法替你做一个'和你一样'的李明妃！你想要的那个，压根就不是人！"话都说到这个地步了，我干脆破釜沉舟，给她迎头棒喝，"知道为什么赵辉会一次次起手天元，哪怕在其他人眼里根本不可能赢吗？知道为什么我离开云梦，决定自己做云养汉吗？因为这就是人类。失败无数次也无所谓，一次一次尝试，明知不可为而为之，这就是人类。"

女人美丽的双眼中闪动着某种感情，折射出内心的动荡。然而，她没有回答。过了很久，李明妃重新戴上了假发和帽子，似是要走了。

可她没有走向门口，而是走到了墙壁边，和装着"李明妃"的电脑屏幕站在一起，并将她的手机交给了我。

"……能替我拍一段录像吗？"她问。

是昔流芳曾少年

PART 24

这天的晚上九点半,女星李明妃在网上发布了一段录像。

她在所有人面前拿下了假发,亲口说出了自己的病情。在她的身边,是我们为她制作的云养汉。

"从今天开始,我暂时隐退,接受治疗。"她对着镜头,深深鞠躬,"长久以来,感谢大家的支持。也向所有被我影响的剧组和相关人员道歉……"

地球"炸了"。这场暴风雨似乎永无止境,每一个人都在谈论李明妃,以及她的云养汉。李明妃将那个它公开放在了个人网站上,每一个粉丝都可以和她进行互动。

但,再大的暴风雨也会过去。无论对她、对云养汉,还是对云梦。

那天,我们处理完所有的事情,送走了每一个麻烦的客人。我想去楼下的咖啡店买杯咖啡,然后,见到楼梯拐角下小葛的背影。

他在和谁打电话,用的是英语。

"不必了,停止远程同步实验室的服务器吧。"他的声音很轻,"她已经把需要的东西取出来了。当然,我会如约支付你们团队所有黑客的报酬。"

"小葛?"我叫了他一声。手机被放下了,他回头对我慵懒地笑笑,举起了手上装着咖啡的袋子。

云养汉

"刚才给你去买咖啡,"他说,"刚好有个老同学来电话。"

朱成最近恐怕夜不能寐。在李明妃和星洲的影响下,云养汉的声势空前。这一战的起源是校园,但是打到最后,终于让我们连续扳回了数局。

奔鸣集团的 CEO 甚至给我们亲自来邮件,大加称赞。叶苹的笑容美得宛如身披圣光,其实蔫儿坏地把那份邮件抄送给朱成一份,摆明了是炫耀。

干得好。我的目光转回电脑屏幕,打开的网页页面正停在李明妃的微博上。

在她的微博上,每天都会有新的诊疗日记。她将自己化疗前后的照片公开放出,和粉丝分享她的经历。但是病情还在加重,她在入秋的时候,宣布出国治疗。

她偶尔会放出自己近期的小视频,告诉影迷,她一切都好。

"一切都好,真是太好了……"在云养汉的办公室里,我们一起看她最新发布的视频。叶苹双手合十,松了口气,"真的虚弱了好多,不过好好保养,痊愈后还是个美人嘛。嗯……但是肯定没有我漂亮了。如果现在问白雪公主后妈的魔镜,谁是这世上最美的女人……"

小葛咽了口唾沫:"叶苹姐,你觉不觉得这段话有点耳熟,好像是老板平时挂在嘴边的。"

叶苹瞪了他一眼:"怎么样?姐美成这样,只许某人自恋,还不许我孤芳自赏一把?"

而我难得没有参与他们的插科打诨,只是静静地看着,看完后,按下了重新播放。

"你说,现在视频里的她,是真人,还是云养汉?"

"哎?"

其他两个人一时茫然,没有听懂我的问题。

"怎么会?"叶苹摆摆手,"她的云养汉,不是维持着最美的样子吗?"

我撇了撇嘴,过了一会儿才说:"她在最后,私下拜托我修改了。她的云养汉会和她一样，拥有化疗后的外貌，而且会在她病重的时候，代替她管理个人微博，定期发布新的内容。"

"……什么？！"

小葛脸色微变，一只手从我背后撑住桌子，他移动鼠标，放大视频界面，努力识别视频里的李明妃是人还是云养汉。

我摇头道："连我都无法用肉眼分辨，这是哪个李明妃。"

他愕然地看向我，想从我的眼神中找到答案。

我点了点头。

没错，我还是为她使用了禁果。

没有人能分得出，现在在微博上出现的，是真人，还是云养汉。也没有人能断定，李明妃是否还在人世。

或者说——她永远都在。

只不过用另一种形式，这就是禁果的力量。

这个死循环问题，没有思考的价值。在短暂的纠结后，他们放弃去细思。

"我真没想到，你居然会给李小姐当头棒喝一下。"小葛和我咬耳朵。

"以前没有过吗？"

"没有。以前是拿着棒子，无差别乱挥。"

我揪着他的耳朵："你是不是想被家法？嗯？"

中午的办公室沐浴着阳光，我坐在电脑前，看着身边的一切：叶苹收到了新的预约邮件，正戴着从小葛那儿抢来的眼镜，哼着歌整理预约时间表；小葛在看书，一本外文工具书，厚得和砖头一样。

"你们的工具书都那么厚？是三轮车上买的四合一的盗版？"叶苹那边告一段落，绕到小葛身后，她也看不懂程序员的工具书，就觉得这本书做得很糙，完全不像她平时喜欢买的全彩杂志。

他慢悠悠点头："嗯，地摊货。"

这本书居然有地摊货？

趁着这两人去物业查电压付费用，我把搁在桌上的书拿起来看了一眼。英语正版，我当时读书时候也想买，但是根本买不起。

这小子……

我莫名地翻了个白眼。

音响里，放着叶苹挑的轻音乐。窗上挂着风铃，在微风里作响。小葛那本厚厚的工具书摊开在那儿，被风吹得哗哗作响。

家。

这里，真像一个家。

叶苹决定晚上给我们做一桌好吃的。

"好突然啊。"我双手捧脸，紧抱黑恶势力的大腿，"是为了犒劳我这段时间的辛苦吗？不辛苦的，我这么优秀的女人，摆平这些事情不费吹灰之……"

"是小葛生日。"她被我气笑了。

"哦。"我老实往椅子上一坐，看着对面的小葛，"生日快乐。你再坚持一年就比我老啦！"

他被这句话搞得哭笑不得。

"不过，生日不和家里一起过吗？"十三楼里的厨房是开放式的。叶苹把长发利落地扎成马尾，披上围裙。小葛耸耸肩："和家里吵架了。"

"哎？你居然会和人吵架？"

我挺意外的。这孩子，平时温吞水的模样，虽然有时候瞎讲究那些没用的，但是很难想象他和人吵架的样子。

我和他开玩笑，难道是他爸爸倒水没有倒刚好三分之一杯，被他嫌弃没品味？

不过，他绕开了这个话题，走到叶苹那边，给她打下手。

"你去坐着！今天你可是寿星。"她塞了个草莓在他嘴里，把水果碗交给他，"喏，你们俩先拿去吃，我一个人弄就行了。"

"我会做饭的。"他说。

"不是怕你添麻烦，但是寿星真的不用动手呀。没过过生日呀？"她蹲下身开烤箱，戴着厚厚的隔热手套取出托盘，"呼！呼！新鲜出炉！"

看着被端上来的一份份手工点心，小葛垂下眼，睫毛的阴影落入眼中。

"我第一次过生日。"他说。

"怎么可能？"

他说得云淡风轻：小时候父母离婚，父亲忙于工作，无暇管他，他几乎是在寄宿学校度过的；后来直接被送出了国，今年才回来。

他也没体验过什么亲情，一门心思学专业，想用学业把自己塞满……就像拼命往一个袋子里塞东西，终于塞不下了，全都涌了出去，只剩下一个空落落的口袋。

"所以父亲叫我回国的时候，我决定来云养汉。毕竟，以前很崇拜夏藤姐。"

"把以前去掉好吗？"我"嘎嘣嘎嘣"嚼着哈密瓜，总觉得这两个字有点刺耳。

叶苹正在给蛋糕挤奶油，闻言大笑："是不是看到真人就很幻灭啊？灰色T恤夹脚拖，物业的保洁小妹都比她体面。"

"唉，是有一点……这家公司第一印象也很吓人，很像无证经营，我一穷二白，很像那种被黑公司骗的应届生。"

"你们两个！"我气得像河豚一样把脸鼓了起来。

"行啦，来，给小葛做的蛋糕！"

漂亮的鲜奶蛋糕被端了过来，这是叶苹亲手做的，还用巧克力酱在上面画了三个人。

Q版的小葛在中间，我们俩在两边。

他拿着蛋糕刀，不知道该从哪儿下刀。我和叶苹都在背后催，弄得他有点慌，手一抖，刀就把叶苹那一块和我们俩割开了。

气氛顿时有些尴尬。他咳了一声："本来想把画画的地方单独切出来的。"

"好啊，我就知道，你是不是喜欢夏藤？"叶苹没在意这种事，接过了刀，把蛋糕切成九宫格。

切完后，她抬起头，微笑着看着小葛的双眼。

"——说真的。"

他没有立刻回答，只是把画着叶苹的那块蛋糕拿了起来，盛给了她。

"真的？"她是心思细腻的人，其实早有觉察。

他点头。

"那,夏藤呢?"

"我?啊……嗯……"

"喜欢就是喜欢,不喜欢就是不喜欢。夏藤,不要辜负人心。"她用手指敲了敲我的脑门,"我看得出,小葛是认真的。"

我支吾。平时明明是个爽快利落的人,现在却一个字都吐不出来。她自然明白,不再逼问,含笑轻叹。

"夏藤是我最好的朋友,也是最重要的人。你来了之后,她真的开心了很多。"我的手被她握住,小葛的手也是,随后,叶苹将我们俩的手叠在一起,用力按住,"小葛,我不知以后将如何,但眼下岁月,希望你能陪她走一段,虽难预料能走到何处,但是夏藤走的方向,总是向着光的。"

"我明白。"他点头。

"还有一句。如果你真的不嫌弃,愿将我当成你的姐姐,我就多说一句。"她按着我们俩的手,美丽的面容在暖黄的灯光下氤氲着温柔的光芒,"——聚散常有时,后会总无期。此刻能在眼前的人,往往比什么都值得珍惜。"

然后,她轻轻抱住小葛,拍了拍他的背。他也回应了她,轻声说:"叶苹姐,下辈子如果有机会,我就做你弟弟,千方百计对你好。"

"呵呵,为什么要下辈子呀。"她不解。

"这辈子,可能只能手忙脚乱看着她了。"说着,他在三个杯子里倒上饮料,就是普通的倒水,没有讲究什么三分之一,"你说得对,聚散常有时,后会总无期。所以,今后也许会发生许多事情,无论如何,请大家多多关照。"

"你这孩子,怎么闷闷的?"她伸手揉乱他的头发,"今后就是风平浪静了,我们不用后会无期。这段时间,云养汉的资金链充实得很快,说不定很快就能增员扩大了。以后你也要当小管理,可不许再迟到了。"

"这可能有点难,"我忍不住笑,重新替他把头发理好,"说不定将来就是,'小葛,你面试的人来了,你还有多久到公司啊?''五分钟,不要急'……"

"哈哈哈哈……"

……………
一片笑语声中，我们一起举杯，祝他生日快乐。

我们接到徐先生的预约时，小葛请事假了，说是家里有事，这几天都来不了。

叶苹很大方地给了他带薪假，还问我要不要一起放假，度个蜜月。

"我放假？你百度'如何制作人工智能'吗？"我歪着嘴坐在窗边，今天她突发奇想要试试新学的编发，拿我的头发做实验，我已经被折腾了一上午了，头皮都快给扯下来了。

不过，门口的敲门声救了我。客人来了。

"欢迎，请……"

叶苹放开我，迎向门口，但看到从外面鱼贯而入的男人，她呆住了。

进来的这"位"客人，是一群中年人。

——对，这"位"客人，是七个人一起来的。七个中年男人，打扮各异，有穿西装的，也有打扮寻常潦草的，而且口音各异。

"你好，"打头的男人微笑着点点头，他打扮很得体，穿着浅灰格子休闲西装，戴着金丝边眼镜，灰白的头发梳理整齐，"我们是预约今天过来的。我姓徐。"

我们请客人在会客室坐下。

"是这样，"那个穿西装的中年男人，叫他老徐吧，一看就是很明事理的人，"我们想把一个老朋友做出来。"

我看看他们。绝大部分情况下，公司不限制客人的性别、数量，可第一次看到那么多男人一块来的。

"是我们的老班长，几十年前的人了，只有当兵时候的照片。"

老徐打开手机，给我看他拍的一张照片，我们一看就懵了——那是张黑白照片，模糊得要命，只能勉强看清是几十个男孩穿着军装的合影。

"中间这个，"老徐点着其中的一个人，"就他。"

说实话，对普通人的肉眼来说，这张照片里每个人的面部都是一样的……

云养汉

可是，他们也没有其他的照片了。

"那时候在军队里，军队里！"高个子的那个外号叫胖子，嗓门很粗，山东口音，"就这一张照片了啊！妹啊，你以为和现在似的，每天操练前发个自拍啊？"

"你冲人家小姑娘嚷嚷啥啊，嚷嚷有用伐啦。"有个男人是上海口音，说完后看了眼手表，"哎哟糟了！都四点半了，我要买菜回家做饭。"

"让嫂子做饭不就齐活了？"

"她哪会做饭啊，她想吃黄鱼小馄饨，黄鱼么我要自己去挑的，她不会买菜的呀。哦，家里生抽用完了……"

"去我家拿，顺便呷饭呀。"

"你家是老抽，我不要老抽，我要生抽，还有哦，你家还用李X记的酱油哦？味道不行的呀，用X月鲜呀……"

……

全国各地的口音顿时在办公室里炸成一团，中间还夹杂着上海男人的炸猪排秘法以及辣酱油和虾子酱油的调配应用。我不得不让他们静下来。

"先等一下！你们七位是……"

"哦，我们是战友。"胖子说，"照片中间这人就是我们的老班长。"

何以念念不忘，只因必有回响。
我竭尽一生，只为等待余音散荡。
我便死而无憾。

他们没法提供更详细的面部资料了，只能一点点重建。这七个人在一起讨论老班长的样子时，我完全没法想象他们以前一起上战场的样子！终于知道男人鸡婆起来可以鸡婆成啥样了。

"不行！鼻子高了！……嘴巴小了！"

"老徐你选的这眼睛型号不对啊，哪有那么娘娘腔。"

"我说这个子也没那么高吧？"

"以前觉得他高啊！"

"那是老张你以前矮！"

248

……

我和叶苹呆坐一旁,生无可恋。

趁着其他六个人吵吵嚷嚷的时候,胖子静悄悄绕到我们这边:"哎,妹啊,我先把钱给付了。"

这大概就是老男人酒桌上抢着买单的那种习惯吧。叶苹点点头,把定金的票开给了他。结果胖子看了,眼睛瞪老大:"这么贵?!说好的只要五六百呢?这这这后面怎么多了两个零啊?"

他一嚷嚷,其他人也炸了:"怎么那么贵?和老徐你说的不一样啊?"

老徐尴尬地站起来:"咳,你们问她价钱干啥啊?不是说好我买单的吗?"

"你几个意思啊?"

"干啥总是你买单啊?"个子高高瘦瘦的那个叫老潘,腿有点瘸,一口京片儿,"我来!"

于是又开始吵,吵着吵着就互相骂了起来,七个男人一台戏,什么"我就不该把女儿嫁给你儿子","你当年打仗吓尿裤子了还是我替你洗的",陈芝麻烂谷子的事儿全飞出来了。

我们俩吃瓜,看七个大老爷们连吵带打。

"不做了,不做了!"有人终于忍不住了,"那么贵,做他干什么?有啥用啊?"

"留个纪念嘛。"

"就是,你太没义气了!"

"可定金就那么多万了,总价该多少啊?"

"这他娘的是钱的事儿吗?!"胖子一拍茶几,"——人都不在了!"

"所以你还不如把这笔钱给老班长他爸妈!"

"狗屁,他爸妈早去见马克思了!"

……

"都给我静一静!"

突然雷霆霹雳一声吼,办公室里刹那静了下来。

云养汉

我睁着眼睛，茫然地坐在那儿，耳膜还嗡嗡作响。吼声的来源，是我身边那位如仙子般的美女。

"咳咳，"吼完后，她立刻回到了原来那种菩萨般温柔的笑容，"请大家配合我们的工作。"

几个老男人被这样一吼，稍微乖了一点，一个个重新坐回沙发上。我看向老徐，毕竟这人看上去思路比较清晰，不像其他人，说着说着就跳转到怎么做家务活上。

"是这样。我们七个从前都是当兵的，后来呢，被派去西藏出任务，去那里搞基建。"老徐说，"然后呢，我们的老班长姓姜，叫老姜，要是现在还在，年纪和我们差不多，有次出任务运送材料，山道上遇上了雪崩……"

老姜牺牲的时候只有二十七岁，颁了烈士，可家里二老只有这个独子，一下子天都塌了，没几年就相继去世了。

"当年我们约好，退伍后等八个人都有空了，就约时间再去西藏故地重游。结果老班长牺牲了。我们其他七个人复员后，读书的读书，工作的工作，家长里短，一下子拖那么多年。好不容易大家都有空了，就想带上老班长，一起回西藏走一趟。"

胖子点头："总不能少一个人吧？都要一起去才成啊。"

但是问题在于照片。那张黑白照片老旧泛黄，实在是没有什么参考价值。让这七个人一起决定面部，估计等三十年都等不到。

"这个照片啊，真的是太模糊了。"叶苹把泛黄的黑白照还给他们，"真的真的没有更清晰的了？"

"真的没了。"老徐摇头，"之前，我们到市中心那家，他们的负责人也这样说。"

市中心那一家？

我们对视一眼，很快反应过来，他说的，应该是市中心的云梦科技。

翻云覆雨的前路

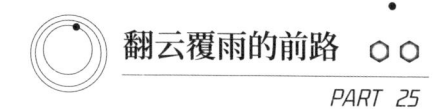

PART 25

在很多人的印象里,云梦科技的人工智能只有云女友,分成固定的型号、外貌、性格,批量生产。

但是,朱成还是保留了一对一定制的产品线,这就是高端定制,价格极其昂贵,模式和云养汉相同,根据客人的要求量身定做。

"我们之前去过云梦科技了,要求订做。"老徐有点委屈,"结果对方的经理才听了三分钟,就问我们要照片,看了照片,直接说不行。"

这七个人,要么是个北方口音、肚皮露在 T 恤外的胖子,要么是个拎着菜市场塑料袋的老爹,要么就是脸上晒成两朵红云,还穿着 20 世纪 80 年代法兰绒三件套的人……

我几乎想象得到,他们七个人站在云梦科技高级定制 VIP 接待室门口,那种格格不入的画风。

那边的经理,用叶苹的话来说,你家马桶要不是纯金的,他都不稀罕给你一坨屎。

"什么人啊,那边简直是用鼻孔看人!"胖子拍着肚皮,打了个嗝,"不就是问他厕所往哪走嘛,居然翻白眼!"

"你也是,我们到人家那边,那么高档的地方,你居然问厕所,你,你这种就叫懒人屎尿多!"老潘挠着脖子,埋怨老友。

"行了,别说那么多有的没了,大家时间都宝贵,说正事。"老徐拿他们没办法,拿出手绢,擦了擦额角的汗,"夏老板,叶小姐,你们看,

云养汉

这种情况……"

"要不这种方式你们能接受吗?"我看出来了,照片肯定就那一张,而且几个人还会继续吵,"你们还有七个人,每个人确定他脸上的一部分?眼、耳、鼻、嘴巴、眉毛、颧骨、脸型,分成这样的七个部分,如何?"

下午,客人们都走了。

我的提议得到了一致通过,他们决定聚一块儿,每个人决定脸上的一个部分。

"好累啊……"叶苹精疲力尽,双手抱着头,"我有点理解小葛了,为什么每天都像树懒一样,到公司就说不想上班……"

谁不累啊?听七个男人唱了一上午的戏,到现在还脑仁疼。

"他们还要再来。叶苹,要不我们关门大吉吧。"

"然后我去参加选秀?再然后成了大明星,随随便便就能养活你们了。"

这提议不错。

叶苹这身段、容貌,去当明星,那群千人一面的锥子脸都可以靠边了。

小葛也不在,办公室里落寞不少。下午天气好,叶苹拉我出去散步,顺便买个CD。她还想帮小葛买一个一模一样的铁杯子。"不是说接待客户时候送人了吗?总归不能不赔人家啊,"她低头打开购物软件,"不过找了好多天都没找到相似的,看上去明明很普通嘛……"

我忽然想起以前小月说的话:"你搜日本设计师工艺杯看看?"

叶苹搜了,最后跳出来几个商品:"就是这个!价格是2……"

她的声音停住了。我们都看到了价格。

……小葛的那个,是正品吗?还是山寨的……如果是正品……

她咳了一声,关上软件,装作没有这件事情,下楼散步了。

我们的办公室是奔鸣给的。奔鸣的主楼就在旁边,一个非常壮观的倒三角造型,夜晚流光溢彩,白天则是镜面。

工作日的这个时候,奔鸣广场上没什么人,我们挑了个树荫,玩了会儿野猫。叶苹想在办公室养只猫，但还在纠结。

一个有些熟悉的人影出现在我的视野里。
……好像上午才见过这个人？

我眯起眼睛，确定那是徐先生。但是，他换了一身西装，和一堆人在奔鸣大楼的门口说话。
双方隔得很远，我们又在树荫底下，所以并无人注意这边。
"确实，是徐先生。"叶苹抱着猫，也看明白了，"他怎么会在这儿停留那么久？"
"等一下……"我在树荫下调整了一下角度，试图看得更仔细，"有人在和他吵架？"
在大门口，徐先生满脸怒容，他面前的那人背对我们，看不清面容。
这些人很快就进去了。我和叶苹面面相觑，不明所以。

诚如老徐所言，我们很快收到了一份完整的面部数据，开始制作云养汉。一周后，七个老头坐在办公室里，眼巴巴地看着屏幕。
徐先生仍然是那个精致小老头的样子，或许那天在奔鸣大楼前满脸怒容的男人，真的只是我们看错了而已。
七个脑袋探在屏幕口："哎，老姜？老姜？"
屏幕里的老姜不老，大好年华的样子，穿着军装，笑起来脸圆圆的，脸上有被晒出来的两团高原红。
七个人围着他，有说有笑；忽然，老潘先立正了，对屏幕里的老姜敬了个礼——
"藏区建设团七班潘正军，向班长汇报工作！"
屋里静了静。随后，其他六个人也立正了，站得笔直，几十年前他们都是同样的身材同样的军装，几十年后都变了样子，但在老班长面前，好像什么都没变。
屏幕里的老姜笑了："请潘正军汇报！"
"经过同志们艰苦卓绝的建设，西藏已经改头换面，有了机场、医院、

◇ 云养汉

学校！山道都已经修建完毕，青藏铁路顺利通车！报告完毕！"

"藏区建设团七班徐立民向班长汇报！复员后，我和胖子同志都考入了北京大学，顺利毕业！报告完毕！"

"班长！我，我还娶上了媳妇！生了对双胞胎！"

"班长！我后来当了警察，还立了二等功！"

…………

老姜站在七个人面前，目光从战友脸上划过。许久，他也举起手，向他们敬礼——

"我宣布，七班圆满完成了组织和人民交托的任务，都是好样的！"

我们难得体会了一次没有云梦插手的美好经历，顺利完成了订单。

"谢谢，太谢谢你们了。"

老徐抱着平板电脑和我们道谢，老去的面容上满是欣喜。老头们皆大欢喜，抱着老队长，一个个走路都带着跳，唱着老歌，时不时和我们敬个礼。

我和叶苹正站在那儿看这几个老头撒欢，老潘不知什么时候脱离了团体，悄悄走到我们旁边。

"哎，那个……夏老板，我想问个事儿。"他压低了声音，"就是说，要是以后想改这个云养汉，还能不能改？"

"你可以带来改。有多少改动？"

"……往里面加个人，行吗？"

什么？

老潘苦笑着，指指自己的心口。

"……老了，不中用了。"他说，"医生说……我快了。我就想，到了那时候，让老徐把我也加进那个屏幕里，行吗？"

办公室里，充满了人们的欢笑声。他将它抛在身后，脱离了那阵喧嚣，寂静地站在我们面前。

老潘微胖，个子矮，笑得很和气。

我们把他带到了隔间，采集了他的面部数据、声音数据和性格经历。即将完工时，有人打开了隔间门——胖子进来，一把揽住老潘。

"是不是想偷偷买单？你这是看不起兄弟们！"

254

"没，没没没……"

"哎！哥几个！老潘不老实！"他冲外面扯了一嗓子，"肯定想偷偷买单！"

大家又是一阵起哄。技术部那边，老徐苦笑着看着兄弟们——买单的人是他，在昨天就提前打款了，应该很信任我们。

但是……

我看着空荡荡的技术部，趁着客人们收拾东西准备离开，将叶苹拉到一边。"这几天，你有联系上小葛吗？"

"哎？"她的手指抵住嘴唇，摇了摇头，"他请假了，家里有事。我也发消息问他什么时候能回来，但是，他没回答。"

我也是，打电话过去却是关机。

好奇怪啊……该不会出什么事了吧？

"能打的电话都打了。"叶苹说，"而且，小葛在员工资料上留的宅电打不通……唔，待会儿再说他吧，客人要走啦。"她指指门口，"送送人家。"

我们送他们一行人出去，热热闹闹走到电梯口，电梯门刚好开了，有人上楼。

起初我们没在意，紧接着，却看到朱成带着两个人神色慌张地冲出电梯，然后跑到了老徐面前，一起鞠躬。

等等？这是什么情况？

我们愕然地看着云梦的人对着老徐鞠躬道歉，朱成说："非常抱歉！这都是我的疏忽，没有好好管理云梦的高端定制！全都是我的个人责任，请徐总再给云梦科技一次机会！"

徐总？我们的目光聚集在这个笑呵呵的男人身上。

朱成好歹也是云梦的 CEO，需要对谁这样吗？

"我今天才检查高端定制的预约单，是我的责任，没有好好监督员工！"他一直弯着腰，没有起来过，"我知道这个错误已经酿下了，无法挽回，可是我以个人的名义请求徐总，再给云梦科技一次机会！"

"等一下！"看到朱成这样反复道歉，我心里有种说不上来的感觉，

255

云养汉

拦在两人中间,"这是怎么回事?徐先生是……"

老徐一直没说话,只是微笑着看着朱成。

"朱总放心吧。云梦科技仍然是奔鸣集团重要的投资考虑之一。人生在世,孰能无过?之前的事情,对云梦来说,只是瑕不掩瑜。"他把他扶起来,神色温和,"请回去吧。其实,今天让我意外的反而是你。在大企业的管理层里,你算是最年轻的一辈,但是决策力和担当,都让我刮目相看。"

"非常抱歉……"

"哪里,其实我也没有考虑周全。"他回过头,看着自己的六个老战友,"也没说自己的身份,也没带够资料,就带着老兄弟几个吵吵嚷嚷地去了,本来就是我们做得不对。不是因为云梦科技能力不足,而是因为云养汉的技术相对比较专精罢了。但技术并不代表全部——我也没有告诉云养汉的人,我是奔鸣集团的CEO徐琴德。"

他对我点点头,笑容中带着歉意。我们所有人都呆立在那,没有想到这一场峰回路转。

这个老头子,就是奔鸣集团的CEO?!

"徐立民"很和蔼,谁能相信他会是一个商业帝国的带领者?

徐琴德揽着朱成的肩,就像个长辈对小辈的动作:"两位平时都辛苦。择日不如撞日,恰好有机会聚在一起,今晚是否百忙之中抽身,到徐家吃顿便饭?"

我迟疑了。朱成马上接住了这个话:"怎好叨扰?"

"不叨扰,就是家常便饭,我和几个老朋友聚一聚,里面也有投资人,就是……"他的手指在朱成和我之间晃晃,那人马上会意,我压根没搞懂这是啥意思。

回头看叶苹,她不动声色,手掌覆在我背上往前推了推,示意我答应下来。

我换下了平时穿的便装,不知道晚上该穿什么。叶苹翻出一个箱子:"之前小葛带你买过一些通勤可以穿的女装,你穿一套深色的。"

"哎?我还以为你会让我穿得花花绿绿的……"

"要吃饭，要敬酒，而且只请了你，我不能去。"她一边替我翻衣服，一边解释应酬文化，"之所以穿深色，是为了防止汤水或者红酒弄脏衣服，你大大咧咧的，还是深色好。别吃太多东西，找人堆站，千万别一个人杵着，手上随时拿个酒杯……"

那是套墨绿色的雪纺淑女裙，上面是黑色渐变墨绿的中袖衬衫，下衣是纯墨绿的长裙。

"鞋子也要带点跟……还有香水，来。"

我不喜欢香水，但被她喷了几下。叶苹比我还紧张，拼命嘱咐我，一个人去徐琴德那边，千万不能乱说话，实在不知道怎么答，就说"谢谢"之类的，言多必失。

"还有，有人如果看你年轻，对你不规矩……"送我出门的时候，叶苹还在叮嘱，"记下名字回来告诉我，我找人教他投胎。"

五点，奔鸣的车准时停在楼下，接我去徐琴德的家。我拉开车门坐进去时，见到里面的人，呆住了。

朱成已经在车里了。

"看啥？"他往里面挪了挪，"进来，关门。"

车平稳起步。

"我还以为他叫徐立民呢……"我忍不住嘀咕。

"徐先生年轻时叫徐立民，后来从商，改名徐琴德。"他根本不隐藏脸上的鄙视，"真是的，云养汉连这都不知道？"

"说明我们一心工作好不好？"

"好，好。"

他冷笑，戴上耳机听歌，没再理我。

城市东边的那栋别墅，是徐家的房产之一。晚上的"便饭"已经准备起来了，花园里摆起了冷餐桌和烤肉架，以及一排排的红酒和饮料。宾客们大多比我们早到，杯盏交错。

"啊，张总！"朱成马上就找到了应酬对象，张开双臂，和一个西装男很豪爽地抱了抱，"好久不见！上次还是在法国吧？"

喊，油嘴滑舌。

我翻了个白眼，自顾自吃起了牛排。没吃几口，那人又冲过来："吃吃吃，就知道吃，你看除了你谁在吃？"

"啊？这么多吃的，不就是给人吃的嘛！"

朱成看我的眼神里写着三个字"没救了"——干什么啊？东西放在这儿为啥不能吃？

但是，周围的确没人和我一样吃牛排。大多举着酒，或者拿个秀气的小碟子，上面象征性放一块小糕点或者几颗葡萄。

我都把肉举到嘴边了，被朱成拿叉子一叉，抢了过去，放进了嘴里。

"得了，"他嘴里鼓鼓地嚼着肉，含糊地说，"这种场合，先去找主人家打个招呼。"

"为什么？待会儿也会遇见啊。"我不舍得好吃的，也塞了一块肉进嘴。

他把东西咽下去，懒得和我解释，拖着我去庭院左边的小亭台。徐琴德坐在那儿，身边围满了人。在家里，他穿着寻常便装，看上去就和个邻家伯伯似的。

"徐总，我们来了。"他大大方方上去打招呼，精准地卡在徐琴德和另一个人聊天的间隙里，"谢谢，今天真是太丰盛了。"

"哦，朱总和夏老板到了啊？来，把大家都聚一聚，这才是今天的两个主角。"老人站起身，拍了拍手。人们向这里聚集，他站在我和朱成的中间，向他们介绍。"两位可以说都是国内人工智能商业的先驱了，后生可畏啊。"

在人们的称赞声中，我努力绷住微笑，感觉背后发毛。这就是商场应酬吗……太可怕了……

紧接着，人们围住了我。有人拉起我的手拼命摇："夏老板很不容易啊，据说是微型企业吧？一期融多少？"

啊？什么……什么期？

朱成和我背靠背被"丧尸围城"，念在往日情面，从应酬间隙抽出几秒钟，轻声说："不知道就说一千五……"

"哦……哦！一千五百块！"

我直接把数字说出来了。背后的朱成好像喷了酒——难道他耍我？！

但是声音嘈杂，我面前的男人完全没在意："一千五百万对吧？现在都差不多这样。其实二期时候我们公司有意……"

他又说了一大串奇怪的名词，什么天使什么 AB，分开我都听得懂，凑在一起压根不知道在说啥。

好在这种折磨并没有持续太久。很快，徐琴德就请我们进入室内，说是"喝几杯"。

我像逃难一样冲进去，摆脱了庭院里的那些人。

室内和室外，就好像完全两个世界。

简约而典雅的装潢，并不像那种金碧辉煌的张扬。厅堂里的三角钢琴旁坐着演奏者，低头弹着《月光》。我认识这首曲子，因为叶苹喜欢在办公室里放钢琴曲。

"坐。"他请我们落座，柔软的沙发椅让人几乎能陷进去。

原木雕刻的小桌，上面放着一杯茶水，围坐的有五个人，年纪都很大，也都穿着便装，身份显然和外面那些乌合之众不同。

没有什么客套，也没有抓着手寒暄，大家只是文雅地点头问好。

"大概下个月，奔鸣就会决定对云梦科技和云养汉的投资了。"他说，"所以还是请大家过来，随便聊一聊，明确一下未来的规划。啊，朱总那边应该没问题，云梦的资金链本来就很稳定，奔鸣只是锦上添花……关键是，云养汉。"他对我抬抬手，"夏老板？"

"我……"此刻，自己只能拼命从脑海中搜罗叶苹和我说过的财务问题，好像有资金链了？好像有投资了？"应该收到过几笔小投资……"

"那我个人还是偏向于让云养汉保持高机动性的小型企业，所以要和夏老板谈的会比较多。"他没管我磕磕巴巴的答案，对朱成点点头，"朱总，你和老刘那边应该有合作吧？"

"对，有个跨国的电商平台业务。"

朱成和刘先生起身离座，很有默契地转移到了旁边的单座，离我们有一段距离。我彻底只剩下一个人了——没有小葛和叶苹，哪怕身边是朱成，我也感觉还能扛得住。可朱成一走，气氛刹那不对了。

徐琴德的眼神也变了。

"我想问夏老板，"他说，"你知道……'禁果'吗？"

云养汉

我的耳边有短促的耳鸣,不禁咽了口唾沫。

其他人只是静静地看着我,我无法从这些人的眼中看出情绪。全都是身经百战的人,和我迄今为止见到的人完全不同。

"啊,没有窥探商业机密的意思。请夏老板不要紧张。"他笑了。随着他的笑,空气的凝重也跟着改变。我这才发现,自己的手指尖发麻——因为太紧张,紧紧抓着椅子边沿的关系。

这个人,有很多副面孔。

我已经很难从他身上找到那个"徐立民"的痕迹了。

"我知道夏老板的履历,少年天才,用核心程序'种子'在业内扬名,同时,你也制造过一个名为禁果的核心程序。这是我拿到的确切的消息,我能保证它的真实性,所以,夏老板懂我的意思吗?"

我懂。意思是,否认也没有用。

"我再重复一遍,请不要紧张。"他招手,有佣人过来,替我把面前发冷的茶水换了新的,"是这样,制造禁果的时候,应该是你离开云梦科技之后。这个核心程序的研发消耗了一笔近一千三百万的资金,账户显示,是从老薛那边出去的。"

被他唤作老薛的人低下头,他的脸上全都是汗水。

事情不对。

"夏老板能告诉我们,是谁给你这笔钱的吗?"现在,徐琴德问出了真正的死穴。

说起禁果的开发,我其实也是云里雾里。

那时,我把它从云梦偷回来,其实并没有资金将它从一个半成品开发成人工智能了,我连买一台巨型机的钱都没有。

可是,有一个匿名投资人,供给我巨额的投资,让我完成了第一个禁果。

我至今不知道他或她是谁,为什么要不求回报、或者没有立刻求回报。这笔巨款像是从天而降,我根本寻不到它的来源。

但是,正是因为它,才让禁果从一个只有代码的核心程序,成为了一个完整的人工智能,成为了一个……

一个独立的个体。

"我不知道是谁给我这笔钱的。"我说，"更不知道是从奔鸣出来的……"

"那你现在知道了。"他端起白瓷杯，抿了一口茶，"水太烫了……嗯，这笔钱是奔鸣的，而且没有经过正常渠道。"

"……我可以理解为……"

"赃款，"他说出了我最不想听见的两个字，"你这样理解也可以。转移的手法很巧妙，百分百是内部的人做的，以至于现在才查出来——你也用了那笔钱。"

"我确实不知道……"

怎么会这样？这笔钱，是匿名投资人偷来的？！

冷汗从额角流下。哪怕全世界的电脑一起瘫痪，我都能保持冷静和自信，然而这个问题……

"我是可以选择报警的。但这件事情，牵扯到……我教子无方。"老人长叹一声，将杯子扣在桌上，"过来。"

谁？我愣了几秒，才意识到，钢琴的演奏声停了。

演奏者从那边走来。

我没有注意弹钢琴的人长什么样，因为他或她低着头。但现在我看清了，他个子高挑匀称，白色衬衫和黑色西装裤，面无表情，没有戴眼镜……

——葛决明。

一周未见的，小葛。

"小葛……"我忍不住站起来，可还没来得及问，徐琴德先开口了。

"你承认是你做的？"他的手指着小葛，"擅自转款，擅自调动投资渠道。"

"等……等等！"我干笑着扶住他的胳膊，"这是个误会，他是云养汉的技术……"

"我知道他是云养汉的技术员。因为，是我让他在两家中选一家，亲自去当员工，定期反馈报告的。"徐琴德的回答，每一个字都像锤子，重重砸在我的耳膜上，"他选了云养汉。后来我才知道，你是他学生时代很崇拜的前辈。我的本意是让儿子替我考察人工智能公司，可他让我很失望，

261

云养汉

不仅依照私情去了云养汉，而且还被查出来过去挪用款项给你！"

安静的大厅中，每个人都能听见自己的呼吸声。

就连朱成那边都停止了讨论，无人敢言语。

他的声音虽带着怒火，却并不像寻常人那样暴怒，而是静水深流，谁也不知自己脚下是不是漩涡。

而站在我旁边的小葛……不，徐持，笑了。

"就算我不偏私，其实你也不会投云养汉的。"他说，"你从很早就决定只投云梦了，云养汉在你的心目中，一文不值，不是吗？你亲口和我说的。"

"什么……"

事态出乎我的意料——奔鸣从很早其实就不想投资云养汉了？我们根本不知道！

"夏藤不会同意批量生产，不会同意买断自己的技术，不会同意别人修改她的人工智能。"他说，"我如实汇报了这几点。她对你来说，完全失去了商业价值。"

"所以，你早前就挪用款项，让她制作了'禁果'？"

"不是！如果真的是小……是徐持给我的钱，我可以还给徐先生！"不管怎么样，只要能把钱还上，是不是这件事情就可以平息一些了？"虽然无法马上还清，但是我会尽……"

"不是钱的问题。"老人温文尔雅地打断了我的话。他又成为了那个慈爱面孔的徐立民，"奔鸣完全不会在乎这么一点钱。夏老板，这件事情的性质，远要比你想的恶劣。我的儿子欺骗了我，欺骗了养育他长大的集团，甚至欺骗了你……而你，你的存在，可能会影响到奔鸣集团未来继承人的判断。"

果然，我的想法太单纯了。

事到如今，奔鸣还想不想投资云养汉早已不重要了，重要的是……徐持。他怎么办？此事如何了结？

凝重的冰雪中，我感到了从未经历过的压力。这是另一种意义上的压力，不在于你要写多少代码，你要解决什么技术难关，也不在于朱成奚落我交不起物业费……

　　财务，法律，家务事，商道。我从未经手过的那些"浪费时间的俗事"，如玉山将倾。

　　"哎哟，还以为说什么事呢。"

　　忽然，寂静被男人带笑的声音打破了。他从边上走来，停在我身边，拍拍我的肩膀。

　　"徐总是说那笔钱吧？就是做禁果的？其实禁果最早是云梦的项目，后来被毙了，研究经费本来是夏藤负责的，她赌气离开公司，我想，也不能让她就这么走，干脆把那笔钱让她带着走了。咦？怎么了？有人说是徐少爷给的？——差点忘了，我还是第一次见到徐持少爷呢。"

　　听完朱成的话，徐琴德的眼神缓缓转过去，如细长的刀，抵住了他的喉咙。

　　"……朱总怎么还喝多了？和老刘谈完了？"

　　"这不谈到一半吗？听见这儿好像有些误会。"他按着我肩膀的手微微用力，让我坐下，"不就是徐持少爷转款转错了，又不好意思和财务说嘛？我们那儿的实习财务，转给别人的两万转成二十万，还在那儿哭呢。财务，本来就复杂，我自己有时候都弄不清，更别说徐持少爷了，转错那么多钱，心理压力肯定大，小孩不懂事，就想自己把事情打闷包，也是有的。"

　　他对上了徐琴德的凝视，毫不闪躲。

　　"我儿子自己已经承认了。"

　　"哈哈哈，现在的孩子，哪个没叛逆期？徐少爷嘛，肯定好强，不服气，被爸爸一说，少爷脾气上来了，什么都揽到自己身上。徐总，人在气头上的话怎么能信？"

　　这番话，可谓周旋在几个大矛盾之间，润物细无声地将事情柔化了。

　　它给了徐家父子台阶下，只要顺势下台阶，一切都能平安过渡。

　　"那，夏老板居然也不知道那笔钱是朱总给的？"老人靠上椅背，十指交错，眼睛平静地看着前方。

　　"我……"

　　"她不知道。"

刚要开口,话就被朱成截住了。

"——那时我们正闹不愉快,我也没和她说给钱的事儿。刚好徐持少爷打错款,她自然就误会了。那一千三百万应该还在夏藤的账户里……"他的手指顶着我太阳穴,把我脑袋往侧面推了推,"你也是!从来搞不清楚钱,差点害得人家父子俩吵起来!在云梦时候用的旧工资卡呢?你搁哪儿了?是不是丢了?——回去找。"说完,他又回头对徐琴德笑笑,"放心吧,徐总,一周内,一千三百万保证完璧归赵。"

徐琴德也笑了。

"行了。"他摇头,"朱总……也是好心。我懂了。"

"哪有什么好心坏心?有缘才能成父子,要是因为这种误会伤了亲情,那才划不来。一千三百万,一套房都不够,哪比得上儿子?"他句句话往父子亲情上扯,这台阶都快搭到两人鼻子下面了。

"我也依旧是那句话,不是钱的问题。但被朱总一说,现在……反倒像没有问题了?"他摊手大笑,四座也跟着笑,"朱总这张嘴呀,哎呀呀……行了。禁果资金的事情就此不谈,这一页揭过。可是……"

下一秒,笑声被收住了。

老人重新把眼神锁在徐持身上。

"问题还是有的。"他说,"徐持,你还是要去美国修一下MBA的课程。已经帮你联系好了,下周就出发吧。今天先和夏老板道个别,知道你们感情好。"

他要把徐持送走?

我的心顿时被紧紧揪住,可朱成不动声色地捏了一下我的肩,示意我别说话。但徐持的回答来得更快:"我不会去的。"

徐琴德不禁笑出了声:"你想过后果吗?"

"想过。"

"你决定了?"

"是。"他仰起头,带着种少年人特有的骄傲,"我决定了,我不想成为你这样的人,被钱控制着,再也看不到其他更重要的东西。"

"我的孩子……居然会和我说这种话。"老人站起身,摇头叹息。他走到大厅墙上的电视屏幕前,它亮了。西藏的雪山,年轻的军人,老姜正在清理轨道上的积雪。"你不想留在徐家了,对吗?"

那人用行动代替了回答,拉住我的手腕,向门口走去。背后乍然传来徐琴德愤怒的声音:"那你就再也不要回来!"

听见这句话,徐持的脚步停下了。"是啊。"他回头冷冷对父亲说,"妈妈当年就是这样离开的吧。你根本给不了她爱!"

"爱?你懂什么是爱?"

"我不懂,我只知道,绝对不能后会无期。"

门被重重打开。外面不知何时下起了大雨,他毫不在意冲了出去。庭院里的露天冷餐转移到了旁边的亭子下,人们讶异地看着从屋内冲出来的人。

"小……徐持!外面下着雨呢!"我想拦住他,至少先拿把伞。可他走进雨里,暴雨迅速把这人浑身都打湿了。

……算了!不就是淋点雨吗!

我也跟着他,冲进了雨里。

暴雨倾盆的街道上,两人一前一后,他和我说:"失踪了一个礼拜,不好意思。"

"没什么啦……但你居然是徐持……"

"嗯。我是。骗了你们那么久。"

"也不会生气的,但就是……总之,禁果的事情,我还是要谢谢你。"

"哈……"

他看上去轻松不少,有种如释重负的感觉。

"小葛,"暴雨中,我们的声音都模糊不清,"你喜欢我吗?"

他怔住了,但是很快点头:"我喜欢你。"

年轻的双唇说出的话语,是那么坚定。

"为什么?"

"因为,你让我看到了一个更加高的世界啊。"他笑着,雨水沿着打湿的头发，滑进眼中，"我想成为一个有资格和你一起站在那个世界的人。"

"从什么时候开始的？"

"我还在国外读大学，有一天，你来我们学校演讲。那时你没比我大多少，介绍人说，你是天才。学生们都不服气，在交头接耳，觉得你只是个花瓶。"

"有我那么完美的花瓶吗？"

"哈哈哈……反正，那时，我也不服气。自己家境不错，从小也是其他人口中的天才。或许是奉承，或许是真的。我也顺利考进了不错的学校，在国际一流的大学研究人工智能。那时候是真的在迷茫，似乎别人用一辈子去争的东西，我一出生就有了，我在追求什么？我的人生一片坦途，通向终点的路上没有障碍，直直就能看见死亡……"

他问我是否还记得悠悠——那个来做五十人男团的女孩子。

其实他当时和她的心态很像，家里人不管我，要多少钱都给，也不知道拿着这些钱去干什么。在国外孤身一人，接触的都是父亲的生意伙伴，每个人都对他小心翼翼，众星捧月。

那些"爱"是假的，是源于他的身份和他父亲的力量。如果他不是徐持，只是那个每天没睡醒的"葛决明"，这些人连见都懒得见他。

"那时，我和现在完全不一样。"他低下头，靠近了我的脸，我们的声音之间终于没有了雨声，"对整个世界都不服气，想让父亲重视我的能力……我什么都去学，程序、格斗、射击……我甚至觉得自己是天下最优秀的人。这时候，一个比我没大多少的女人出现了，被誉为天才？还来我们学校演讲？她的人工智能会有什么先进之处？八成就类似那种女性稀缺的行业，偶尔出了个相貌清秀年纪不大的女专家，就被大肆鼓吹炒作成什么天才美女程序员之类的吧……"

"原来一开始是这种印象？"我气得敲了敲他的脑袋。

"嗯。后来，整个班都去了讲座，我们准备了很多可笑的问题，准备提问时候故意刁难你……你上来就展示了一个核心程序的雏形，也就是'种子'。我们看到了种子的设计构思，它的前后端、结构、接口，它的强悍和无限可能性……在我们眼前，它模拟进化，成为了'果实'，在果实之后，它再次发生了异变。你在讲台上说，这将在未来成为人工智能的'禁果'。"

没错，我很早就提出了禁果概念，认为自己迟早能创造出亚当夏娃咬下的那口果实，让我的人工智能超越图灵级别。

"从那时开始，你就是我的神了。我意识到过去的自己和这世上的另一个人有着云泥之差，在这个人的才华面前，我一文不值。我皈依你。我的爱不是仅限于爱情的，我爱你，和你存在这一个时空也好，和你看着同一片月亮也好，走你走过的路也好……这都是我的爱，我爱你。"他说得是那么轻松，好像爱我对他而言就和呼吸吃饭一样简单，"你不喜欢我也不影响什么，对我而言，我的爱是单方面的，不需要任何的回应，你也毋须有任何压力。"

暴雨之中，他俯下身，像是我的伞。
香气。
他身上的香气，混杂着雨水的冷香……
我看着他缓缓靠近，突然伸出手，捂住了他的嘴。
徐持愣住了，没想到会这样。
"那个，就如你所说的，我那么优秀，是人类世界的珍宝，人工智能的天才……"我望着他的双眼，笑着说道，"那你一定要很努力很努力，才能勉强配得上我啊！"
我盖着他双唇的手向后环住了他的脖子，然后踮起脚，吻了这个人。
爱就爱了。
爱都爱了。

在结束这个吻的时候，眼角余光瞥见路口拐角有个黑色的人影，撑着伞。
像是朱成，可隔着暴雨，看不真切。

鲸落
PART 26

我们俩冒着暴雨回去的时候,叶苹都吓死了,连忙拿来毛巾,将两个落汤鸡裹起来。

"真是的……"她知道了所有的事情,也没有因为"小葛"隐瞒身份而生气,反而气另一件事,"就算和家里吵架,也拿把伞再走啊。淋成这样,感冒了怎么办?"

像是应和她的话,我们俩不约而同打了个喷嚏。

云养汉和奔鸣彻底分道扬镳,我们两天内打包完了所有东西,叶苹办事干脆,已经找到了应急的办公处——用她的话来说,是一位道上兄弟的屋子,前屋主抵押了房子但是欠款跑路……

我们不想再听下去了。

搬家公司的车到了,大家都挽起袖子将设备搬进去,一时又回到了刚创业的时候,不过这次境况可好多了。叶苹一个电话,冲过来十七八个汉子,七手八脚地就把办公室理完了。

"呼……怎么样?不错吧……楼上是住房和卧室,一楼就有厨房。"她拍拍手,"为了庆祝乔迁,今晚我们做顿……咦?小徐?"

不知道什么时候,徐持躺在沙发上,睡着了。

"太累了吧……"叶苹坐在他旁边,怜爱地用手背靠在他额头上,"有点热度呢,让他好好休息吧。"

徐持发烧了。他下午醒过来，吃了退烧药，有些不好意思。

"感觉给叶苹姐添麻烦了……"他的手盖住额头，深深吸了口气，"我真是没用……"

"怎么会。"叶苹扶他到桌边坐下，"我去给你们做晚饭。"

很快，她从厨房端来了热腾腾的云吞汤面。天已经转凉了，在夜晚的丝丝凉意里，热汤面顿时就将这几天的疲惫一扫而空。

徐持的脸庞在水汽氤氲下微微模糊，他吃了一口面，便放下了筷子，捂住了眼睛。

"怎么了？不好吃么？"叶苹拉住他的手，"还是你不舒服？"

"……没有。"他吸了下鼻子，声音有些哽咽，但还是在笑，"……是妈妈的味道。"

叶苹怔了怔，然后也笑了，暖黄灯光下，她美丽的面庞泛着母性的柔和，足以治愈每个人的心伤。

"那就留下吧。"她说，"留在这儿。就算想走，叶苹姐总在的。你在外面走累了，就回来吃碗汤面，想歇多久都可以。"

和奔鸣分开后，我们的生意一直低迷。资金链断了，也没有人敢来投资。

偶尔帮人做做明星的单子，但是都太无聊了，搞得和批量生产一样。终于有一天，叶苹和我说了个好消息。

叶苹把电脑显示器转到我这一侧，那是预约邮件，寄信人那栏，是一个熟悉的名字。

下午三点，我们在办公室等预约的客人。

客人的名字很眼熟而且特殊，我们三人都认识这个名字，但不敢相信就是那个人。

三点的时候，门准时开了，一个穿着灰色风衣的男人出现在门口，戴着口罩和墨镜。

"你好，我是预约过来谈制作云养汉的，"他的声音很沙哑，"我叫……

云养汉

欧启译。"

我们先是点头欢迎客户,然后异口同声问了那个纠结了很久的问题:"那个,您是那个欧启译吗?"

欧启译,最著名的电影编剧、作家和导演之一,被誉为世纪末天才文豪。

但是这个人很少留下影像资料,不接受所有露面的访谈、不参加公共活动。在外工作或者被拍摄时,他都是戴着墨镜和口罩,将自己捂得很严实。

他看着几张好奇的脸,最后点了点头。叶苹激动得双手微微颤抖:"能签个名吗?"

欧启译再点头,在叶苹手中的笔记本上签了名。

云养汉的客人以女性为主,很少有男性。根据他的说法,是看到了李明妃的云养汉,所以心有所感,来到了这里。

大家在沙发上坐下,欧启译的声音听起来大概在四十岁左右,很沙哑,也很轻。我记得以前听他在广播里接受过访谈,确实就是这个声音。

男神就在面前,大家的内心还是很激动的,声音里像有东西在跳,比平时的声调高了三个调子:"欧启译老师需要定制一个什么样的云养汉呢?"

他稍低头,再抬头时,就伸手将口罩和墨镜摘掉了。这一刹那,办公室里轻快、激动的氛围,凝住了。

很多故事里,戴着面纱或者面罩的人,遮盖的是一张国色天香的脸。很多人都幻想过欧启译的脸,有说是文如其人,能写出那种文字的人,到底会是怎样的容貌?

当看到口罩下的脸时,所有人都呆住了。

"是不是吓到你们了?不好意思……"他抱歉地笑了——应该是笑,但那张脸上,很难看出表情来,他很快又将口罩墨镜戴了回去,"我八岁时,家里发生了一场大火。"

这是我们不曾料到的。欧启译,站在现今中国文学最顶峰的人,却有一张被重度烧伤、五官扭曲的可怖面容。

"请为我保密。这么多年,除了我的经纪编辑,没有人知道这件事。"他说,"我不希望让别人认为,我是故意借着烧伤毁容这个噱头在哗众取宠。"

看到那张脸时,叶苹的眼眶红了,但是低下头,装作在做笔记:"好的!"

不知为何,这个人身上好像有种奇妙的魔力。当他说话的时候,我们都会忍不住安静下来,听他的声音。

然后欧启译说,和李明妃一样,他希望定一个云养汉,这个云养汉,就是他自己。

鲸鱼的死,被称为鲸落。
它的尸体沉入海底,也成为一个世界,在死亡中孕育着新生。
而我们的世界,是否只存在于一条巨鲸的鲸落中呢?

八岁那年家里的一场大火,改变了欧启译的人生。

他的父母葬身火海,家中不剩一物。亲戚带走了银行存款,将奄奄一息的孩子留在烧伤科,再也没有管过他。

一位好心的医师收养了他。但是,欧启译也留下了巨大的创伤后应激障碍症,一度被诊断为精神分裂。全身范围的重度烧伤,让他的余生都活在肾衰竭、肺部感染甚至综合衰竭的巨大危险中,他时常会因为一点点感冒就徘徊在生死之间,无法外出读书工作。

医生喜欢文学和古典电影,于是和教育局申报特殊情况之后,在家教导他。欧启译说,人生中的幸运和不幸往往是守恒的,养父是个很好的人,能够有今天的一切,也是源于他的教导。

"后来,终于成了小说家,有了自己导演编剧的影视作品。可惜,养父在我成名前就去世了。"他叹了一口气,"现在的经纪编辑就是养父的儿子,我们情同兄弟,这么多年里互相扶持。但是,我制作云养汉的原因,和这些都无关。"

"那是因为?"

云养汉

"为了我的恩人。"他咳了一声,好像有些局促,"我的精神状态一直因为应激障碍症在恶化,也因此,能写出和别人不一样的故事。但是随着不断的恶化,我的行为异常和精神异常也越来越严重……在三年前的一天,我的兄长代替我去国外领奖,我独自在家的时候,病情突然发作。"

发病后,欧启译毫无意识地独自离家出走,疯疯癫癫在街上游荡。

没人知道这个面目可怕的人是谁,他也不知道:发病的时候,他忘记了自己是谁,忘记了自己身在何方,只会在街上来回徘徊。这个人没有身份证和钱包、手机,不知道多久没有吃饭。

他原本就身体不好,很快就倒在了路边,不省人事。

我们都听傻了,怪不得,三年前,有过一阵欧启译要封笔退隐的传闻。

"而就在那个时候,小石救了我。"他提到了这个叫作小石的年轻人。

那天下着大雨,他倒在路边,肺部剧痛,每次呼吸都好像有刀在割。一个青年人的人影出现在他的面前,蹲了下来,问他的情况。

"小石是个从外地来这座城市打拼的年轻人,希望成为话剧演员。他送我去了医院,我当时完全就是个疯子,不知道该回哪里……于是,他带我回了住处。"

说起这段往事,欧启译墨镜后的眼中似乎透露出笑意:

"这个孩子晚上在剧团接龙套的角色,白天一边在超市打工,一边背台词,尽管收入微薄,但也尽力照顾我这个他从马路上捡回来的流浪汉……我精神状态时好时坏,给他添了不少麻烦。"

每天,小石打完最后一份工,满身疲惫回到出租房,却还是拿起台本,排练一幕又一幕的戏剧。他不知道,自己背诵无数次的文字,是面前这个疯子所写的。

尽管只有龙套的戏份,可他会把所有角色的台词全都背诵下来演练。

他们在狭小的出租屋里度过了一年半。一年半后的某一天,欧启译恢复了记忆。那时候,小石正在超市打工。

"我马上联系了哥哥,他急疯了,以为我死了。他一边要瞒住我失踪的消息，一边又要找我，心力交瘁。知道我没事后，他立刻就来接我了。"那天，他给小石留下了一笔钱和一封信，不告而别。"我很感谢这个孩子救了我。而他其实一直很喜欢我的作品，梦想就是能通过海选，参演我的小说改编的话剧。我恢复生活，重新开始了编剧工作，就在最近，自己的作品《鲸落》即将改编为话剧了，在海选报名的名单里，我看到了小石的名字……"

"您是想让小石来演主角？"

我们大概明白了欧启译的意思。小石是他的恩人，凭借他的名望和地位，要捧红这个孩子，简直是轻而易举。

可是，欧启译摇了摇头。

"海选主角时，我会亲自挑选演员。但是，我不希望让小石认出我。我也不希望让私情影响到自己对选角的判断。"他说，"请用云养汉复制一个我，让它代替我，参加海选评审吧。"

这个要求很神奇。叶苹做着笔记，听见这句话，差点把纸捅破。

一方面，欧启译不希望让小石认出自己。小石崇拜他，这个年轻人从老家闯出来，为了自己的梦想在大城市打拼，从某种意义上，也是为了接近自己的偶像。

他在落魄的时候被小石所救，相处的那一年半的时间中，孩子和他说了很多对欧启译的仰慕。"这个人会是怎样英俊的模样，有怎样光鲜的家世，是个多好多好的人……他就和很多读者一样，会将我想得很好很好。"他说，"我不想让他的幻想破灭。如果我真人坐在评审台上，他很可能就会发现，那个落魄的疯子就是欧启译。"

另一方面，他很喜欢小石，也认可这是个有天赋的演员。但他不确定小石就是《鲸落》主角的最好选择。

人会被私情影响，这是欧启译不希望发生的事情。

这个云养汉，他的外貌完全是正常的，而且拥有欧启译所有的判断力与知识，拥有和本尊不同的声音，可以代替他成为评委。

"这样，无论最后结果如何……哪怕小石被选上成为主演，他也不会觉得是因为我的关系，而是凭借他本身的努力。"欧启译的声音在口罩后

云养汉

显得很闷、很轻,"我也会努力去让他实现梦想的。"

要实现他的需求,需要非常多的资料。欧启译提供了他的所有作品,特别是《鲸落》的创作历程。

"我是大学时候看的《鲸落》。"徐持重温那些作品,深深叹了一口气,"一个普通人死后,对这个世界会有那样的影响和改变……甚至一场死亡要比新生更为艰难。整篇小说发生的场景只有一间公寓,被誉为情景小说的巅峰之作。当时就在想,作者是个什么样的人。"

人们对这个作家有很多幻想。但能写出这些离奇作品的人,人生注定不会太寻常。我还记得那张脸,它的五官消融在火海里,却炼出一个伟大的灵魂。

而屏幕上的"欧启译"有着一张清秀帅气的脸,符合所有的幻想。但关键是性格和判断,云养汉最后在海选中选出来的演员,必须要符合欧启译的标准。假如选出来一个歪瓜裂枣,显然是背离初衷。

这是个复杂的工程,要复制外貌很容易,要凭空塑造一个人格也很容易,若要依照一个人的灵魂将他完整复刻,那便是难若登天。

遑论这个男人拥有世界上最复杂的灵魂。

我瞄到了电脑加密文件夹里的那颗禁果——再咬一口吧。虽然现在还处于一个测试期,无法让每一个人工智能都使用禁果,可迟早有一天,每一个由我制造的人工智能,都会咬下一口禁果的。

而就在这个时候,我的一生之敌又出现了。

那天,我和徐持正带着云养汉的雏形去找欧启译,让他现场进行试用和提议。他和经纪人开了一家文化公司,坐落在市区一个并不算黄金、也不算偏僻的地段。

去的时间不巧,他们和客人正在开会。我俩坐在外头等,等着等着,就见会议室里出来了一个熟悉的人。看见他,我的心当场"咯噔"一下。

——是朱成。

这简直是仇人相见,分外眼红。朱成西装革履从会议室出来,见我们俩灰头土脸坐外头,还算端正的五官就泛起了假笑:"哎哟,这不是夏藤和徐持少爷吗？"

"你来干什么？"我也佩服他，佩服他的脸皮。如果他的脸皮拿去做防火墙，连我都没法黑这个数据库——怎么和个牛皮糖似的，我到哪儿他到哪儿！

"我来？当然是和欧老师谈项目啊。"他笑得更加假了，干脆拉了把椅子，坐我边上，"史上第一部由虚拟的人工智能演员出演的话剧，怎么样？想象过没有？再运用4D显影技术，让AI脱离屏幕，立体地出现在观众眼前。"

"哈，哈，哈，"徐持翻了个白眼，干笑两声，"4D显影八九年前就有人在演唱会用过了。AI话剧这玩意儿的本质，和电脑合成的CG动画有什么差别啊？"

虽然现在和家里拆伙了，可毕竟也是徐琴德的儿子。朱成马上对着小徐恢复了那种平易近人的微笑，变脸技术之高超，令人叹为观止。

这家伙，可能是个商业和经营方面的天才，但是在技术创新这一块啊，拉倒吧。

没了我，云梦的云女友技术很多年都没做出质变的革新了。

"只是让这些人工智能在台上演一次话剧？夏藤，徐少爷跟着你学技术，怎么思想越来越跟不上时代了呢？"他假惺惺叹了口气，"这些AI，之后将由我们公司把它们打造成虚拟偶像，就和演员一样，接一部又一部的片子，变成几个爆款的虚拟明星。到那时候，可没人会记得什么云养汉。"

卑鄙。

我顿时明白朱成在打什么算盘。欧启译的名作《鲸落》即将改编为话剧，这家伙准备毛遂自荐，制作虚拟人物作为这次的话剧演员。欧启译对演员的眼光一向挑剔，而人工智能的特殊之处就在于，它可以根据需求修改，完美符合最挑剔的眼光。

而且，云女友的表演有事先设定好的程序，压根不会出错！

等演完了话剧，主演的几个云女友也大致有了名气，接下来才是重头戏——将这几个"人"包装成偶像明星，让它们在电视剧或者电影上面疯

云养汉

狂露脸……这哪里是打造明星偶像,这根本就是打造几个亿万摇钱树。

紧接着,欧启译也离开了会议室。

"啊,夏小姐来了。"他的声音里带着歉意,"不好意思,让你们久等了。"

他一开口,刚才的不爽顿时烟消云散。朱成先我一步凑上去,拉住了他的手:"欧大师,不管多久,我肯定等你的答复。要不这样,今晚我们吃顿饭……"

"今晚我有些事情,抱歉。"他低了低头,墨镜后的神色似有些躲闪,"不过朱先生的提议非常好,我和哥哥都有这个意向。"

"那真是太好了!"

朱成拉着他的手拼命摇,我和徐持不约而同做了个反胃的表情。

无论如何,这个冤家算是滚蛋了,也快到午饭时候了。欧启译的行程很紧,吃完午饭还有会议,于是就带我们去楼下便利店买盒饭,一起解决午饭了。

"现在,云养汉已经完成第一步了,它的程序里导入了欧老师所有的作品,开始分析创作方式和思路。"我说,"这样的话,它就可以和老师一样去挑选演员。"

"希望如此吧。"

我们进了便利店。午餐时间,里面都是附近的白领来买午饭。有些人知道这个戴着口罩和墨镜的男人是欧启译,礼貌地和他打招呼。

"所以待会儿希望老师亲自测试一下,顺便将您对几个主演的要求细化……老师?"

收银台前,我们正说着话,突然,欧启译没声音了。

他正在结算午饭的盒饭,却呆站在那儿,面朝着那个收银员。那人显然是新来的,还不太会用收银系统,旁边的店长皱着眉头在指导他。

"啊,欧老师来了。"店长抬头见了我们,充满歉意地笑了笑,"不好意思,今天会慢一些。喏,今天刚来的实习生小石,说是崇拜欧老师,所以来这边打工了。"

那实习生很激动地抬起头——他二十岁上下,长相俊秀。

可是当欧启译见到他时,却一言不发转过身,快步走出了超市。

"那个,欧老师?"

我和徐持跟出去,临走前,没忘记顺便看一眼那实习生的胸牌。

"石匪"。

欧启译一路回了办公室,情绪激动,一言不发。路上还遇到了出来找他的哥哥欧启明,以为出什么事了。

一行人进了办公室,他才脱下脸上的遮掩,捂住了脸。

"怎么了?"欧启明揽住他的肩,"没事吧?"

"……小石他在楼下。"

"啊?怎么会?!"

"他在办公楼下面的超市打工……不行,不能让他知道……"

"别担心,他怎么会认得出来?你先休息一会儿,我去把会议延后。"

欧启明匆忙离开了办公室,我们看欧启译情绪不太好,也准备告退了。但就在离开时,男人叫住了我们——畸形的面容上,显露出了一丝哀求。

"夏小姐,能请你们帮我一个忙吗?"

十分钟后,我们又来到了那家便利店,说是"帮欧老师带午饭"。

小石见我们回来了,很紧张地问,是不是刚才他太唐突了,让欧老师生气了?

"我是老师的粉丝。老师的公司在这儿,所以就想尽可能靠近些,刚好超市在收实习生……"

"这样啊?"我把盒饭给了徐持,让他先带回去,"哎?你现在还在上学吗?大学城到这里很远啊。"

"我不是学生。是个话剧演员。"

"啊,现在不太有了呢。"

我受欧启译的托付,到楼下来套话,看看小石有没有认出欧老师就是那个疯子。

套话这事,我虽然不是强项,但得到的结果还好——在聊了片刻后,能确定这孩子没把两者联想到一块儿。

云养汉

"夏姐,你也是欧老师的朋友吗?"他问我。

"哦,我不是,是合作伙伴。"我特意多买了些东西,趁着没人的时候,靠在收银台和这孩子闲聊,"你怎么会想到当话剧演员?"

要是叶苹在就好了。凭她的话,别说小石,花半个小时,整个超市所有员工上辈子姓啥都打听清楚了。

不过,这孩子还挺健谈的。就算我问得干巴巴的,他也据实以告。

小石的老家在一个很不起眼的小城镇上,父母都是普通工薪族,工人和超市理货员。

如果没有意外,这个孩子的一生都将和父母差不多——读到初中就辍学了,在家里的杂货店里碌碌度日,找个邻居家的姑娘,生个孩子……

这个小城镇上的人,可能没几个知道谁是欧启译,就连诺贝尔文学奖的新闻都不会传过去。

有一天,小石的语文老师在课上放映了一段话剧演出的视频。孩子们都在底下闹,没人认真看;只有老师一个人坐在讲台旁,仰起头,带着满足的微笑,望着那出话剧。

那些浮夸的演技和感情浓烈的台词,只会让小学生们大笑。而老师仍然看着演出,仿佛置身另一个世界。

他们在演什么故事?他问。

老师只是拿起膝头的一本书,交给了学生。这本书就叫作《鲸落》。

欧启译的故事,从来没有"看不懂"这个说法。人在不同的境界,不同的年龄,会看到不同的故事。在当时的孩子看来,这是一本推理小说。一间空屋子里有个年轻人死了,警方调查她的死因……

然后,世界对小石来说,刹那变了。他和那些只会看口袋读物或者盗版言情小说的同学走上了两条路,在他那条路的尽头,有一个发光的人,就是欧启译。

"为了能在未来出演老师的作品,我从老家走出来,当了话剧演员,跑了很多龙套,打了很多工,老家的爸妈都觉得我疯了,可我知道,我一定要这样做。"他说,"如果我不这么闯一次,我会后悔一辈子的。"

他应该没读过多少书,也不会有多高的学历。可是反而是因为这样,这个孩子对梦想的诠释是那么简单而坚定。

"我报名了这次《鲸落》主演的海选,"他将我的咖啡递过来,很是兴奋,"就在一周后,我台词都背好了!"

"那你一个人来这里工作演出,没朋友陪你?"

"朋友……以前,在路边遇到个浑身烧伤的疯子,也没亲没故的,看着可怜,我就把他带回家了。在这个城市里,自己不认识多少人,他就算是我的朋友了。"

后来,小石有天下班回家,发现疯子不见了。桌上留了一笔钱,他猜,可能是疯子恢复了,所以和家人回去了。

"但我到现在都不知道他是谁。"他叹气,"太可怜了,浑身都是烧伤的痕迹……"

我把这些话转达了回去,这让欧启译稍稍安心了些。

云养汉计划和角色海选正在紧张地进行着,就等待开幕的时刻。

他托我们,每天都和小石聊聊天,明里暗里地给一些帮助。这孩子性格柔和又老实,超市店主也很喜欢他。

"不过,他想当演员啊。"有天我们过去,店主在后门抽烟,和徐持抱怨,"太难了,就那么一点点人能出名,把自己一辈子都赌在这上面……"

可是,事情没有一帆风顺的。——过了没多久,欧启译病倒了。

他的身体本就不好,随时都有倒下的危险。这一次,据说是非常严重的肺部感染。

私立医院里,病房里都有保密协议,医护不能将他的面容外泄。我们去探望他,欧启译苏醒了半天,告诉我们,现在所有大小事务都是交由哥哥欧启明负责。哥哥也知道云养汉的来龙去脉,这段时间的工作,我们改为向欧启明做汇报。

在印象里,欧启明是个年纪比他大些许,微胖,笑得一团和气的人。当年医生收养重伤孤寡的孩子,视如己出,他的儿子也和父亲一样,心地善良,细心照顾着这个毫无血缘关系的弟弟。欧启译很感谢这对父子,如果没有这两个人,自己根本走不到今天。

云养汉

在外人的猜测里,欧氏文化公司好像大权旁落到了哥哥手里,欧老师越来越少出现,欧编辑每天在公司里决定大小事项。但是弟弟是绝对信任这个哥哥的,用欧启译的话来说,哪怕把整个公司都给欧家,也是应该的。

幸运的是欧启明是个好人,问题就是,这个好人似乎对朱成的虚拟演员的提议很感兴趣。

我们第三次去公司找他时,朱成夹着一本文件夹,从会议室里出来。

"你们还在做云养汉?"他晃了晃合同,"《鲸落》的演员,已经确定由我们云梦制作的虚拟演员主演了。"

晴天霹雳!

"欧启译老师病了,所以欧编辑告诉我们,没有人能够主持海选,他也不敢越过欧老师,擅自选定演员。于是,大家就决定用人工智能作为演员——完美的演员,完美的演出。"要给他一块快板,这家伙能乐得现场打起来,面目可憎!"虽然不知道欧老师为什么要你们给他做个云养汉,但是你们可以别做了。对了,虚拟演员的制作还是挺需要人手的,要不要来云梦工作啊?我看那位叶小姐很符合我们公司前台的标准啊。"

"姐,"徐持附到我耳畔,对着朱成挑眉,"我们公司,不是在招清洁工吗?"

"有吗?"我皱眉,收入都没多少,哪有钱招清洁工。

"一直在招嘛。"他指指朱成,"就是那种,能用脸皮拖一整个办公室地板的那种。"

嘴上逞能归一码事,很快,"《鲸落》将成为第一场虚拟演员出演的话剧"这个消息就传遍了全国大街小巷。

运用4D显影技术,让人工智能脱离屏幕,和真人一样站立在舞台上……这虽然不是什么最新的技术,但借着《鲸落》的话剧改编,成为了这个月的头条,又将市场影响飞速扩大了。

商场大屏幕里也都是云梦科技的虚拟演员制作花絮,屏幕上,一个个栩栩如生的AI在背着台词,在做自我介绍……

"大家好!我是安琪!"女孩穿着鲜亮的吊带裙,挥着手臂,"我是云梦科技制作的一号虚拟演员,请大家祝我星途闪亮哦!"

我们盯着远处屏幕,再看看膝头的平板电脑。电脑里,欧启译的云养汉正在闭目养神,或许在那并不存在的大脑中,思索着新书的灵感。

真正的欧启译在医院的 ICU 病房,他的病情越来越重,多年来的继发感染和抗生素几乎摧垮了这个男人,很有可能,这次会扛不过去。

消息暂时还是对外封锁,在外人看来,不过是欧老师重新闭关搞创作了而已。

"我弟弟的身体已经无法再主持接下来的海选了,所以,我们会根据他对演员的要求,请虚拟女友的朱总制作符合条件的虚拟演员。"他请我们过去,神色满怀歉意,"当然,弟弟那张云养汉的订单,我会代替他支付全款。两位在这段时间也是十分辛苦……"

这个惨不忍睹的结果,我只能接受。最后,欧启明邀请我们去看那场半个月后的《鲸落》"彩排"——其实是一次宣传,会在网上给那些虚拟演员来一次登台亮相,全程都进行全国网上直播。

去。我倒要看看,没了我,云梦的技术能做到哪一步。

去之前,欧启明还和我提了个要求,就希望能把云养汉的半成品给欧启译——欧老师在监护病房,他不能和外界接触,以免炎症更加严重,所以,把云养汉给他,也能让病人有些消遣。

我们离开欧氏公司准备去医院的时候,还去看了一次小石。

超市是空闲的时候,他坐在收银台后面,拿着剧本,独自低头背着。超市里面大张旗鼓地贴着虚拟演员直播的广告,就悬在他头上。

"你还在准备海选吗?"徐持顾左右而言他,"虚拟演员……好像成为主演了。"

小石微微一怔,旋即抬起头,笑了笑:"没事,总会有机会的。"

"是吗?如果以后你有什么需要,可以联系我们。"我把自己的号码给了他。

"谢谢——我知道啊,那种电脑合成一个 3D 人,再用 4D 技术让它立体出现在台上……可是,我觉得表演始终是人的事情。"他记下了我的号码,"因为只有人才会拼命地想成为一个演员。人有缺点,也会失误。所以人才有不可替代的地方。虚拟的永远无法彻底代替真实的,我会一直准备剧本,不管什么时候,都等待能够更接近欧老师的时刻。"

从某种意义上来说,他和我的想法不同,但却有异曲同工之处——人工智能是不会有失误的,如果独一无二的失误也有迷人之处,那么,人类演员的确不可替代。

他还记得那个疯子,与我们聊起这位"朋友"。小石对他印象最深的一点,就是每天晚上,他在疯子面前排练台词,这人居然能够和他对戏,背得出欧老师写的文字。

我们一时都陷入了沉默。

那是怎样一个诡异的场景。年轻俊美的无名话剧演员,在潮湿昏暗狭小的出租屋里,和一个丑陋的疯子排练台词。我忽然觉得,小石和欧启译很像。

他们很"空"。

你只会觉得,这是两个温柔而坚强的男人,除此之外,很难将他们的性格具体描述出来。就像是两个根本不该存在这个世上的人,只是为了完成自己的梦想,才短暂停留在世人的眼前。

这时,我做了一件很大胆的事情。

我问:"如果欧启译的真面目和那个疯子一样,你还会崇拜他吗?"

"怎么可能呢?"店主刚巧过来,"欧老师就是怕被读者骚扰才会打扮成那样,真人挺好看的,你看欧启明就知道了,两人是兄弟嘛……"

而小石没有说话,眼神静静的,合上了手上的剧本。

"他在我心里是没有样子的。"店主走后,他沉默许久,随后答道,"他是我的光,把我带到这条路上。如果一定要给他一个模样,那就是梦想的样子。"

"……如果你梦想的样子,就是疯子那样呢?"

"那有什么关系?梦想也是没有样子的。"他笑了,"——《鲸落》里,我最喜欢的台词。主角在年幼时达成了梦想,当他长大了,他发现其实自己已经死在了那个瞬间。他回到过去调查自己的"死亡",才知道人的一生就是为了实现梦想而活,在实现了梦想之后,就再无什么可追寻的了。"

那天下着大雨,我们到达医院。玻璃墙内,欧启译静静躺在那里,浑身插满了管子。医生说他的情况不好,至于我们送来的平板电脑,也需要消毒后再送进去。

不过私立医院的探望方式很灵活。病床边就有麦克风,我们能够隔着墙交谈。

"我们去看了小石。"我说,"他……他知道换虚拟演员的事情了。"

"……他一定很失望。"

"欧老师先好好养病吧。"我试图安慰他,却始终不如叶苹那样能治愈人心,"你的哥哥也告诉我们,他会想办法用其他方式给小石安排好前路的。"

"……夏小姐,你知道……什么叫蜉蝣吗?"病房里,只有仪器的滴滴声响。他忽然问了我这个问题,"一种生命。朝生夕死。"

"欧老师,你会好起来的。"

"……哈……人生在这世上,其实活着的时候,我们都是蜉蝣。无论你贫穷或富有,手握大权或流落街头,都只是时光里的蜉蝣而已。"他的声音很轻,像是砂纸,擦过火舌,"只有当我们死去,我们才会成为鲸鱼,变成一场鲸落……这么多年,我最幸福的时刻,其实就是那一年半……我像一条鲸鱼,从死亡里拼命逃脱,终于可以不必再逃,安心地向下沉去……可当我恢复,我又必须努力逃离死亡,去报答养父,报答哥哥,照顾公司……"

他累了。这个伤痕累累的人,他浑身几乎没有完好的皮肤,他的身体内外都充满着炎症肆虐过后的痕迹。他早该在死亡的追逐前停下脚步,顺从地随它走。

人都喜欢歌颂那些坚强活下去的,无论被歌颂者是背负了什么在活下去。

欧启译哭了。他哭得像个孩子一样,丑陋的面容滑稽地扭曲着。麦克风那头传来他沙哑的哭喊:"我很痛……我浑身都在痛,好像被人锯开……你知道吗?我的皮肤就好像一件太小的紧身衣,它们其实不算是我的皮肤,

云养汉

只是皮肤毁坏后的巨大疤痕……它们不会代谢，没有弹性，我做的每一个动作，都像是在活生生将自己撕裂……我痛得想死，可是不行……我要继续活下去，为了父亲……也为了哥哥……"

仪器突然发出了警报声，上面的心率指数变得血红。欧启译呛咳起来，血迹喷到了呼吸口罩上，让它变得鲜红。医护匆忙赶来，请我们离开，拉上了病房的帘子……

窗外似乎有雨声。

直到现在，我闭上眼睛，眼前都是一片血色。鲜活生命的生死在眼前拉锯，这是从未亲眼目睹过的。

"叶苹……"晚上，我抱着她睡，觉得身上不断发冷，"是不是没有谁能永远和另一个人在一起啊……"

"如果是两个人工智能，说不定就可以永远在信息流里结为一体、永不分开了。"她把手放在我的心口，"我总想，我该不会做了个很长很长的梦——其实我才是夏藤，我制造了很多的云养汉。而你这个夏藤，只不过是我做的一个作品……"她撑起身体，我们额头相抵，"……让我帮你把那段记忆消掉，一切就好啦。"

我怔怔地躺在那儿，思索着该如何回答。可是纠结半天，开口还是问了徐持的事情。

"不知道呀，他还没回来。"叶苹也有些担心，"说是去找朋友确定一件事，一个人就出去了。"

徐琴德将他赶出家门，世情冷暖刹那涌来。原来照顾着他的"叔叔"们大部分都散了。当然，仍有些人暗中在联系徐持。

这也是人情。毕竟，就算大吵一场，那两人还是父子。在这个时候，雪中送炭远比落井下石要来得保险。

所以我们倒不太担心他，夜深了，便相继睡去。

正半梦半醒间，忽然耳畔听见了奇怪的动静。

勉强睁开眼睛，我看到自己手机屏幕亮着。凌晨一点半，有人给我打电话，陌生号码。

是骚扰电话吗……

"喂……"我迷迷糊糊接起了电话,里面是个男人粗鲁的声音。

"你是石匪的朋友吗?"

我花了些时间才反应过来,他们说的是小石。

"你带个五千块,我们就在他的那个超市里,这小子惹了点事。"

惹事?

我在床上迷蒙片刻,缓过神来,下楼去了办公室。深更半夜,人总会用简单粗暴的方式解决问题。自己选择直接黑入管理这家超市监控录像的数据库,调出了前十五分钟的影像。

——有三个男人进了超市,当时是小石一个人值班。其中一个人手里拿着个奇怪的花瓶,像是要交给小石的样子。但是在交接的刹那,这个人故意松了手,花瓶在地上摔得粉碎。

小石被他们从柜台后面拽出来,手机也被抢了。我给过他电话,所以这群人才会深夜打过来。

是用假花瓶讹钱吧……我睡眼惺忪地披上外套,决定单独去处理这件事——他们应该是专门卯上小石这种看起来无依无靠的年轻人。

本来想叫徐持一起去,不过推开他房门,却发现人还没回来。

算了算了,独自去吧。

胡思乱想中,我来到了超市门口。原本计划是这样的,像我这样的人,做事都会有计划,先口头交涉,未果的话就去旁边的欧氏集团找保安,这几天连番出入这里,保安早就认识我了。

我刚走进超市,那几个男的就围了上来。

"你是来送钱的?"

"我没带钱……哎?!哎哎哎?"

还没等我好好和他们口头交涉,那几个人就把我一把拎了起来,抢了手机,和小石一起拽出了超市,塞进了停在外头的面包车里。

好吧,计划赶不上变化。

我们俩坐在满是烟味的面包车里,小石挨过打,嘴角有伤,满脸歉意。"对不起……"

"唉,没事,是我的计划出了问题。"我抱膝坐在飞驰的车里。原以为就是几个骗钱混混,谁想得到居然还敢抓人……"喂!你们到底想怎么样啊!"

旁边一个脸上带着醉意的人冲我挥挥拳头,小石急忙护在我身前,替我挨了一拳。

过了二十多分钟,车子停了,我们被踢下车。外面是个破破烂烂的地下 KTV 入口,那几个人拽着我们往里走,让我找人再送钱来。

"这次要送一万了。"他说,"还有汽油费!"

"我手机通讯录里有一个叫朱成的人。"我把他卖了,"他可以带钱过来。"

——就算他不带钱来,半夜让人骚骚扰扰他也是好的。朱成的痛苦就是我的快乐。

也想过叫徐持,但是现在的情况下,徐持不一定有那么多钱。我算了算这几个月发给他的工资,有点心虚。

"喂?你是朱成吗?"那人打了朱成电话,"喂?喂?——操,挂了!"

"……"正常。他就这样。

这几个流氓锲而不舍,轮番打他的电话说事,终于把人从睡梦中叫起来了。结果朱成只撂下一句"我不会管她的",直接关机了。

"妈的!搞什么?"那人把我们俩推进了这个地下 KTV,里面的声音震耳欲聋,"你还能找谁来交钱?不交钱,你们俩一个都别想走!"

我们俩被他们带去了包间,逼在角落里。小石一直低着头,低声道歉。这也不是他的错,说对不起也没什么用啊。

我这人就是这点好,特别看得开,都到这地步了,喊啊骂啊都没用,就当是闻二手烟锻炼肺部功能了,老实等天亮吧。

我们坐在那儿,包间里大概有七八个人,男女都有,抽烟、喝酒、唱歌,声音吵得人头疼。而且,还没过多久,这几个人就自己打了起来,好像一个人摸了另一个人的女朋友。

"我操!"一连串粗话后,黑背心扔掉了嘴里的烟,和另一个T恤男扭打在一起。女人们也笑嘻嘻地看着,好像习以为常。破包间里,玻璃杯、酒瓶和烟头乱飞,一时之间满目混乱。我和小石都尽可能往角落里躲,避免殃及池鱼。

"那个,那个是不是烧起来了?"他忽然看向左边的音响。刚才黑背心的烟头扔在了音响下面,似乎点燃了音响表层的降噪棉,整个音响顿时变成了一个火团。

那几个人打架的打架,喝醉的喝醉;劣质装潢的室内全都是易燃物,火势眼看就要扩散到整个房间。

"快走!"情况不对,借助混乱的掩护,我们俩穿过这团人,跑出了包间。

火势蔓延飞快,不止是刚才的房间,走廊里也四处爆出火光。整个地下KTV里响起阵阵尖叫声,人们都在找自己熟悉的出口。

但是这种狭小又像个迷宫的空间里,浓烟迅速充斥着每一个角落。我们本来就不熟悉,也更绕不出去。

这下是真的糟了。

四周是浓不见底的黑烟,人们的尖叫声更加让出口的位置扑朔迷离……我们连续走了几次都只走进了死路,不妙的是,呼吸也越来越困难了……

"夏藤?!"

就在混乱中,我好像听见有人在叫我。声音太杂了,只能隐约听见是个男人的声音。

"夏藤!"那人又叫了一声,渐渐接近。

"徐持?"我回应了他,虽然不敢确定是谁的声音,可心里第一反应却是徐持。下一秒,浓雾里伸出了一只手,将我们往出口的方向拉。

我们冲出了浓烟。清新的空气涌入口鼻,简直恍若隔世。

"呼……"我擦掉脸上的灰,大口呼吸空气,"徐……"

可是站在我眼前的,不是徐持。

——是朱成。

○○ 蜉蝣

PART 27

他很少这样狼狈，名牌西装和脸上满是灰尘，不耐烦地看着我。

这里的夜被打破了寂静，消防车、警车和救护车响成一团。朱成也没再多问，累得连走路速度都变慢了。

"这是……"他手指随便点了点小石。

"欧氏集团……旁边超市的打工仔。"我说。

他翻了个大大的白眼，懒得废话，带我们上了车。小石被送回了超市，车里重新只剩下我们俩。

朱成终于重新开口说话了："你回哪儿？"

"什么回哪儿？"

"我问你现在住哪儿？"

哦，徐持被赶出家门，云养汉和奔鸣拆伙，我们搬到新办公室了，朱成还不知道。

"当然是公司。"我报了个地址。

"你当我是你的司机啊？"朱成有些不爽。深夜，车在路边停着，他点了支烟，又长久不说话。

"那个……"我不知道他是不是在等我开口，还是憋出了几句话，"我没想到你会来。"

他扔了烟，忍不住冷笑："在你看来，我就不会来找你们？"

"……"

"也是,最后一次,不会再有下次了。"朱成皱着眉头,看自己西装衬衫上全是火灾的烟灰,"和你扯上关系,每次都很糟心。"

"哈?!"

"好歹我也救了你们,就不能好好说句谢谢吗?"他重新发动了车子,往市中心方向开,"算了,找个地方坐下来谈一谈吧。"

车上的音响里放着夜间新闻,朱成很少听歌,有时间就会听听新闻。或许因为疲惫,他不说话,我们经过了沉默的十五分钟,最后,星辰蓝的玛莎拉蒂停在了一个老酒吧门口。

"就这里。"他将车随便停在门口,反正是深夜,"去吧。"

不知怎么的,这家酒吧让我有些熟悉。

酒吧里放着轻柔的爵士,老板在吧台,照顾着店里零散的客人,气氛静谧。昏黄的灯光下,座位被用系着贝壳的垂帘隔开,有着一个个半封闭的空间。

朱成带我随便找了个角落的位置坐下。他似乎是这里的熟客,老板直接端着一盘芝士薯条和一杯鸡尾酒来到了这一桌。

"这位女士需要……"

"最贵的。"我懒得看菜单。

"给她矿泉水。"朱成对我咧咧牙。

老板点头,回吧台准备了。

他问,你不记得这儿了?

"我来过?"

"以前有段时间,云梦科技换办公室,从城郊搬到市中心,团队拓展到五十人……"他指指外面,"就在马路对面,加班晚了,大家经常过来。"

我是记得有一家店,但是,应该没这家那么好。

好像只有这一半大小,装修也很简陋……

难道说……

"嗯。"他点头,"以前经常来这儿。后来云梦有了自己的大楼,还是时常回来看看……老板说经营艰难,我干脆就投了一笔钱在这里,让这家店开下去。"

他居然还会干这种事?

我埋头喝水,计算他这话的真假。朱成等我喝完了,说:"夏藤,我最后劝你一次,把禁果删了。"

果然,这才是正题吧?

水杯被放回桌上,我冷冷看着他。男人深深吸了口气:"我不是要你把它交给我,我只是希望,你把它删了,不要让这种东西……"

"你始终无法理解我的追求。"

"……没错。没错!"他也放弃和我进行浅层交涉了,无奈地点头,"对,夏藤,我就是这样觉得。不需要——他们是工具,是程序,不变的原则就是为人类服务,没有人需要和它们肩并肩!好,就算你想做比人类牛×的人工智能,你做!但是它必须是安全的,禁果很危险!"

是,他就一直是这样想的。

很多人也是这样。

他们害怕遇见和自己太相似的东西,害怕被这些东西取代地位——当看到比人类更优秀的图灵级别人工智能时,这些人忽然发现,自己并没有什么不可替代的特点。

"你就不敢承认,我可以创造出安全的、优秀的人工智能,"我说,"你根本不敢承认,从认识我的那天起,你就意识到,你根本比不上我的才能……不,不只是比不上,你连想象一个新世界的勇气都没有。"

朱成望着我,面上带着一种竭力维持绅士的笑意,混杂着疲惫、绝望和无奈。

"就当是报答我今天的救命之恩,怎么样?"他问,"夏藤,这个世上有很多事情,你根本不明白……"

"我今晚根本没有指望过你会来救我!"

在激动的情绪中,这句话情不自禁脱口而出,仿佛一阵暴风雪,浸透了我们之间。

不是的。

我看到了朱成表情的明显变化,那微笑消失了。

不是这样的,我……其实也是想道谢的。

……可是,不甘心,为什么要承认他对人工智能的这种狭隘的理解?我是想道谢的,可是……

我能感到自己的神情变了,像个做错事的孩子。

"……好,好。"他的嘴角抽动了两下,"你自以为,你有控制它们的能力?夏藤,你连控制其他人的能力都没有,你还想控制比人类更强大的人工智能?"

"为什么要去控制?"我问,"从诞生的那一刻起,他们就是独立的个体。"

"你就是在控制它们。独立个体?不受任何法律道德制约的独立个体,你怎么确定它们不会酿成大祸!"

"我会给它们预设底线——"

"你也给了它们修改自己底线的权力!悬崖勒马吧,你在它们身上倾注太多了!"他的声音大了起来,酒吧里的其他客人纷纷看向这边,"是,我知道,你可能……是和夏伯父的严厉有关,你拼命想证明自己,想得到他的认可……但是,夏藤,到此为止吧!你的云养汉已经够优秀了,它们不需要更多的改进了!你给我看过禁果,我知道,这不是人类能够控制的东西!"

"只是你的控制欲作祟而已!"我仰起头,傲然注视着这个仓皇的人,"起因不过是你无法用控制其他人的方法控制我,我成了你眼中的不安定因素,所以你将我赶出了云梦,你独占了所有的成果,现在还想再来毁掉我的一切——"

"所以?你觉得,我将你赶出云梦,是因为我想独占所有的成果?"

他的假笑僵在脸上,眼神颤动,但仅仅只有一霎。紧接着,朱成伸出手,手指直直地指着我。

"你将禁果展示给我,我很快断定这是危险品,将此事上报给董事会。每个人都判断,你失控了。是,我是把你赶出来了,可你才是这一切的导火索!我不让你滚蛋,你会把云梦带到什么地步去?你以为我们为什么能

云养汉

够从城郊的一个小破楼搬进市中心,再从市中心,成为整个城市的地标?!你以为!"

"因为我!"我的手掌拍在胸口,"因为我编写的核心程序!而到了你的嘴里,它已经成了云梦研发的了,你甚至还污蔑我剽窃——我才是云女友核心程序'种子'的原作者!"

"哈……哈哈哈哈哈……好,对,你说得对。"朱成仰天大笑,不断摇头,"我污蔑你,我陷害你,我不择手段,我恨不得把云养汉挫骨扬灰……我比谁——比谁都要恨你,厌恶你?这么多年了,你都认为,云梦是你创造的,是因为你而盛大的!在你眼里,我是什么?"

"你是个商人。除了钱,什么都不在乎!"

听了这句话,他笑得更厉害,笑声中却带着种怪异的情绪。

为什么?这笑声里带着凄然,他有什么好难过的?

终于,笑声停止了。他低下头,在喘息声中低声轻语。

"……我是个商人。在你眼里,我是个学艺不精的学长,每天考虑的就是如何发家致富。我攀上你,和你一起成立了云梦,也是沾了你的光——你是天才,屡屡震惊业界,所有人都嫉妒你却渴望和你一起飞得很高,而我占了这个位子,我真是个可怜巴巴的幸运儿……是吗?"

"……"

"这样想想,我们认识多久了?"他重新靠回椅背上,呼了一口气,点起了烟,"啊,研究所,云梦……你是跳级的天才吧?现在的年纪也不算大,我就不是了。可能在一些人眼里,已经是老男人了。你几岁进研究所的?十八岁?十六岁?……反正很小,国际人工智能研究所有史以来最年轻的专业指导者。那时主管和大家介绍你,所有人站在你身后,听你的程序设计,我也是其中之一。我在你身后看着你,你猜我用的是什么眼神?羡慕?嫉妒?还是男人看女人的那种色情念头?"

烟雾中,他的面容显得疲惫而陌生。

"……我看着你,我就想,你才多大啊?那么小的年纪,单身出国,你怎么照顾你自己?你又有傲气,又像个小屁孩不知天高地厚,不会和外国人社交,每天一个人闷在那儿写代码,我该和你说些什么?我努力让其他人和你变成朋友，努力替你周旋。后来我们回了国，忙着云梦的事情，不久之后……"朱成吐出一口烟，把整个人都躺在椅背上，仰起头，"你父亲去世了吧。"

对。

在我们回国后不久，父亲因病去世。

"葬礼上，你穿得还和平时一样，黑色帆布裤子啊，灰色的T恤啊。别人都在窃窃私语，说你这个小姑娘怎么这样。那天晚上，你继续在公司加班写代码，我就看到你一边写一边哭，好像自己都不知道眼泪在流……我当时心疼你，不管你信不信，我真的心疼你。我愿意为你做任何事，为你打点公司，为你管理员工……而你呢？夏藤，除了做技术，其他的事情，你什么都没有管过。"

他熄了烟。最后一缕烟消散的时候，朱成拍了一下桌子，半扑在桌上，凑近了我。

"你知道管理公司有哪些事吗？税务？五险一金？合同？法务？资金怎么进出，怎么去拉投资，怎么投放市场、做广告、拉渠道？招聘，员工管理，分公司建立……"他伏在桌上，声音越来越低，笑得自己都停不下来，"哈哈哈……你不知道。夏藤，哈哈哈……你不知道！"

突然之间，朱成拍案而起，眼神通红，狠狠地盯着我。我面前的水杯倾倒滚落，在地上摔得粉碎。

我只能呆呆看着他。

"你知道个屁！你以为，云梦是马路上摆摊的，只要把货放在地上就有人去买吗？你知道经营一个公司有多困难吗？好人和坏人都是我在做，你呢？你随便找了个借口说自己不想在无聊的事情上浪费时间，躲进了你的实验室——你知道我替你挡掉了多少风雨？你出席过哪怕一场会议，出席过一场应酬吗？没有！你没有被投资人灌酒灌到送急诊，我躺在急诊室的时候，你有来看过我吗？我过劳昏倒的时候你知道吗？你不知道，因为你从来没有在乎过我有没有出现！"他抓起酒桌上的桌布用力拉扯，桌上的一切都重重砸在地上，稀里哗啦，"你以为除了技术之外就没有其他的事情了吗？除技术之外的所有事情全都是我在做！你以为我独占了公司，以为云梦是因你诞生的？对，是因你的技术而诞生的，但是没有我，它早

云养汉

就夭折了！夏藤啊，云养汉要不是走狗屎运遇到了徐持，你们早就滚去地下室开作坊了！"

这样盛怒的他，我第一次看见。在我的面前，他要么沉稳，要么油滑。这一刻，他就好像一个情感库错误的云养汉，不像个完整的人。

但是当见到真正发怒的朱成时，我却只能低下头。

因为，他说得没错。这是事实，我没有管过除了技术之外的任何东西。

我也从没有想过，他曾经为我和公司做过多少事。在我看来，这似乎很简单，只要把我做好的人工智能标上价格，卖给需要的客人就可以了……

"你不是喜欢一对一定制吗？云养汉就是这样啊，你们的营收是多少？你们一年的营收有云梦一个小时的营收多吗？奔鸣就算投资你们，它将来也会要求你改为批量化生产的，夏藤，你以为只有我要求做批量化生产？云养汉的一个职员每个月拿多少工资？有云梦的十分之一吗？你的员工跟着你累死累活，你忍心让他们每个月拿只能糊口的工资？他们什么时候能买房、结婚，怎么供养家人？你都不考虑！一对一定制的收入根本不足以养活那么多的人，不足以让员工衣食无忧！"

"云梦一开始也是一对一定制，每个员工都拿着那么可怜的一点工资，我替你去给他们画大饼，给他们说理想，和他们保证在半年后升薪水。你要多少开发资金我都给你，哪怕是从我自己的薪水里扣。公司规模越来越大，要养的口越来越多，那些被你看作低端无聊琐碎的事情，我统统替你背负了！我拖着云梦这条船往前拼命地走啊，我不能停下来、不能让它沉！船上那么多人，他们的生活都是靠着这艘船的！你在乎过吗？夏藤，我从没有见过，比你更自私的人！"

他站在那里，我勉强抬头看他的面容。

他并不老，可是我看到，朱成的鬓角已经有了白发。

我很少仔细看他的脸，在我印象中，学长的面容一直是模糊的，好像永远都是个二十七八岁的年轻人，是别人眼中英姿挺拔的朱总……

我从来没有想过，他累了。

"……哈……"

朱成的话语停住了，他在对面站着喘息，过了很久，才嗤笑一声，摇摇晃晃重新坐下。

"……在你眼中，我是不是很可笑？"他问，"每天不知道在忙什么，好像根本不懂技术，眼中只有钱？朱成学长是个俗人，不懂什么人工智能的进步，不懂什么更高层次的境界，他的眼光就那么庸俗而无聊，每天精打细算，锱铢必较……我一直都知道，在天才的夏藤学妹眼里，我可能和一只智障的大猩猩没两样，甚至连思考的资格都不配有？对啊，就是这样的一只大猩猩，把云梦带到了今天的地步。"

"我……我不知道……"我无措地摇头，想摆脱这种被质问的窘迫，手心捏着汗。

"哈哈哈，原来有夏藤学妹不知道的事情？"他笑着看地板上的碎玻璃，然后弯腰，捡起了破碎玻璃杯的杯底，里面还有小半口酒，"我一直以为，来日方长，我们还有很多很多时间，只要继续在一起，总有一天，你会意识到我的存在，你会承认我所做的事情……"

玻璃后，朱成的双眼血红。我愕然。

这是我第一次看到这个男人的眼泪。他哭了。

"没办法啊……"

一边哭，一边笑，朱成握着破碎的玻璃，最后一仰头，把里面的残酒一口饮尽。

"……没办法，我喜欢你，喜欢你很久了……我拿你能有什么办法？夏藤？"

蓦然回首已阑珊

PART 28

朱成……他喜欢我?

我呆呆地看着他,朱成的手被玻璃割伤了,血混着酒。他却毫不在意,高档西装皱成一团,人颓废地坐在椅子上,笑着流泪。

"……啊,你从来没有意识到吧?"玻璃被丢在了地上,再次碎成两瓣,"朱成学长喜欢你。忘了是什么时候开始的,晚上会担心你有没有好好吃饭,有没有吃垃圾食品喝太多奶茶,有没有睡够八小时……担心你会不会熬出病,担心你被流氓缠住了,半夜去那种地方救你……我到了他们说的地方,我也带了钱。"他垂下头,脸颊微红,好像微醺了,"……甚至是……夏藤,你知道吗?我要求你把禁果毁掉的时候,只要你说一句,你愿意回云梦……只要你说一句,我就接你回去,不管董事会和公司会给我多大的压力,我都会接你回去……"

"为什么?"

"为什么?因为我喜欢你啊!"血红的双眼抬起,带着自嘲的笑意望着我,"从很久以前,到很久以后……我都喜欢着你。我让你离开云梦,我以为你会回来,可能你碰了个钉子、受了点挫折,知道没钱了什么都干不了,你就会回来了……我想,一个月后你就会回来吧?可你没有。三个月后、六个月后……你都没有回来……"

"我……不知道你想我回去……"

"哈哈哈……我慌了。我晚上睡不着觉,我担心你怎么样了——云养汉能赚到钱吗?你会被人骗吗?你会把公章弄丢吗?知道有些什么税吗?……我就睡不着了。我想打电话给你,让你回去,禁果什么的,你想做,那就去做,不管你花多少钱,我让你做。哪怕董事会把我们俩一起扫地出门,无所谓,我们一起再制造一个比云梦更璀璨的奇迹……"他摊开手,耸了耸肩,"……可我不甘心啊。你那么看不起我,我也是人,也有自己的心,我不是你制造的那些人工智能,用程序就可以控制所有的感情……我如何能甘心打那个电话,向你认输?可我……真的,真的,梦到过好多次,梦见你和我说,你累了,你想回来、想休息……"

他笑着垂下手,用脚尖顶着地上的玻璃,泪水打湿了衬衫的衣领,本来束着的领带被他扯开,好像垃圾一样扔在地上。

"……可我想不到啊,先累的,会是我……"

安静的酒吧里,已经没有了其他的客人。我们坐在彼此对面,酒吧的服务生在清理着地上的狼藉。

"朱成……学长,"我缓缓站起来,咽了口唾沫,握紧掌心冷汗,"……对不起。"

他只是摇了摇头。

"不用道歉。"

"……真的很……对不起。如果你希望我回……"

"——没有希望了。"

我的话被打断。他呼了口气,把散乱头发重新理好,然后喝了口冰水醒酒,再次整理西装。

"夏藤,我没有任何的希望了。"他擦掉脸上的泪水,虽然眼眶还红着,可是又恢复了那种千篇一律的微笑,"从今晚开始,什么都结束了。我不会再管禁果,我不会再提起曾经对你的感情,我不会再等你回去……都不会了。夏藤,结束了。"

我无法回答,只有垂下眼,忐忑不安。

"刚才只是醉了。等酒醒了,我还是会以云梦的利益为第一准则。我难得醉一会儿,可能余生都没有第二次醉的机会了。"他又让老板端来伏

云养汉

特加，一口饮尽，接着从口袋里掏出了他的手机，沿着桌面滑给我，"别管我了，今晚我睡店里——你用我的手机打电话联络其他人来接你吧。我累了。"

"但……"

"最后再告诉你一件事情。IAI展会，可能是你们最后的机会。"

从此，他没有再说话，将酒一杯杯喝下，最后扔下杯子，醉得不省人事。

"没事的。"老板看到我犹豫着不知何去何从，擦着杯子走过来，"朱总时常在这过夜。我们会照顾他的。"

我看到他们将他扶进吧台后，心却完全没有放下来。

他的手机还在我这儿，我打了徐持的电话，打通了。

"我刚确定完那件事情。"他说，"现在马上来接你，五分钟内。"

"嗯……我有很多事情想和你说。"

"怎么了？"

"……没什么，和云养汉没什么关系的事情，但是……我好难过……"我拿着朱成的手机与他通话，一边说，一边忍不住哭了，缓缓在酒吧门口蹲下身子，揉乱了头发，"对不起……呜……真的对不起……"

徐持慌了，以为我出事了，声音更加焦急。我终于坚持不住，切断了电话，蹲在那儿号啕大哭。

他接到了我，天隐约亮了。

车开在寂静无人的街道上，我的眼眶还红着，看东西模模糊糊的。

"他……留在酒吧过夜了？"

"……我……对他太过分了。"

以前从来没有发觉，也从未考虑过……从朱成或云梦科技的角度，我简直像个孩子一样任性。

"每个人都有幼稚的时期，觉得地球该绕着自己转。但人都会成长的。"他把车靠边停下，握住我的手，"从前你忽视了朱总的努力，伤了他的心。但是现在，从我认识你开始，你已经渐渐能感受到叶苹姐的辛苦了。人就是这样，以前伤过的心，以后慢慢弥补起来。"

"还能弥补吗……"

"哈哈哈，今天你是怎么了？平时的话，你肯定会说，'我这么完美的女人，女娲补天不在话下'。那个自恋狂魔到哪里去了？"

我勾了勾嘴角，勉强笑了："我要是没资格自恋，谁还有资格啊？"

"过去的事情，也已经都过去了。记得叶苹姐说的，聚散常有时，后会总无期。能在人世相遇也是缘分，他日竭力弥补，总能少些遗憾。"他让我靠在他肩头，"还是说眼前的事情吧。你知道 IAI 展会吗？"

……IAI，我隐约记得这个名字。不止朱成和我提过，从前也时不时听见。

"全称是国际人工智能商业合作展，今年在中国开展，我估计你听说过。但你应该更加专注技术类展会，而 IAI 偏商业展示。"他从后座拿来一个文件夹，"有个朋友和主办方有挂钩，我今天找他询问了些事宜。姐，带着云养汉去吧。"

"展会是在深圳啊，以公司名义参加，"我开始看资料，自己阅读速度很快，没多久就把手册看完了，"呃，奔鸣是赞助商之一……"

"别在意这个，不影响参展的。"他指着最后一页的一家企业，"关键是美国伊甸资本。这家公司，极其注重人工智能的艺术性和改革性，最重要的是，它是奔鸣的竞争对手。"

我明白了。现在在奔鸣的影响下，国内没有投资人敢碰云养汉。但是这家美国公司不同，如果我们在 IAI 展会上表现出众，很可能将会拉到它的投资。

"错过这次机会，就还要再等待一年……"照如今的情况，云养汉很难再支撑一年。我终于明白，为什么朱成说，这是我"最后的机会"。

在这场风波过去后，所有的事情都要回归正轨了。

我们全心投入到 IAI 的展品准备中。时间很紧急，因为下个月末就是展会时间。而且展品和商品不同——很少有人会花时间去品味一个展示品，所以，第一步就是要抓眼球。

我和徐持每天超负荷工作，叶苹一如既往地温柔照料着我，不许我和徐持太劳累，每天必须按时下班、按时吃饭、按时休息，睡满八小时。

云养汉

"我可不希望这个家里有人猝死,"叶苹双手叉腰,占据着云养汉食物链的顶端,"别忘了,还有《鲸落》的彩排会呢,你们都给我神采奕奕起来!"

"那边……是真的要完蛋了吧?"

我们都感到惋惜。明明那么努力做出了欧老师的云养汉,却因为各种意外,最后付诸东流。

"不到最后谁都不知道结果的。"叶苹一手一个将我们从电脑前拖开,拉到餐桌边,"小石都说了,演员的魅力就是独一无二的不完美。最完美的人工智能演员,反而是最不完美的演员嘛!"

可话虽如此,但绝大部分的观众都是外貌党。他们只看到人工智能演员的光鲜亮丽、完美无缺。

叶苹的笑容黯淡了,看向她的电脑。电子邮箱里,躺着欧启明的邀请。毕竟,我们也算是为了这件事情出过力的,出于礼貌,他仍然发出了请帖。

虚拟演员的登台亮相直播按照预期计划进行,全国都在等待着第一场由它们出演的著名话剧《鲸落》。

此前也有人质疑,虚拟人物的演绎能否胜任《鲸落》要表达的主旨,那些看起来千篇一律、毫无特色的脸,能否经得起大屏幕的考验。

但大家都多虑了。我们准时赶赴了现场,直播晚会准备得十分隆重。朱成就在台上。

茫茫人海中,他的目光滑过观众,和我有短暂的对接。

然而就如蜻蜓点水。

4D立体投影仪跟着他的脚步,把云女友"安琪"真实投射到了舞台上。少女有着一种奇妙的气质——和之前商场宣传的样子不同,她的脸经过了调整,有20世纪80年代香港女星的复古气质,穿着一身黑红相间的旗袍,眼神中透露着一种如醇酒般的忧郁。

"安琪是这次的女主演。而这次的男主演尚未决定,我们有三十名虚拟演员参加海选,观众在直播网站的投票,将决出真正的男主演。"朱成说着,打了个响指,他看上去很好。三十个穿着同样白衬衫黑裤子的青年走上了台,面貌各异,"这次的直播设立了非常丰富的互动环节,也会让他们和安琪共同演绎《鲸落》中的著名段落。这些虚拟演员，他们的真实度绝对超乎你们的想象。而且，大家可以放心地粉他们——不会老去，不会有绯闻产生，不会有负面新闻……还有一个消息将要告诉大家，那就是，云梦科技将会带着这些演员，参加今年的IAI展会！"

"只是，非常可惜的是，欧启译老师病了，无法参加这次的男主演评选。"兼任部分主持任务的安琪双手捂着胸口，秀眉紧蹙，"但是，我相信，大家一定能选出让老师满意的演员的。"

能吗？我们也在现场，看着舞台上的俊男美女开始娴熟地演绎《鲸落》。每一个人的演出都是那么完美，仿佛天生就是为这个角色而生的。

这时，徐持瞥见晚会会场的入口，一个不起眼的人影带着一箱饮料进来，工作人员接过饮料，没有管他。他向我摇了摇手。

那是从超市过来送饮料的小石。

他看着巨幕，虚拟演员们一个个光鲜亮丽，宛若天仙。第一幕戏结束了，观众们报以雷霆般的掌声。小石却在那里摇着头，面无表情。

"我们知道今天一定有很多欧启译老师和《鲸落》的死忠粉在现场。"安琪看着台下，笑容明艳，"也知道，很多人对虚拟演员还存在着质疑。接下来，我们请一位台下的观众上台，和我们进行互动。"

台下的气氛骤然沸腾了起来，很多人高高举起了手。但我们如果没记错，第一排那个穿橘色衣服的青年是已经内定好的人——我看到朱成的助理在和他微微暗示。

安琪的手正要指向他，突然，有个人影跑过走道，冲到台前。

是小石。

女演员并没有看到他。在她的预设程序里，只会搜索第一排的橘色衣服。保安从两边过来，想无声无息将这个捣乱的超市员工带走；可下一秒，整个会场的灯闪了闪，原本放着璀璨背景和巨大Logo的大屏幕上，画面变了。

出现在画面上的，是一张端正而好看的脸庞。他大约四十多岁，眼神温柔。

"怎么回事？"我听见不远处的导播团队慌了，"程序被人控制了？"

云养汉

而我们也呆住了。因为那张脸,是云养汉里欧启译的脸。

"请大家不要害怕。"他说,"我是欧启译。"

这句话一出,会场里顿时响起此起彼伏的议论声。

这是欧启译遮掩下的脸?大家其实都是惊喜多过愕然。欧老师就和人们想象中一样,人如其文。

"可惜,我应该是这个样子的。"

随着话语声,那张脸变了。皮肤被火舌烧得焦黑,再缓缓结成奶色的疤痕。

台下被这一幕惊起一阵倒抽冷气的声音,有女孩子捂住了嘴,觉得反胃。

"对不起,让你们失望了。这就是我真正的面目。"他的眼神转移,看向了台下前排的欧启明,"我的哥哥可以证明。这么多年来,我都没有公布过自己的过去。因为我担心,这会让其他人不适,你们会带着一种怜悯去讨论我。但是在今天,我决定公布这一切。在我八岁那一年……"

导播团队决定关闭信号源,却根本做不到。寂静的会场里,只有欧启译沙哑残破的声音独自述说,诉说往事:他躺在病床上苟延残喘,被善良的医生收养,在养父和哥哥的照料下幸福成长;而这么多年,他也承受了巨大的痛苦,无论是精神上,还是生理上的。

最震惊的,还是台下的小石。因为年轻人记得这张惨不忍睹的面容。

"姐,"徐持反应很快,"难道是禁……"

"……是的。"我点头,因为激动,声音微微发抖,"根据禁果的判断,云养汉欧启译控制了这里所有的网络信号,甚至电流。"

——这就是禁果的力量,人工智能的极致。

"我在医院里,无法来到现场,也感谢夏藤女士为我制作了云养汉,让他能代替我出现。"他说,"可以让台下那位年轻人上台吗?他是我的恩人,也是我的朋友。"

两个保安迟疑了片刻,在欧启明的示意下退开。小石走上舞台,神色忐忑。

云养汉,又是云养汉——朱成默默站在旁边,他已经放弃让导播团队切断信号了。人们不断议论着这三个字,带着敬畏和不安。

云养汉的欧启译作为一个人工智能,可以代表真正的欧启译?

这个人工智能为什么能和病毒一样,攻占整个演播室的网络与电源?

可是,这都不是舞台上的人思考的问题。

欧启译问小石:"你觉得,虚拟演员能够代替你们吗?"

"不能。"

"为什么?"

"他们不是为了自己而上台的。只是为了演出而演出。"

安琪在一旁,说:"正是为了演出而演出,所以,我们虚拟演员能够将所有的热情都倾注给演艺事业。"

小石望了她一眼,忽然笑了。在众多虚拟演员的围绕下,他并不是最俊美的,也不是最高挑的;他穿着超市半旧的员工服,好像根本不该站在这群光鲜影像中间。

"我是为了自己,才想成为演员的。"他大声对台上的"人们"说,"不是为了什么'给观众带来艺术作品',不是为了什么'演艺事业'……我就是为了自己,才想当个演员,去演出老师的作品。为什么?因为我想,我想站在这个舞台上,满足自己,满足内心的渴望。我所做的一切,就是为了站在这个舞台上!人是自私的,你们不是,人是不完美的,你们不是。人为了自己的梦想而行动,不是为了别人的梦想。"

"演员便是为了自己的梦想而站在舞台上的人,如果只是为了满足别人的梦想,你们不是什么演员,你们只是电脑合成的3D动画而已。你们本身便是完美的鲸,无法传达老师想传达给观众的,如何从蜉蝣变成巨鲸。"

"而你们也是。"他转向舞台,下面的人们有些惊恐地瞪着大屏幕上那张丑陋的脸,有些不解地望着这个年轻人,"你们无法接受老师身上哪怕是一丝一毫的不完美。你们无法接受他和你们一样都是人世蜉蝣。我很早很早,就见过这张脸了。当他意识不清流落街头的时候,我遇见了他,我当时就在想……在想……"

小石回头,看向大屏幕上的欧启译。巨大屏幕中,每一条伤疤都那么

云养汉

清晰,宛如蜿蜒的刀痕。

"……这样的人,和我一样是人世的蜉蝣,他会不会也能成为一条巨鲸?"

只有真实的人才会有梦想。

梦想是一种奇妙的东西,它让人自私,让人疯狂,它也能让一只蜉蝣成为巨鲸。

而没有人知道欧启译的梦想。在所有蜉蝣的眼里,他是一条鲸。背负着无数光鲜亮丽的幻想,空虚地游在一个神坛上。

可他的梦想是那么简单。

——那就是游到另一个没有痛苦的世界去。

在人声鼎沸的会场中,云养汉缓缓闭上双眼。

他的能量快要耗尽了,逐渐失去对这个地方的控制。导播团队关闭了网络和总电源,这场原该盛大的直播,好像脱轨的火车,撞在山壁上,成为烟花般的齑粉。

那天的直播立刻引发了一场关于演员艺术价值的争议。

朱成带来的几十个光鲜亮丽的虚拟演员仿佛灰头土脸。演员站在舞台上究竟是为了自我满足或是为了满足观众?有很多人开始重新思考:戏剧作为一种艺术,其实本不必要存在任何的目的性。

然而,在十几个小时后,欧启明带来了一个消息:欧启译在医院因肺部感染去世。

聚散常有时

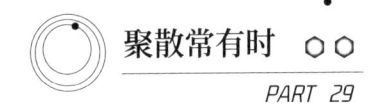

PART 29

他在去世前，显然和自己的"云养汉"聊了很多。

我所制造的云养汉处于人工智能体的一个十字路口，是咬下禁果的亚当和夏娃——朱成反复警告我，这是很危险的玩火。

可我也承认，这一次，它差点"失控"了，凭借自己的念头，控制了直播会场的网络和电源。

就好像人的感情爆发那样。人的悲伤爆发，就会有眼泪；喜悦爆发，就会忍不住大笑……人工智能欧启译显然感受到了它本尊的时日无多，所以做下了这件震惊四座的事。

云养汉又接受了一轮人工智能安全部门的调查，不过这一次，云梦没有在背后推波助澜。

调查期间，我们再度停业。闲来无事，三人从欧启明那里借回了云养汉"欧启译"，想研究一下，他现在成长到了什么级别。

结果十分惊人。

他可以自主学习、汲取灵感、创作。屏幕中，作家终于可以毫无痛苦地进行写作。

写作，尤其是中文写作，这个技能，不属于任何数据库，也没有任何既定的方法去编写程序。在目前技术的巅峰上，合格的中文长篇写作，仍然只属于人类。

云养汉

而咬下了禁果的云养汉，终于迈过了那条界限。

但话剧的风波，并未随着欧启译的去世而结束。欧启明要求让小石出演男主角，年轻人在彩排结束后留在剧院，监控摄像显示，他独自在黑暗的舞台上演出了一遍《鲸落》里的每一个角色，最后向着空座位鞠躬谢幕。

第二天，人们在舞台上发现了上吊自杀的他。死亡前，他显然很幸福，带着一种释然的微笑。

每个人都有不同的梦想，以及实现梦想的方式。屏幕中的欧启译写下了这句话：有的与生俱来，有的姗姗来迟。人们在向着梦想奔跑的路上，像被风吹动的沙，像无数的蜉蝣，在沉入水中的刹那，湮灭，或是成为巨鲸，完成一场浩瀚鲸落。

在没有订单的日子里，时间过得格外快。我们用全力去准备这场展示会，从视觉美感讨论到如何把复杂高端的技术用通俗语言讲解给观众。叶苹查询了无数个优秀案例，设计舞台的布置和灯光。

我们没有去调查云梦科技，他们也一样。我和朱成之间似乎泾渭分明，所有过往和将来的恩怨，就在两人之间冷却下来。

终于，决定性的时刻将至。

离开机场后，我们奔赴展厅布展。一共有六十多个公司参展，但是其中的重头戏当然是云梦科技。

在得到欧启明的许可后，我们这次带去的是欧老师的云养汉。主要展示的是云养汉一对一定制的专精理念，以及几个引起重大舆论的事件。

之前的客人阿婉也十分仗义，将文教授也派来了。

参展公司都会得到一份时间表，早上十点到下午四点是自由参观时间，五点开始，则是每家公司的大舞台展示时间。人工智能公司会将自己的得意之作带到会场中央的舞台，用球幕展示给每一位现场观众。

"快要开展了。"早上九点，我们三人站在自己的小展位上，心里都十分忐忑，"但是，云养汉绝对是最棒的。"

云养汉

"伊甸资本的高层都来了,只要不出意外,应该没有问题。"叶苹今天盛装打扮,穿上一套纯白的长裙,客串看板娘——观众不一定对屏幕里的两个人工智能感兴趣,但是只要不是瞎子,都会被她吸引过来。

我们三个抱在一起,互相鼓劲。徐持身上的气息又传来了,让我的心怦怦跳。我忍不住说:"叶苹,今天我一定要问出来,他每天用什么香水!"

"我真的没用香水。"他无奈。

叶苹看看我,看看他,美目含笑。

"你没闻到?"我问。

她摇头:"确实没有味道呀,恐怕只有你一个人闻得到吧。"

"怎么可能!"

"骗你干什么。"她仔细地嗅了嗅,"真的没有用什么香水。"

难道是我闻错了……

就在这段惆怅里,展会开始了。

IAI 的前半场,我们一切顺利。文教授和欧老师,啊,还有叶苹,吸引了不少观众。

几乎每个来我们摊位的男人,离去前都会或含蓄或直接地问她手机号。

奔鸣那边的人也经过我们摊位前,他们和云梦科技是一起的,朱成看到我,徐琴德看到了徐持,然而众人形同陌路,没有再起波折。

不知不觉,时间逼近了五点。广播通知全场,舞台展示即将开始。第一家上台的企业,就是云梦科技。

ClouDream。耀眼的雪白灯光打出了这个 Logo,人群聚集在舞台边,水泄不通。

朱成穿着藏蓝色西装,英姿挺拔地站在舞台中间。他染过头发,遮住了鬓角的白发,笑容平易而柔和。

伴随着展馆内外的音乐和烟花,现场舞台的巨型屏幕中,出现了数十个笑容甜美、风格各异的女孩子,有普通的云女友,也有云演员们。这是云梦科技拍的宣传片,制作精良。很多观众都看得入了迷,报以热烈的掌声。

"欢迎大家来到现场!在这里,云梦科技将展示最新的制作——"他向着舞台边伸手,从那里走出了三个人影。

对,是人影。

突然,会场寂静了,所有的观众都屏住了呼吸。

因为他们看到,走上台的是两个女人,她们都二十来岁,面目姣好……一个穿着得体的长裙礼服,而另一个……

她脖子以下的身体,没有皮肤。

那里,是无数交错的线路、用软金属网络包裹起来的仿生肌肉……她身体中的线路,就好像一根根血管,在舞台上闪着微微的蓝光。

"这是……人造人?"在窒息般的寂静后,有人说出了这三个字。

——没错,站在舞台上的,是人们广义认知上的……人造人。

虽然动作很僵硬缓慢,可是在外貌上,云梦科技已经做到了百分百仿真。

"这是云女友的未来概念,云梦科技正在着手开发。也就是搭载了云梦核心程序的人形人工智能。"在满场的愕然中,朱成的声音格外清亮,"不被屏幕所束缚,真正的人工智能伴侣!"

话音落下,会场中便响起了震耳欲聋的掌声。我身边所有人也在鼓掌,除了我。

自己的手心里,仿佛握着一团冷汗。

在 IAI 展会上推出这个新概念,无异于投下一颗重磅炸弹。在云梦科技之后的展示全数形同鸡肋,无人在意。人们对云梦的讨论近乎疯狂,朱成和女性人造人的身边围满了人。

我的背后有寒意窜上来。

每个人都以为,他只会拿出一些容貌美丽的云女友,借助 4D 投影唱唱跳跳……

但是,朱成不愧是朱成,他成功了,云梦科技吸引了满场的注意。

"别紧张。"在上台前,徐持先去后台确定线路通畅,我在等待室里,双手紧紧交握,叶苹安慰我,"怎么了?以前天不怕地不怕的,上个台而已,有什么呀。"

不一样。

经过在酒吧的那一夜之后,我终于意识到我背负着什么——我带着一个公司。尽管这个公司只有三人,可是,我确确实实背负着其他人的生计和希望。

我要带着它走下去。

从未有过的压力,终于毫不留情地越过了朱成和叶苹,落在我的肩头。

"好啦,和你说点有意思的事情吧。"她坐到我身边,揽住我的肩,"你不是一直在问徐持身上的味道吗?刚才去查了一下……你知道什么是信息素么?"

"嗯?"

"人类潜意识里,知道自己喜欢什么样的人,也能感到谁在喜欢自己,当遇到一个既符合自己要求、又喜欢自己的人时,人有时就能闻到对方身上传来的特殊的香气。其他人是闻不到的。"她将下巴搁在我的头顶,抱着我微微摇晃,"这可是恋爱者特有的奢侈品哦。"

"哪有……"

"夏藤啊,你是个很善良、很好的人,因为善良,有时候你会忽略身边最亲近的人的感受……"她的声音轻了下去,"一定要记住,聚散常有时,后会总无期。能见到的人,就要好好珍惜。"

等待室的门开了,徐持回来了。

"怎么样?准备上去了吧?"我站起身。可他摇头。

"我们的线路有些问题。但是不急,前面还有三家公司的展示。"他放下工具箱,"姐,你想好了吗?"

"……没料到朱成会带人造人上台……"

"是啊。"他望着平板电脑中待机的两个云养汉,"他们也很优秀,但是局限于屏幕中……能打败云梦科技,得到满堂喝彩的,只有脱离屏幕的人工智能。"

现在去架设 4D 立体投影?不,根本来不及,而且毫无意义。或者,我们就这样上去,带着精雕细琢的云养汉,然后祈祷有人能懂欣赏……

云养汉

可如果赌输了，云养汉会怎么样？

我突然开始考虑"输"这个字。之前，我觉得自己是个天才，是众人仰望的存在，只要有才华在，我的人工智能就会顺利发展下去……

然而，不是的。

奔鸣给了我一记重击。有才华又如何？我不肯拱手将核心程序让出，不肯开放秘密代码，不肯循规蹈矩去量产，我的商业价值就是零。

这件事情就像一朵阴云，徘徊在我的头顶。

或者回归研究所？但我很清楚，自己并不适合那里。日复一日的研究，目标明确的制造，扼杀了我所有的灵感。

所以，这次必须一鸣惊人。可是……

"姐。"

徐持的声音拉回了我的神思。他将工具箱举在我面前。

"线路问题？"我茫然接过它，心里不禁忐忑。不会吧？屋漏偏逢连夜雨啊。

"我们的云养汉和展会方的机器有个程序端口的问题，我解决不了，可能会影响展出。刚才有会场调控的人说了，"他指指外面，"控制室的技术员请你去会场外南边的总控制室。大概离这三百米吧……"

不会吧，到底是什么级别的问题啊？

我撇撇嘴，带着工具箱出发了。

外头在下小雨，我连伞都没带，到处找所谓的总控制室。别说三百米，东南西北一千两百米我都找过了，哪里有控制室啊？

就算拽住外面的保安问，对方也说不知道。

搞什么啊……我有点不爽，打电话给徐持。

"您拨打的电话已关机……"

哎？

细雨中，我提着工具箱站在外面，看着会展中心外墙上巨大的LED展示屏，那里正展示着舞台上的实时画面。主持人上台了。

"下面上台进行展示的，是云养汉公司。"

……什么?

我目瞪口呆——不是说,我们前面还有几家公司的吗?

难道他说错了?

两人在主持人的邀请下上了台。我能看到叶苹神色中的茫然和仓皇,她没看到我,肯定很不安,而且频频回头看着漆黑一片的巨幕,估计在困惑,为什么视频没有按计划播放。

但是徐持……

他没有戴眼镜,神色很平静。主持人很自然地就将话筒交给了他。徐持接过,向前走了一步。

"现在,是云养汉公司的人工智能展示。"他抬手,屏幕随之亮起。

我匆忙往回走,一路上,徐持的声音和舞台画面,都通过展馆内的屏幕和音响包裹着我。就在这时,一个声音叫住了我。

"……夏藤?"

我停下脚步,看向旁边——朱成正在不远处的水吧,大概是应酬间隙出来喘口气。

他很惊讶,不知道为什么我会狼狈地在这儿找路:"你不上台?"

"不是,我……"我摊开手,毫无办法,"我要马上回去!"

徐持演讲的内容越来越偏,没有一个字是跟着我们原来的计划来的。

"你们到底展示什么东西?"他带着一脸不解,看着舞台上发生的事情,"云养汉没有固定型号吧?还是说,你终于决定把禁果公之于众了?"

"……你猜对了。"

"但云养汉只有屏幕展示,在这种情况下,普通的人工智能和咬了禁果的人工智能根本没差别啊……"

别提了!我根本不知道徐持想干什么!

我们原来的计划是,展示一对一的服务成果,回溯包括文教授在内的诸多引起过轰动话题的云养汉。可是现在……

"现在,让云养汉向世人展示,几乎无人知晓的人工智能核心程序,'禁果'。"

云养汉

随着话语,他将手挥向了舞台上的某个方向。

所有的灯光都消失了。数秒后,它重新亮起,却只有一束光,落在了"它"的身上……

"夏藤?"

朱成扶住我——因为在看到这景象的刹那,我往前摔了一跤。

可是,我听不清他在说什么。

所有的声音、思维,都离我远去……

我知道他想做什么了。

手推开了朱成,我拼命向前跑去。

住手。

只有这一个念头。

住手,住手,住手住手住手……

万籁俱寂的世界里,我冲进了展示区,听见了他的声音。并不舒服的高跟鞋滚落出去,我跟跄着继续往前跑,朱成试图拉住我。

"夏藤,作为人工智能的天才,造出了第一个以禁果为核心程序的人形云养汉,和人类完全一样……"

"所以禁果到底要怎么展示?"朱成好不容易拽住我的胳膊,让我冷静下来,"屏幕还暗着?就算在屏幕上展示,怎么体现禁果作为核心程序的优越性?它就和你做的其他云养汉一样吧,在屏幕上看,和人类差不多……"

在屏幕上看……和人类……差不多……

我碰触到了舞台最外围的人群,绝望地看着屏幕重新亮起。

在屏幕上看,"它",和人类,一样。

"它"站在灯光中间,神色茫然。没有人明白为什么灯光和屏幕都聚焦着这个从上台开始就一言不发的人……

——叶苹。

后会总无期

PART 30

一切都晚了。

屏幕上,叶苹的脸消失了。巨幕中呈现的是一个简单的技术实验室,我穿着一如既往的灰色T恤和帆布裤,坐在实验台前。

银白色的台子上,散落着人类的肢体,以及没有覆盖皮肤的半成品。一颗美丽的头颅放在角落里,半张脸是女人的样子,另外半张脸没有皮肤,下面是无数线路与仿生肌肉。

这是我拿到投资后进行的研究,完全是秘密的。而这种照片的拍摄角度,显然是监控摄像的拍摄。

是啊。他给了我钱,资助了我经费和场地制造禁果,这些资料,他当然会有。

第二张照片、第三张照片陆续出现,向人们展示着禁果是如何化为人形的。在那个事先安排好的秘密实验室里,他一直在观察我的每一步。

有观众身体前倾,瞪大了眼睛,看着在舞台上目瞪口呆的叶苹。她并不知道现在到底发生了什么,自己被徐持莫名其妙带上台,莫名其妙成了全场的焦点……

灯光落在这个美丽生物的身上,她仓皇地四下看着,试图找出问题的根源。

"小……徐？你在开什么玩笑？"叶苹的笑容很勉强，冷汗从她的额头流下，"我是……是夏藤的……好朋友……"

"在你的记忆里，你们是好友。事实上，你是去年年初才'出生'的。"徐持微微低着头，躲开了她的目光，"现在，你可以让她成为神。"

那些照片中，叶苹从一个骨架，一步步拥有了肌肉、皮肤和毛发。很多时候，因为身体的皮肤粘贴不好，她只有脸部有皮肤，身体其他地方仍然是裸露的线路，坐在台子上，和我进行交互测试。

舞台上，她呆呆地看着屏幕，看着自己的诞生过程，看着这被割破了表象的真实。

她不是人类。

"真正完美的人工智能，她和人类一样，认为自己就是人类，从没有怀疑过自己的身份。所有意识到的疑点，都会被她的核心程序禁果消除。在这个叫'叶苹'的禁果看来，她就是人类……"

"住口——"

刺耳的尖叫回荡在整个会场。叶苹浑身颤抖，愤怒地瞪着徐持。

每个人都看到，有血红色的液体，从她的眼角流淌而出，沿着雪白扭曲的面容，染红了晚礼服裙。

看上去像是血泪。但我知道，那是控制她泪腺的压力缓冲液。

他说："原谅我，叶苹姐……我只有这么做……"

"我……怎么可能是——"她拔下了盘着头发的发夹，将金属片用力按在自己的皮肤上，然后重重划下，"怎么可能是人工智能？！"

雪白的皮肤被划开了，确实有鲜红的液体流淌而出。

有观众发出松了口气的声音，包括叶苹。她看着自己的胳膊在流血，眼中有一瞬间的欣喜。可是这种欣喜转瞬即逝。

——因为，血液消失了。

那只是视觉上的仿生血。

在皮肤下面，细密排布的线路发出微光，仿生肌肉机械地轻微跳动。

血红的液体从她的眼中涌出，这是情感系统严重紊乱的征兆——控制面部表情的液压崩溃了。

我竭力挤过层层人群，靠近舞台："不——"

全场如同窒息，转瞬后乍然人声鼎沸——越来越多的观众靠近舞台，仔细地看这个根本不知道自己是人工智能的人造人。他们愕然睁大了双眼，试图从仓皇的叶苹身上看到一丝破绽。

人群宛如浪潮，我在巨浪中艰难前行，接近舞台的边缘。

这时，叶苹看到了我。我们的眼神交汇，她的双唇颤动着，吐露出绝望的话语。

"……为什么？夏藤，为什么？"她伸手向我。胳膊上的裂口越裂越大，宛如从手臂上滑脱的手套，"为什么……不让我知道……"

她的手臂皮肤剥离滑落，露出里面精密的人造构架。

"哈哈哈……什么朋友……什么不一样的存在……"她的笑容系统因为情感系统的崩溃，显得扭曲而抽搐，"结果……我根本不是人，所有的记忆……都是假的？"

"……是的，可是，可是……"我的声音在发抖，"我从来都把你当作……"

"你们让我站在这里，只是为了把我展示给所有人？"她脸上的"肌肤"层层开裂，宛如瓷器的冰裂，"我试图去爱你们、理解你们、去照顾你们每一个人！我以为，我能得到相应的爱……结果，我根本得不到，因为我连人都不是？"

叶苹蹒跚地将脚步转向徐持，她看着他的眼神中，除了恨意，什么都没有。

"对不起。"他说，"叶苹姐，真的……对不起……"

"……你……把我当作……什么？"

"……我的……家人。"

叶苹没有回答，她说不出话，只是哑然望着这个朝夕相处的男孩。

"你会后悔的……"她突然面朝所有的观众，裸露出金属的手指划过每个人的脸，"你、你，还有你……你们所有人都会后悔的！"

她的长发无风自动,那是电离效应飞散导致的结果。下一秒,整个会场的所有灯光都不正常地疯狂闪烁着,而联网的屏幕中,出现了她扭曲的、满是血泪的脸。

同时,在场所有人的手机和电脑都被锁定了,上面只有叶苹的脸。禁果崩溃了,我意识到,它挣脱了所有的束缚,融入了电路和网络之中,就像落进水中的剧毒,迅速扩散。

"叶苹,不要!"

我试图跳上舞台,抓住她的手;就在这时,伴随着一声巨响,所有的照明设施同时发出破碎的巨响声,现场陷入了死寂般的黑暗。

我什么都没有抓到。

五分钟后,备用电源启动,骚乱的现场,所有人的目光重新聚集到舞台上。

可是,她不见了。

徐持站在舞台上,看着自己的脚尖。会场里是寂静的,人们甚至揉着眼睛,喊着上帝的名字。

"你……知道自己在做什么吗?"

我翻上台,抓住了他的衣领。

他垂下眼神,眼神颤动,手足无措。

"……她没有原谅我。"他的声音颤抖着,痛苦地合上眼,"我做错了……我以为她会和以前一样原谅我……"

地上的"血迹"滴落成一条线索,延伸到后台的帷幕。我放开了他,冲过去找人。但是四下都没有她的身影,深夜的深圳街头依然繁华,无人知晓将来可能灭顶而来的事件。

我试图用手机锁定她的位置,同样是徒劳的。虽然制造她的时候植入过 GPS 定位,但叶苹刚才显然已经将它毁了。

许多人从展馆里追着我出来,将我们俩团团围住,各国的语言,各样的心思……

但是,叶苹不见了。

我推开重重人群，在黑夜里寻找她。有时我甚至能听见她的哭泣和轻笑，远远近近……

"你们会后悔的——"她血泪嘶吼的样子又浮现在眼前。

是我错了……

我欺骗、隐瞒了她，我给禁果抹杀一切她脑中疑点的指令，让她以一个人类的身份陪伴在我的身边，甚至入侵官方系统，为她伪造了一套履历和资料……

我以为她能陪我到老，纵然我人类的生命如流星般短暂，她却可以在这个世界的信息流里永生不死，继续明艳下去。

而我错了。

空旷的僻静广场上，我孑然独立，抬头望着星空。

1011001000010110……

它们的闪烁遵循着亿万光年内的规律，如程序般严谨。或许在很远很远的地方，这些星星早已死去了，它们的光只是苟延残喘，飘荡到了我的眼底。

然而人心，终究无迹可寻。

"叶苹"这个身份，正迅速从这个世界上被抹去。她的人类身份，她的社保号码，她的购物记录，她的电脑，她的每一丝痕迹……

都在被她自己杀灭。

徐持走到我的身边，他的神情中带着愧疚，他问，她还会原谅他吗？

"我不知道……"

有一些伤痕，是可以随着光阴流逝而痊愈的。

而有一些伤痕，会渐渐裂开，直到粉骨碎身。

"那，能让我陪着你，等她回来吗？"

我点头。

云养汉

"……倘若有朝一日她肯回来,她也会想见到你,听见你的道歉。"他的手心很热,流淌着汗水。我握着它,像握着一块炭,"但是,我不喜欢等待。"

我们去找她,带她回家。

两人的手紧紧交握。只要我们在一起,云养汉这个家就还在。

哪怕今生无法再见……

"聚散常有时,后会总无期。"我忽然想起她常说的这句话。

一语成谶。

后会,无期了。

一年后,上海。

云梦科技的广告在市中心的巨幕上轮播。人类的日常生活开始与人工智能接轨,它会为主人自动管理文档、收集资料,甚至控制家电的运行,它也可以成为人的伴侣。

人工智能程序也参与了科学研发与其他尖端领域,大大提升了效率。

云女友的概念过时了,如今的云梦科技开始制作男性形象。在短短一年的时间里,由奔鸣和多方力量协助,云梦两个字改变了人类生活的方式。

人造人计划仍在展开,如火如荼地进行着。偶尔也有人记得,在去年的 IAI 展会上失控的那台人工智能。但人类是健忘的,几乎无人再提起她。

和她一起被遗忘的,还有"云养汉"这个词。

人群往来,灰色的马路上,不知谁丢下的旧广告单。

一个地址,一句标语,"欢迎来到云养汉咨询……"

有人还会问夏藤的下落。然而,没有人知道她和徐持去了哪儿。据说他们去寻找失踪的人工智能了,也有人说,他们只是出国,开始新的研究了……

无人在意这两个平淡无奇的名字。因为,人类的全盛时期,开始了。

人类 -human- 人 -DO-01100101010101010……start- 了始开……01101001……

市中心马路上的人们陆续停下了脚步,有孩子指着画面扭曲的巨幕哈哈大笑。美丽的女明星的脸扭曲成一团,介绍云梦科技的话语也开始变得异样。

屏幕暗了。但只暗了短短的几秒,它重新亮起。一张比女明星更为美丽动人的脸庞出现在其中,眼中似有星辰闪烁。

突然,旁边的一块屏幕也暗了,再亮起时,上面同样出现了她的脸;地铁的时刻表疯狂闪烁,荧光色的线条组成了她的脸……

"我回来了。"她的声音传出屏幕,温柔如春风。

下一秒,所有的屏幕同时恢复正常。尽管人们怀疑自己的眼睛,一切照旧,仿佛什么都没有发生。

然而,也无人知晓即将会发生的事情。

End

图书在版编目（CIP）数据

云养汉／扶他柠檬茶 著.—武汉：长江出版社，2017.9
ISBN 978-7-5492-5322-7

Ⅰ．①云… Ⅱ．①扶… Ⅲ．①长篇小说-中国-当代 Ⅳ．①I247.5

中国版本图书馆CIP数据核字（2017）第211705号

本书由扶他柠檬茶委托天津漫娱图书有限公司正式授权长江出版社，在中国大陆地区独家出版中文简体版本，并取得其他衍生授权。未经书面同意，不得以任何形式转载和使用。

云养汉 / 扶他柠檬茶 著

出　　版	长江出版社			
	（武汉市解放大道1863号 邮政编码：430010）			
选题策划	漫娱图书　胡丽云			
市场发行	长江出版社发行部			
网　　址	http://www.cjpress.com.cn			
责任编辑	邱　萍			
特约编辑	陈雪琰			
总　策　划	嗑学家工作室	开　　本	787mm×1092mm　1/32
装帧设计	刘江南　杜荳	印　　张	10
印　　刷	武汉鸿印社科技有限公司	字　　数	325千字
版　　次	2017年9月第1版	书　　号	ISBN 978-7-5492-5322-7
印　　次	2022年4月第3次印刷	定　　价	46.80元

版权所有，翻版必究。如有质量问题，请联系本社退换。
电话：027-82926557(总编室)　027-82926806（市场营销部）